S. C. Stephens

PERFECT RUSH
Wahre Liebe

Roman

Aus dem Amerikanischen
von Babette Schröder

GOLDMANN

Die amerikanische Originalausgabe erschien 2018 unter dem Titel
»Undeniable Rush«
Der Verlag weist ausdrücklich darauf hin, dass im Text enthaltene externe Links vom Verlag nur bis zum Zeitpunkt der Buchveröffentlichung eingesehen werden konnten. Auf spätere Veränderungen hat der Verlag keinerlei Einfluss. Eine Haftung des Verlags ist daher ausgeschlossen.

Dieses Buch ist auch als E-Book erhältlich.

Verlagsgruppe Random House FSC® N001967
1. Auflage
Deutsche Erstveröffentlichung April 2019
Copyright © der Originalausgabe 2018 by S. C. Stephens
Copyright © der deutschsprachigen Ausgabe 2019
by Wilhelm Goldmann Verlag, München,
in der Verlagsgruppe Random House GmbH,
Neumarkter Str. 28, 81673 München
Umschlaggestaltung: UNO Werbeagentur, München
Umschlagmotiv: FinePic®, München
Redaktion: Antje Steinhäuser
MR · Herstellung: ik
Satz: Vornehm Mediengestaltung GmbH, München
Druck und Bindung: CPI books GmbH, Leck
Printed in the Czech Republic
ISBN: 978-3-442-48820-9

www.goldmann-verlag.de

Besuchen Sie den Goldmann Verlag im Netz

Kapitel 1

Bist du schon mal Achterbahn gefahren, nachdem du zu viel getrunken hattest? Und hast dann während der Fahrt gemerkt, dass sich dir der Magen umdreht und du dich übergeben musst? Du wusstest aber, dass du dich auf keinen Fall übergeben darfst, und darum hast du dich bis zum Ende der Fahrt beherrscht?«

Ich blickte zu Hayden hinüber, der neben mir im Truck saß und durch die Windschutzscheibe auf das zweigeschossige Farmhaus meines Vaters starrte. Seine normalerweise gebräunten Wangen waren bleich. »Nein, das ist mir noch nie passiert«, erwiderte ich lächelnd. »Bist du aufgeregt wegen des Abendessens?«

Er schluckte, dann drehte er sich zu mir um. »Ja. Ich weiß, dafür gibt es keinen Grund. Ich meine, ich habe mich schon öfter mit Jordan angelegt, aber obwohl das irgendwie unangenehm war, ist mir davon nie … übel gewesen.«

Ich beugte mich zu ihm und gab ihm einen zärtlichen Kuss. »Weil du dich mit ihm *angelegt* hast … und nicht als Gast willkommen warst. Es ist leichter, jemandem zu begegnen, wenn man keine Angst hat, nicht gemocht zu werden.«

Er rückte von mir ab und verzog missmutig das Gesicht. »Ich habe keine Angst, dass dein Vater mich nicht mag.« Seine Miene wurde weicher. »Und ich würde nicht sagen, dass ich willkommen bin. Ich werde wohl eher ... toleriert.«

Er hatte recht, aber ich hoffte, dass Hayden irgendwann genauso im Haus meines Vaters aufgenommen werden würde wie ich. Insbesondere, wenn man sich überlegte, wie weit die zwei es schon gebracht hatten, seit ich angefangen hatte, mich mit Hayden zu treffen. Dad lächelte schon fast, wenn er sich mit ihm unterhielt. *Fast.*

»Ach, komm schon. Anscheinend sind wir die Letzten.«

Während ich die Tür öffnete, rieb sich Hayden die Handflächen an der Jeans ab. »Toll ... die gesamte Familie versammelt. Das ist überhaupt nicht anstrengend.«

Ich sah ihn mit erhobener Augenbraue an und sagte: »Ich habe schon deine *gesamte* Familie kennengelernt, darum ist es nur gerecht, wenn du jetzt meine kennenlernst. Und es sind noch nicht einmal alle – nur mein Vater, meine Schwestern und ihre Ehemänner.«

Amüsiert blickte er zu mir herüber. »Danke, das ist natürlich etwas ganz anderes.«

Der Ausdruck in seinen jadegrünen Augen, die sinnlichen Lippen – er war gefährlich attraktiv, und für einen Sekundenbruchteil erwog ich, zurück in den Truck zu steigen, das Abendessen sausen zu lassen und mit ihm zu mir zu fahren. Ich wusste, er würde Ja sagen, wenn ich ihm einen solchen Ausweg bot. Aber nein – allein die Tatsache, dass Dad Hayden heute Abend zu sich eingeladen hatte, war geradezu ungeheuerlich. Dieses Friedensangebot musste ich annehmen. Und außerdem ließen Hayden und ich es langsam angehen. Seit wir zusammen waren, hatte er noch keinen Fuß in mein Haus gesetzt, und die Vorstellung, ihn zu mir einzuladen – mit ihm allein zu sein, intim, nackt … –, schien mir offen gestanden ein bisschen beunruhigend.

»Das wird schon«, sagte ich aufmunternd.

Lächelnd schüttelte Hayden den Kopf und stieg aus dem Truck. »Tja, und wenn nicht, dann habe ich zumindest noch dich. Ich will *nie mehr* auf dich verzichten.« Der Ausdruck auf seinem Gesicht trieb einen eiskalten Schauder über meinen Körper. Unsere vorübergehende Trennung war für uns beide furchtbar gewesen, und lieber würde ich noch einmal mit meinem Hintern für Benneti Motorsport werben, als Hayden wieder zu verlieren. Doch dieses Gefühl war beängstigend.

»Ich auch nicht«, flüsterte ich.

Einen Augenblick standen wir im Mondlicht, und Hayden sah mich durchdringend an. Dann umfasste er mein Gesicht, zog mich an sich und küsste mich voller Leidenschaft und Sehnsucht. Unter dem Ansturm seiner Gefühle zog sich mein Herz zusammen. Ich spürte, wie viel ich ihm bedeutete. Es war, als wäre seine Liebe greifbar, als würde sie uns umhüllen, uns wärmen und beschützen. Wenn Hayden sich auf jemanden einließ, kämpfte er um ihn. Hingabe und Treue waren tief in seiner Seele verwurzelt. Doch diese Eigenschaften waren auch für unsere Trennung verantwortlich gewesen.

Ich legte die Arme um seinen Hals und zog ihn noch näher zu mir. Je stürmischer wir uns küssten, desto mehr wich die überwältigende Leidenschaft purer Lust. Ich konnte mich kaum noch an das letzte Mal erinnern, als Hayden und ich zusammen geschlafen hatten, und war mir nicht sicher, wie lange ich mich noch beherrschen konnte. Zugleich war ich mir nicht sicher, ob ich schon bereit für den nächsten Schritt war – mein Herz war noch verwirrt und unsicher.

»Hayden«, murmelte ich in den kurzen Pausen, in denen wir die Lippen voneinander lösten. »Ich …«

Ich glaube, ich möchte es versuchen … Ich glaube, ich möchte den nächsten Schritt tun. Komm mit zu mir.

Ehe ich es aussprechen konnte, unterbrach eine schroffe Stimme den intimen Moment. »Mackenzie, hör sofort auf damit und schaff deinen …«

Mein Blick sprang zur Haustür, wo mein Vater stand und gerade tief durchatmete. »Würdet ihr … bitte … hereinkommen?« Seine Stimme klang genauso angespannt wie sein Lächeln wirkte, und vor Scham schoss mir die Hitze in die Wangen.

»Ja, tut mir leid. Wir wollten gerade …« Ich gab den Erklärungsversuch auf, löste mich von Hayden und führte ihn an der Hand ins Haus.

Hayden räusperte sich und ging mit unsicherer Miene auf Dad zu. »Hey, Jordan. Schön, Sie wiederzusehen«, sagte er und strich sich mit der Hand durch das wirre blonde Haar.

Dad musterte Hayden mit hochgezogener Augenbraue. In seinem harten Blick lag sowohl Resignation als auch Verärgerung. »*Hey*?«, sagte Dad langsam. Er rügte Hayden zwar nicht direkt für seine Wortwahl, doch sein Ton sprach Bände.

Haydens Griff um meine Hand verstärkte sich, und ich merkte, wie er unter Spannung geriet. Fünf Sekunden, und schon hatte Dad ihn verärgert. Ich ging sofort dazwischen. »Dad, du wolltest doch nett sein.«

Nun richtete mein Vater seinen strengen Blick auf mich. »Ich *bin* nett«, erwiderte er und wirkte ehrlich verblüfft. Ich sah ihn scharf an, woraufhin er sich seufzend wieder zu Hayden umdrehte, ihm die Hand hinstreckte und höflich sagte: »Ich freu mich auch, dich zu sehen, Hayden.«

Hayden ergriff seine Hand nicht gleich, und ich dachte schon, ich müsste meinen Freund genauso zur Raison rufen wie meinen Vater. Sie hatten vielleicht zusammen daran gearbeitet, Cox Racing wieder an den Start zu bringen – und zwar für mich –, aber sie waren wahrhaftig keine Freunde.

Doch als ich Hayden gerade mit dem Ellbogen anstoßen wollte, ergriff er die Hand meines Vaters. Das Schütteln war zu kurz, um als höflich zu gelten, aber zumindest hatten sie sich berührt, ohne sich zu verletzen. Wenn wir dieses Abendessen überstanden, ohne dass einer verprügelt wurde, betrachtete ich es als Erfolg.

Als ich an Dad vorbei ins Haus ging, strich ich mit dem

Daumen über Haydens Hand. Hauptsache, er blieb ruhig. Auf dem Weg ins Wohnzimmer hörte ich, wie Hayden tief Luft holte und sie sanft wieder entweichen ließ, und als er lächelte, wirkte es ganz natürlich.

»Oh, gut, dass ihr da seid.«

Meine älteste Schwester Theresa und ihr Mann Nick standen vom Sofa auf, um uns zu begrüßen. Ich schlang die Arme um meine Schwester und drückte sie fest. Als wir uns voneinander lösten, stellte ich Nick und Hayden vor. Sie schüttelten sich die Hände – deutlich länger und herzlicher als Hayden und mein Vater.

»Schön, dich endlich kennenzulernen«, sagte Nick. »Ich habe schon ... viel von dir gehört.« Der Blick aus Nicks blassblauen Augen zuckte kurz zu meiner Schwester. Ganz offensichtlich nicht nur Gutes. Doch Nick war ein anständiger Kerl und würde Hayden sicher eine Chance geben. Dass man Nick aber offenbar auf irgendeine Weise gegen Hayden aufgebracht hatte, nervte mich kolossal. Hätten Hayden und ich doch nur die Chance, einfach ein ganz normales Paar zu sein. Wie meine Schwestern und ihre Männer.

Hayden lächelte Nick unsicher an, auch er ahnte, was man Nick erzählt hatte. »Glaub nicht alles, was du hörst«, sagte er.

Nick strich sich durch das dunkle Haar und lachte nervös. Die beiden ließen die Blicke durch den Raum schweifen und mieden es um jeden Preis, sich anzusehen.

Ich seufzte innerlich und fragte Theresa: »Wo ist Daphne?«

Sie deutete hinter sich. »Draußen. Jeff wollte die Rennstrecke ausprobieren.«

Ich musste schmunzeln. Daphnes Mann Jeff wirkte irgendwie ... so korrekt. Ich konnte mir nicht vorstellen, dass er sich überhaupt auf ein Motorrad setzte. Mit verschmitztem Grinsen fragte ich Hayden: »Willst du die Rennstrecke sehen?«

Sofort hellte sich seine Miene auf. »Ihr habt hier eine Rennstrecke?«

Er drehte sich zu Dad um, der die Achseln zuckte. »Nur eine einfache Trainingsstrecke. Nicht das, was du gewöhnt bist.«

Mit großen Augen starrte ich Dad an. Das war fast ein Kompliment. Hayden nickte Dad freundlich zu. Oh, mein Gott, näherten sich die zwei etwa gerade an? Beinahe übermütig zog ich Hayden in den Hof. Dad, Theresa und Nick folgten uns.

Als ich Jeff auf einer alten Kawasaki 100cc, einer Cross-Maschine, sitzen sah, musste ich unwillkürlich lachen. Ich glaube, auf der war ich mit sechs gefahren. Er sah ein bisschen verängstigt aus, als würde er auf einer Rakete reiten. Daphne gab ihm Hinweise, wie er fahren sollte. Darüber musste ich nur noch mehr lachen. Daphne hatte seit Ewigkeiten nicht mehr auf einem Motorrad gesessen, und als sie es noch getan hatte – nun ja, hatte sie es wie ein Golfmobil gelenkt.

Breit grinsend betrachtete Hayden die Szene. Dad verdrehte seufzend die Augen. Ich war mir allerdings ziemlich sicher, wenn ich nicht Rennfahrerin geworden wäre wie er, hätte er weit mehr Anlass gehabt, Trübsal zu blasen.

Hayden wippte auf den Zehen auf und ab und drehte sich zu mir um. Sein Grinsen war ansteckend. »Darf ich auch mal?«

Ich zeigte auf die Rennstrecke, wo Jeff gerade losfuhr. »Es ist nur ein simples Oval. Warum bist du so scharf darauf?«

Hayden deutete auf eine Maschine, die neben Daphne stand, ein kleines 50cc Pocket Bike, das wie ein Motorrad für Puppen aussah. Es reichte Hayden gerade bis zu den Knien. »Auf so einem wollte ich schon immer mal fahren.«

Dad schmunzelte. Ich war fassungslos gewesen, als er diese »Spielzeug-Maschine« gekauft hatte, doch Jungs blieben eben Jungs, auch wenn Alter und Disziplin sie härter gemacht hatten. Und natürlich hatte Dad damals eine äußerst überzeugende Erklärung parat gehabt. Er sagte, es sei gut, beim Training immer wieder für Abwechslung zu sorgen und den Körper herauszufordern. Aha.

Ich zuckte die Achseln. »Nimm es ruhig.«

Er strahlte wie ein Kind an Weihnachten, schnappte sich einen Helm, der in der Nähe herumlag, und sprang auf das winzige Motorrad. Ein erwachsener Mann auf einer derart kleinen Maschine sah lächerlich aus. Wir mussten alle lachen, als er sie startete, doch ich wusste aus eigener Erfahrung, wie beglückend es war, darauf zu fahren. So nah am Boden änderte sich die gesamte Wahrnehmung – es fühlte sich an, als würde man fünfhundert Meilen pro Stunde fahren.

Hayden fuhr los und sauste Jeff hinterher. Er sah aus wie ein Kind, das einen Erwachsenen jagt. Bei Haydens Tempo und seinem Können dauerte es nicht lange, bis er an Jeff vorbeizog. Zunächst beobachtete Daphne mit finsterer Miene, wie ihr Mann derart schnell überholt wurde, dass es wirkte, als würde er stehen, doch dann musterte sie Hayden mit anerkennendem Blick. Als ich mich umsah, bemerkte ich, dass alle Hayden mit einem anerkennenden Lächeln beobachteten. Sogar Dad wirkte beeindruckt. Hayden fuhr die kleine Maschine wie eine große, neigte sich in den Kurven tief zur Seite und richtete sich beim Herausfahren langsam wieder auf. Selbst auf einem Spielzeug fuhr er makellos.

Dad wandte sich zu mir um. »Ich glaube, es war richtig, dass du ihn in dein Team aufgenommen hast.«

Vor Überraschung blieb mir der Mund offen stehen. Als ich meine Fassung wiederfand, fragte ich Dad: »Und dass ich ihn als Freund genommen habe, war das auch richtig?«

Dads Blick sprang zurück zur Trainingsstrecke, seine Lippen waren zu einem schmalen Strich zusammengepresst. Jeff warf gereizt die Hände in die Luft, weil Hayden ihn erneut überholte. Dad lächelte. Schulterzuckend drehte er sich wieder zu mir um: »Es widerstrebt mir zutiefst, das zuzugeben, und im Grunde kenne ich Hayden ja gar nicht. Eigentlich ist es zu früh, um etwas zu sagen, aber ... bislang gefällt mir, was ich sehe.«

Er beurteilte Hayden genauso, wie er einen neuen Fahrer beurteilen würde, aber meine Güte – dass er das überhaupt zugab, war schon unglaublich. Ich konnte ein heftiges Grinsen nicht unterdrücken. Sofort wurde Dads Miene nachdenklich. »Das heißt nicht, dass ich nicht zu allem fähig bin ... wenn er dir wehtut.«

Selbst diese harmlose Drohung konnte meine Hochstimmung nicht trüben. Denn es war noch gar nicht lange her, da hatte Dad darauf gehofft, dass Hayden mich verletzen würde. Er mochte ihn. Er *wollte* ihn immer noch nicht mögen, aber er konnte mir nichts mehr vormachen. Mein Vater *akzeptierte* meinen Freund. Wenn sie jetzt nur noch aufhören könnten, sich gegenseitig auf die Nerven zu gehen.

Nachdem Hayden fertig war, fuhr er zu uns zurück. Er zog den Helm ab und stieg vom Bike. »Mensch, hat das Spaß gemacht!«, rief er. Ich musste über seinen Gesichtsausdruck lachen. Dass er etwas Vertrautes getan hatte – etwas, in dem er extrem gut war –, hatte ihm die Nervosität genommen. Ich bezweifelte, dass ihm immer noch schlecht war.

Ganz von allein und ohne meinen Beistand ging Hayden zu Jeff und streckte ihm die Hand hin. »Hayden Hayes. Nettes Rennen, Mann.«

Jeff grämte sich wegen seiner offensichtlichen Niederlage, aber dass Hayden von einem »Rennen« sprach, als hätte er irgendeine Chance gegen ihn gehabt, hob seine Stimmung. »Jeff. Danke. Du bist gar nicht ... so übel auf dem Ding.«

Hayden beugte sich mit verschmitzter Miene zu ihm vor. »Du solltest mich erst auf einem richtigen Bike sehen.« Jeff lächelte, seine dunklen Augen funkelten amüsiert, und Hayden klopfte ihm auf die Schulter. »Komm bei Gelegenheit mal zur Rennstrecke und fahr auf einem großen Bike gegen mich.«

Wie aus einem Mund sagten Daphne, Theresa und mein Vater: »Nein.«

Daphne schüttelte den Kopf und verschränkte die Arme. »Wage es ja nicht, ihn dazu zu verleiten, Hayden. Du bringst ihn noch um.« Ein besorgter Ausdruck legte sich auf ihr Gesicht, und sie strich Jeff liebevoll über den Arm. Theresa sah genauso aus. Beide dachten, Jeff würde auf einem Motorrad sterben.

Dad beugte sich zu mir und sagte leise: »Ich mache mir mehr Sorgen um das *Motorrad*. Der Junge hat kein Talent zum Rennfahrer. Kein bisschen.«

Ich unterdrückte ein Schnauben, während Jeff entmutigt zu Daphne blickte. Hayden beugte sich vor und flüsterte ihm etwas ins Ohr. Daraufhin hellte sich Jeffs Miene auf, und Daphne richtete ihren Unmut gegen meinen Freund. »Ich habe Nein gesagt, Hayden!«

Er lächelte sie an und warf Jeff einen verschwörerischen Blick zu. »Ich weiß«, sagte er und hielt Jeff unauffällig eine Ghettofaust hin.

Ich verdrehte die Augen. Und ich hatte mir Sorgen gemacht, dass mein Vater meinen Freund umbringen würde. Wenn er so weitermachte, würde meine Schwester diejenige sein, die ihn unter die Erde brachte. Ich trat zu Hayden, packte ihn am Ellbogen und zog ihn in Richtung Haus. »Wie wäre es, wenn wir reingehen und mit dem

Essen anfangen. Hayden hat morgen noch eine Menge zu tun.«

Seufzend ließ Hayden den Kopf hängen. »Gott, ich hasse Umzüge.«

Auf dem Weg zurück zum Wohnzimmer lächelte ich ironisch. »Dein Kram passt doch in ein Auto. So schlimm kann es ja wohl nicht sein.«

Er grinste mich an, dann seufzte er. »Es geht ums Prinzip. Ich habe es satt, immer wieder umzuziehen ...«

In seine Stimme schlich sich ein sehnsüchtiger Ton, und ich legte ihm sanft eine Hand auf den Arm. »Das muss nicht ewig so weitergehen«, erklärte ich. Mehr als dieses Fast-Versprechen, dass wir eines Tages zusammenziehen würden, konnte ich ihm nicht geben. Ich konnte nicht verkünden, dass wir für immer glücklich sein würden, wenn wir es langsam angehen lassen wollten.

Theresa, die seine Bemerkung über Umzüge gehört hatte, fragte: »Du und Kenzie zieht zusammen? Das ist ja toll!«

Sofort erlosch der zufriedene Ausdruck in Dads Augen, und er bedachte Hayden mit einem Blick, der deutlich sagte: *Vergiss alles, was ich jemals Nettes zu dir gesagt habe.* Dad fand es eindeutig zu früh, dass Hayden und ich zusammenzogen.

Ich hoffte, dass Dad freundlich blieb, und erklärte Theresa: »Nein, er zieht zu Nikki.«

Daraufhin verstummte der gesamte Raum. Daphnes Blick glitt zwischen Hayden und mir hin und her, als würde sie plötzlich nicht mehr begreifen, was sie sah. »Er zieht mit einer anderen Frau zusammen und ... du hast kein Problem damit?«

Hayden fuhr sich mit der Hand durchs Haar, wieder wirkte er unsicher. »Es ist nicht ... Sie ist nicht ... Ich helfe ihr nur, und sie hilft mir – es ist rein freundschaftlich.«

Daphne schürzte die Lippen. »So fängt es immer an.« Dad verschränkte die Arme und durchbohrte Hayden mit seinem Blick. Ich starrte alle im Zimmer wütend an und erklärte: »Nikki ist schwanger und macht sich Sorgen, dass sie nicht mehr mit ihrem Geld auskommt. Hayden zieht bei ihr ein, um sie *finanziell* zu unterstützen.«

Ich betonte das Wort »finanziell« und warf allen erneut böse Blicke zu, sie sollten meinen Freund ja nicht des Fremdgehens verdächtigen. Leider wussten alle, dass ich diesen Verdacht vor gar nicht langer Zeit selbst gehegt hatte. Sie wussten von der Trennung, und sie wussten von der Person, die das Ganze ausgelöst hatte. Ich setzte eine entschlossene Miene auf, um ihnen klarzumachen, dass ich meinem Partner voll und ganz vertraute.

Die Atmosphäre im Raum war äußerst angespannt, doch seltsamerweise sorgte ausgerechnet mein Vater für Entspannung. »Nikki ist schwanger? Ich wusste gar nicht, dass sie einen Freund hat.«

An der Art, wie er das sagte, merkte ich, dass ihm das Thema im Grunde unangenehm war und er nur ablenken wollte. Ich entspannte mich und erklärte ihm: »Hat sie auch nicht. Es war eine Art ... Unfall.«

»Wer ist der Vater?«, erkundigte sich Theresa neugierig.

Ich zuckte innerlich zusammen und biss mir auf die Lippe. »Myles …«

Die Augen meines Vaters verengten sich auf Stecknadelgröße. »Myles Kelley hat sie geschwängert?«

Seufzend hob ich die Hände. »Nicht. Ich kenne diesen Ausdruck bei dir, und ich weiß, dass du ›ein Wörtchen mit ihm reden‹ willst, aber bitte – lass es. Myles und Nikki verstehen sich gut. Sie kommen klar.«

Dad zeigte auf Hayden. »Warum zieht *er* dann bei ihr ein und nicht Myles? Warum drückt sich Myles vor der Verantwortung?«

»Das tut er nicht, aber mit Myles und Nikki – das ist kompliziert«, sagte ich und wusste genau, dass diese Antwort meinem Vater nicht genügte.

Während ich beobachtete, wie er langsam den Kopf schüttelte, hätte ich mich ohrfeigen können. Ich hätte Nikkis Situation Dad gegenüber niemals erwähnen dürfen. Zweifellos würde er sich Myles demnächst vorknöpfen. Und daraufhin würde Myles ein Wörtchen mit mir reden. Na toll.

Nach dem Essen fuhr ich mit Hayden zu mir, damit er mit dem Wagen, den er sich von Aufreißer, wie sein Freund Tony von den meisten genannt wurde, geliehen hatte, zu Aufreißers Haus in San Diego zurückfahren konnte. Ich war froh, dass er die lange Fahrt, die er zweimal täglich auf sich genommen hatte, nun zum letzten Mal machen musste. Wenn er bei Nikki einzog, war sein Arbeitsweg deutlich kürzer.

»Und? War es so schlimm, wie du befürchtet hast?«, fragte ich.

Er machte ein nachdenkliches Gesicht und ließ sich mit der Antwort einen Augenblick Zeit. »Hmmmm? Das Abendessen? Ach, nein – ich fand es eigentlich ganz nett.«

Als wir uns einer roten Ampel näherten, blickte ich zu ihm hinüber. »Warum siehst du dann so aus, als würde dich irgendetwas beschäftigen?«

Seufzend sah er mich an. »Vermutlich, weil es so ist.«

Gegen meinen Willen wurde mir bang ums Herz. Hatte es mit uns zu tun? »Was ist los?«

Hayden machte ein finsteres Gesicht, was mich nicht gerade beruhigte. »Es ist nur – vielleicht hat dein Dad recht. Vielleicht sollte ich nicht zu Nikki ziehen. Vielleicht will Myles bei ihr einziehen und ist sauer auf mich, weil ich ihm zuvorkomme oder so.«

Erleichtert begriff ich, dass seine Sorgen nichts mit uns zu tun hatten. »Moment, du bist mit meinem Vater *einer Meinung*?« Hayden lächelte etwas gequält. Ich schüttelte den Kopf. »Myles kommt nicht aus seinem Mietvertrag raus, das weißt du doch. Er kann jetzt nicht mit ihr zusammenziehen.«

Nachdenklich schürzte Hayden die Lippen. »Ich könnte mit ihm tauschen. Der Vermieter würde das wahrscheinlich gar nicht mitbekommen.«

Wieder schüttelte ich den Kopf und erklärte: »Vielleicht – aber Nikki ist noch nicht so weit. Sie muss sich erst an dieses Elternding gewöhnen. Wenn Myles ständig in ihrer Nähe ist, fällt ihr das sicher noch schwerer.«

»Ich dachte, sie wären beste Freunde«, entgegnete er verwirrt.

Als die Ampel auf Grün umsprang, entfuhr mir ein tiefer Seufzer. »Ja – das stimmt, aber momentan ist die Lage etwas angespannt.«

Hayden grinste mich schief an. »Ah, ja – mit Spannungen kenne ich mich *ziemlich* gut aus.«

Ich lachte, dann fragte ich: »Warum hast du wirklich Bedenken? Du hast doch nicht nur Angst, Myles zu verärgern.«

Hayden antwortete nicht sofort, und als ich ihn verstohlen beobachtete, hielt er nachdenklich den Kopf gesenkt. Schließlich sagte er: »Ich habe gemerkt, wie deine Schwestern mich angesehen haben. Ich möchte nicht, dass du mich jemals so ansiehst.« Er hob den Kopf und blickte mich durchdringend an. »Bist du dir sicher, dass du damit kein Problem hast, Kenzie?«

Ich schenkte ihm ein unbekümmertes Lächeln, um ihm zu zeigen, dass ich wirklich keinerlei Bedenken hatte. »Ich habe dir doch gesagt, dass das für mich okay ist, und das habe ich auch so gemeint.« Nachdenklich fügte ich hinzu: »Und außerdem ist es mir lieber, du wohnst mit Nikki zusammen als in diesem Party-Haus voller Singles. Du und Nikki bereitet mir deutlich weniger Bauchschmerzen.«

Hayden lachte und legte mir eine Hand aufs Knie. »Gut. Ich will nämlich nicht, dass du dir meinetwegen noch mal Sorgen machst. Ich will keine andere.«

»Ich weiß«, flüsterte ich und lächelte angespannt. Oder zumindest hoffte ich, dass ich das wusste.

Als wir schließlich bei mir zu Hause eintrafen, fiel es mir schwer, mich von Hayden zu verabschieden. Mein Kopf sagte mir, ich sei albern und sollte ihn mit reinnehmen. Mein Herz schrie, ich sollte Fenster und Türen verrammeln und mich für den unvermeidbaren Sturm wappnen. Ich war hin- und hergerissen, und eben weil ich so hin- und hergerissen war, wusste ich, dass es nicht der richtige Zeitpunkt war. Ich musste noch etwas auf Distanz bleiben, nur noch ein bisschen.

Hayden drängte mich nicht, sondern gab mir zärtliche Küsse, die mich atemlos zurückließen. Als ich seine Lippen auf meinen spürte, geriet mein Entschluss ins Wanken. Vielleicht konnte ich es ja doch. Vielleicht, wenn er nur mit ins Wohnzimmer kam. Vielleicht, wenn wir nur auf dem Sofa saßen und uns küssten. Es musste ja nicht weitergehen. Ich musste ihm nicht das Hemd vom Leib reißen, jeden Zentimeter seines Oberkörpers spüren, zärtliche Küsse auf seinem Bauch verteilen ...

Sofort rückte ich von ihm ab und stellte erschrocken fest, dass ich schwerer atmete. Hayden musterte mich besorgt, bis er bemerkte, wie erregt ich war. »Kenzie«, murmelte er. »Ich weiß, du willst es langsam angehen lassen – aber wenn du bereit bist, die Dinge ein bisschen zu beschleunigen, brauchst du es nur zu sagen.«

Ich biss mir auf die Lippe und sah ihn an. Gott, ja, ein Riesenteil von mir wollte das Tempo beschleunigen. Aber ihn zu mir hereinzubitten, ihn in mein Herz zu lassen, ihm meine Seele zu öffnen – bei dem Gedanken zog sich mein Magen zusammen. Als ich darüber sinnierte, ob ich einen Schritt weitergehen sollte, schlugen mir all die Lügen, die ich mir von ihm hatte anhören müssen, wie Peitschenhiebe entgegen und erstickten meine Lust. *Ich habe gesagt, ich würde dir die Wahrheit sagen. Ich habe nur nie gesagt, wann ich sie dir sage.*

Ich schluckte den Kloß in meinem Hals hinunter und schüttelte den Kopf. »Nein ...« Meine Augen brannten, als ich erneut mit jeder Faser den Schmerz über seinen Verrat spürte. Würde ich je ganz darüber hinwegkommen? Gott, hoffentlich. »Noch nicht«, murmelte ich.

Hayden wirkte enttäuscht, doch er nickte verständnisvoll. »Okay, Kenzie.« Ein Moment herrschte angespanntes Schweigen zwischen uns, dann flüsterte er: »Es tut mir leid, dass ich dich verletzt habe.«

Aufsteigende Tränen verschleierten meinen Blick, und ich konnte ihn kaum erkennen. »Ich weiß. Das weiß ich.« Ich drängte die Tränen zurück. Es gab keinen Grund, sich unnötig im Unglück zu suhlen. Wir waren wieder zusammen, wir waren glücklich, wir schauten nach vorn. Ich musste den Schmerz hinter mir lassen – ehe er uns kaputtmachte.

Ich lächelte so strahlend, wie ich nur konnte, und küsste ihn zärtlich auf die Wange. »Bis morgen, Hayden. Ich bin in aller Herrgottsfrühe bei dir – also bleib nicht so lange auf.« Das lange Aufbleiben riss erneut eine Wunde in mir auf. Wir hatten uns voneinander entfernt, weil er bis spät in die Nacht fort gewesen war – mit *ihr*.

Es ist nichts passiert, er hat es für dich getan. Er hat sich für dich entschieden. Er will nichts von ihr.

Ich hoffte inständig, dass meine Augen trocken blieben, und gab ihm einen letzten Kuss, dann drehte ich mich um und lief eiligen Schrittes zur Haustür. Am besten ging ich schnell hinein, nur für alle Fälle. Als ich gerade den Schlüssel ins Schloss steckte, ließ Haydens Stimme mich innehalten. »Ich liebe dich, Kenzie.«

Ich erstarrte, jeder Muskel in meinem Körper spannte sich. Wir hatten mit diesen Worten gespielt, es aber vermieden, sie direkt auszusprechen. Widersprüchliche Gefühle stürmten auf mich ein, als ich mich zu Hayden umdrehte – Freude ... und Schmerz. »Ich liebe dich auch«, flüsterte ich mit einem kleinen, traurigen Lächeln auf den Lippen. Dann eilte ich ins Haus und schloss rasch die Tür hinter mir.

Diese Worte hätten mich in Hochstimmung versetzen müssen, ich müsste mich locker und leicht fühlen, unbesiegbar. Doch so war es nicht. Einerseits ging ich wie auf Wolken, war heiter und beschwingt. Doch meine dunkle, verletzte Seite hatte das Gefühl, als habe sich gerade ein Riesenkrater um mich herum aufgetan und ich könnte jeden Augenblick über den Rand in den Abgrund stürzen. Als erwartete mich nichts als Schmerz. Unausweichlicher Schmerz.

Nein, so muss es nicht sein. Nicht jede Beziehung ist verdammt. Solange Liebe da ist, gibt es Hoffnung.

Und tief in meinem Herzen wusste ich, dass Hayden mich wirklich liebte. Dass seine Liebe für mich fest und unerschütterlich war. Aber genügte das, um den Abstand zwischen uns zu überwinden? Wenn man das Vertrauen zu jemandem verloren hatte, konnte man ihm dann je wieder bedingungslos vertrauen? Oder würde ich von jetzt an bis zum Ende meiner Tage von Zweifeln verfolgt werden? Würden die Dornen in meinem Herzen unablässig neue Wunden reißen, die immer wieder aufs Neue heilen mussten? Das klang ermüdend.

Da ich ein bisschen freundschaftlichen Beistand und Rat brauchte, holte ich das Telefon hervor und rief Nikki an – meine beste Freundin, meine Vertraute, meine weibliche bessere Hälfte. Während es klingelte, hörte ich Hayden davonfahren, was meine widersprüchlichen Gefühle noch verstärkte. Ich wollte Abstand zu ihm, aber ich wollte ihm auch nah sein. Wie diese Gefühle nebeneinander existieren konnten, würde ich nie verstehen.

»Hey, Süße«, sagte Nikki, als sie abhob. »Wie ist es gelaufen?«

Ich wusste, dass sie das Essen bei meinem Vater meinte, und seufzte. »Gut. Erst war es ein bisschen komisch, aber dann ... ging es gut.«

»Warum klingst du dann so bedrückt?«, fragte sie.

Erschöpft von dem emotionalen Hin und Her ließ ich mich aufs Sofa fallen. »Hayden hat mir gesagt, dass er mich liebt«, teilte ich ihr melancholisch mit.

»Normalerweise würde ich dir dazu gratulieren – aber irgendwie habe ich das Gefühl, das wäre jetzt nicht angebracht. Warum ist das nicht gut? Willst du ihn doch nicht?«, fragte sie.

Auch wenn Nikki es nicht sehen konnte, schüttelte ich den Kopf. »Nein, ich will mit ihm zusammen sein, nur manchmal ... tut es weh, dass das so ist. Manchmal ... habe ich Angst. Ich will nicht noch einmal verletzt werden.«

Ein mitfühlender Laut drang an mein Ohr. »Das verstehe ich, Kenzie, ehrlich. Aber wenn du ihn weiterhin auf Abstand hältst, wozu seid ihr dann zusammen? Irgendwann musst du aufhören, nur den Zeh ins Wasser zu stecken, und hineinspringen.«

Ihre Schwimm-Metapher brachte mich zum Lächeln. »Ich weiß. Es ist nur ziemlich schwierig. Ständig habe ich diese schrecklichen Gedanken. Und Träume. Die sind sogar noch schlimmer als meine Gedanken.«

»Wem sagst du das«, entgegnete sie. »Gestern Nacht habe ich geträumt, das Baby wäre ein Alien aus dem Weltall. Es schoss aus meiner Vagina, dann hat es versucht, mich umzubringen.«

Unwillkürlich musste ich lachen. Aus tiefstem Herzen. Nikki schnaubte, als wäre sie beleidigt. »Das ist nicht lustig, Kenzie. Das könnte tatsächlich passieren. Schließlich ist das Baby von Myles.«

Ich wischte mir über die Augen und musste wieder lachen. Anschließend fragte Nikki tonlos: »Besser?«

Und überraschenderweise ging es mir besser. Humor hatte eine verblüffend beruhigende Wirkung auf Angst. »Ja, danke – und bitte ruf mich an, wenn du noch mehr solcher Albträume hast.«

Schließlich lachte Nikki ebenfalls. »Das mach ich.«

Ich fühlte mich wieder ruhig und geborgen und erklärte ihr: »Danke, Nikki, das habe ich gebraucht. Und, nur damit du es weißt, mit dem Baby wird alles gut. Du hast mich, du hast Myles, und du hast Hayden. Du musst das alles nicht allein durchstehen.«

Wieder schnaubte sie, doch diesmal klang es gerührt. »Danke, Kenzie. Mir gehen eigentlich täglich die Nerven durch. Nächste Woche ist meine erste Untersuchung beim Arzt. Kommst du mit?«

»Na klar«, sagte ich und lächelte ins Telefon. »Kommt Myles auch?« Es folgte eine lange Pause, und ich sah vor mir, wie sie an ihrer Lippe nagte. »Oh, meine Güte, Nikki. Ruf sofort den Kindsvater an, wenn wir aufgelegt haben, und sag ihm Bescheid. Okay?«

»Okay«, murmelte sie, ganz offensichtlich nicht glücklich.

»Bis morgen«, sagte ich und legte auf, bevor sie ihre Meinung änderte und eine Ausrede fand, Myles nicht anzurufen. Aus irgendeinem Grund wollte Nikki Myles gegenüber so tun, als existierte das Baby gar nicht. Vermutlich kämpfte auch sie mit ihren Ängsten, und wahrscheinlich gingen sie tiefer als meine.

Ich starrte auf mein Telefon, ich musste etwas tun. Ich musste mir einen Ruck geben, auch wenn ich mich lieber zurückziehen wollte. Ich öffnete meine Kontakte und scrollte zu Haydens Decknamen – *Riesenarsch*. Ich klickte auf das Nachrichtensymbol und schrieb ihm einen Satz, den ich ihm schon sehr lange nicht mehr geschickt hatte.

»*Ich liebe dich.*«

Nachdem ich die Nachricht abgeschickt hatte, wartete ich mit klopfendem Herzen darauf, dass die widersprüchlichen Gefühle zurückkehrten. Doch das war nicht der Fall. Es ging mir weiterhin gut, und diesen kleinen Fortschritt nahm ich als Sieg.

Hayden antwortete mir, als er nach Hause kam – braver Junge. »*Ich liebe dich auch. Bis dann, Süße.*« Als ich seine Nachricht las, konnte ich mir leicht vorstellen, wie er dabei zufrieden grinste. Das löste meine Anspannung noch mehr, und als ich in den Schlaf sank, tröstete mich die Tatsache, dass, zumindest heute, die Hoffnung über den Zweifel gesiegt hatte.

Kapitel 2

Wie versprochen machte ich mich früh auf den Weg zu Aufreißer und Hayden. Aufreißer wohnte im Herzen der Stadt, in einer etwas zwielichtigen Gegend. Alle Gärten waren eingezäunt, und überall gab es Graffitis. Aufreißer und Izzy waren in der Nähe aufgewachsen, Hayden später ebenfalls. Ich versuchte, mir vorzustellen, wie sie als Kinder hier herumgelaufen waren, aber irgendwie gelang es mir nicht.

Als ich Aufreißers Flachbau erreichte, fiel mir unweigerlich auf, dass seine Einfahrt die einzige in der Straße war, in der nur ein Wagen stand. Noch war das ein eher ungewöhnlicher Anblick. Hayden hatte mir erzählt, dass bei Aufreißer bis zu seinem kürzlich eingetretenen Sinneswandel ständig Partys stattgefunden hatten. Dass das Haus jetzt so ruhig dalag, musste auf die Nachbarn besorgniserregend wirken.

Ich parkte hinter Aufreißers Wagen, stieg aus und ging zum Haus. Kurz überlegte ich, ein Weihnachtslied zu klingeln, wie Hayden es oft bei mir tat, überlegte es mir dann jedoch anders. Vermutlich schlief Aufreißer noch.

Anstatt zu klopfen, schrieb ich Hayden eine Nachricht und ließ ihn wissen, dass ich vor der Tür stand. Er sah hinreißend müde und verstrubbelt aus, als er öffnete, um mich hereinzulassen. »Hallo, Zweiundzwanzig«, begrüßte er mich gähnend. »Ich wusste ja, dass du früh kommst, aber mir war nicht klar, dass du mit der aufgehenden Sonne um die Wette fahren würdest.« Er blickte zu dem hellen Sonnenlicht hinauf, dann schüttelte er den Kopf. »Sorry, Süße, aber ich glaube, du hast das Rennen verloren. Ich habe allerdings Donuts als Trostpreis.«

Er hielt mir die Tür auf, und ich warf ihm einen bösen Blick zu. »Du weißt doch, dass ich das Zeug nicht essen darf, wenn ich trainiere. Und du im Übrigen auch nicht. Beim ersten Rennen brauche ich dich in Topform.«

Als ich an ihm vorbeiging, zog er eine Augenbraue nach oben. »Im März? Ich glaube, bis dahin bin ich fit.« Er hob sein Shirt hoch, um mir seine stahlharten Bauchmuskeln zu zeigen, für die jedes männliche Model zu töten bereit gewesen wäre. »Sieh nur – alles fest, kein Speck. Wenn du Rettungsringe entdeckst, darfst du mir die Donuts wegnehmen.«

Der Anblick seines muskulösen, flachen Bauchs verwirrte mich derart, dass ich nur »Klar ...« murmelte.

Hayden lachte über meine Miene und ließ das Shirt herunter, dann zog er mich in seine Arme. »Ich bin froh, dass du da bist«, sagte er und klang dabei so erleichtert, als hätte er nicht wirklich mit meinem Kommen gerechnet.

Ich rückte von ihm ab und bemerkte einen sorgenvollen Ausdruck in seinen Augen. »Mein Freund zieht mit meiner schwangeren besten Freundin zusammen – wie könnte ich mir das entgehen lassen?«

Seine smaragdgrünen Augen hellten sich auf. Er taxierte mich, schließlich lachte er. »Ja, das wird auf jeden Fall ... interessant. Komm, frühstücke mit mir. Wir müssen uns stärken, bevor wir loslegen.«

Er nahm meine Hand und führte mich in die Küche. Auf dem Weg ließ ich den Blick umherschweifen. Aufreißer hatte schon eifrig gepackt, überall standen Kartons. Er hatte das Haus verkauft, um mit Izzy und Antonia in eine freundlichere Gegend zu ziehen. Abgesehen davon, dass er mir die ganze Ausrüstung für Cox Racing gekauft hatte, war es das Selbstloseste, was ich je bei ihm erlebt hatte.

Als wir in die Küche kamen, stellte ich überrascht fest, dass Aufreißer schon wach war – und Haydens Donuts verspeiste. Er mochte sich verändert haben, ein ganz anderer Mensch war er deshalb allerdings nicht geworden. »Hallo, Alter – Kenzie. Danke für die Fressalien«, sagte er und hielt ein Stück Apple Pie hoch.

Hayden sah ihn mit finsterer Miene an. »Den habe ich für Kenzie gekauft. Darum war ein großes K darauf.«

»Schon okay«, schaltete ich mich ein. »Meine Hüften brauchen das nicht.«

Aufreißer nickte, als wäre er meiner Meinung. Yep. Ein Teil von ihm war noch ganz der Alte. Ein Arsch. »Siehst du«, sagte er. »Ich wusste, dass sie das nicht isst. Irgendwie traurig, dass ich deine Freundin besser kenne als du.«

Hayden seufzte, dann schüttelte er den Kopf. »Egal, Tony. Hast du mir ein paar Kartons übrig gelassen?«
Er nahm noch einen großen Bissen und nickte. »Stehen in der Garage. Viel Glück.«
Mit diesen Worten klopfte er Hayden auf den Rücken und verließ den Raum. Hayden sah ihm hinterher, dann wandte er sich wieder den Donuts zu. Und wurde wütend. »Verdammt, Tony, den Donut mit Ahornglasur hast du auch gegessen?« Als Antwort ertönte nur Aufreißers Lachen.
Resigniert wandte sich Hayden zu mir um. »Ich kann es nicht erwarten auszuziehen.«
Lachend nahm ich einen Donut mit Marmelade und reichte ihn ihm. »Hier, iss den schnell, bevor er zurückkommt.«
Hayden seufzte erneut, dann verschlang er ihn mit drei Bissen. Mit großen Augen beobachtete ich ihn. »Was ist?«, fragte er. »Du hast gesagt, ich soll ihn schnell aufessen.«
Kopfschüttelnd küsste ich ihn auf die Wange. »Wenn du so weitermachst, dauert es nicht mehr lange, dann *hast du Rettungsringe*.«
Er leckte sich die Finger ab und wackelte anzüglich mit den Brauen. »Dann muss ich sie mir eben wieder abtrainieren.« Sofort besann er sich und fügte hinzu: »Wenn du soweit bist, natürlich.«
Klar – wenn ich so weit war. Bereit, ihm mein Herz ganz anzuvertrauen, bereit loszulassen. Nikkis Ratschlag ging mir durch den Kopf und verstärkte meine Verwirrung. *Wenn du ihn weiterhin auf Abstand hältst, wozu seid ihr*

dann zusammen? Mir war klar, dass sie recht hatte, aber so weit war ich noch nicht. Ich wandte mich von Hayden ab und sagte schnell: »Wir sollten anfangen, ich hole die Kartons.«

Hayden schwieg, als ich den Raum verließ, und die Stille zwischen uns erschien mir wie eine kalte, feuchte Decke, die sich auf meine Haut legte und mich niederdrückte. Es war furchtbar. Auch wenn ich mir sicher war, dass Hayden mir so viel Zeit ließ, wie ich brauchte, der Countdown für unsere Beziehung lief. Entweder ließ ich ihn an mich heran ... oder ich gab ihn frei – beides machte mir eine Heidenangst. Und auch wenn Hayden mich kein bisschen unter Druck setzte, kam es mir vor, als hockte ich in einem Stundenglas und versuchte, die Ruhe zu bewahren, während mich der Sand langsam unter sich begrub.

Als ich kurz darauf in seinem Zimmer wieder auf Hayden traf, wirkte er überhaupt nicht verstimmt, weil ich vor ihm davongelaufen war. Vielmehr war er ausgesprochen gutgelaunt, als ich anfing, die Kartons auseinanderzufalten. Daraufhin fühlte ich mich auch wieder besser. Es war okay – wir würden das schaffen.

Er schnappte sich ein paar Sachen vom Bett und erklärte: »Es wird schön, wieder nah bei dir und bei der Trainingsstrecke zu wohnen. Dieses Pendeln war ziemlich nervig. Und Tony hatte es satt, mir ständig sein Auto zu leihen. Seine neu entdeckte Großzügigkeit hat ihre Grenzen.« Lachend warf er Kleidung in einen Karton.

»Womit fährst du denn jetzt?«, fragte ich.

Hayden hielt nachdenklich inne. »Ehrlich gesagt weiß ich das nicht. Ich muss mir bald was überlegen.«

Ich kaute auf meiner Lippe und sagte: »Du könntest meine Straßenmaschine nehmen. Ich habe ja den Truck, im Grunde brauche ich sie nicht.«

Noch ehe ich zu Ende gesprochen hatte, schüttelte Hayden den Kopf. »Nein, wir lassen es langsam angehen. Ich will nicht, dass du dich verpflichtet fühlst, mir zu helfen.«

Ich verschränkte die Arme. »Ich darf meinem Freund *gar nicht* helfen?«

Mit schiefem Lächeln erwiderte er: »Du hilfst mir doch jetzt.«

Mit erhobener Braue wartete ich auf eine richtige Antwort auf meine Frage. Daraufhin hielt er im Packen inne und drehte sich zu mir um. »Ich will kein Almosen von dir, Kenzie. Ich bin nicht blind. Ich weiß, dass zwischen uns noch nicht alles wieder hundertprozentig normal ist. Und ich will nicht, dass etwas unsere Beziehung belastet, solange sie noch so ... labil ist. Keine Vorwürfe, keine schlechten Gefühle, keine Bitterkeit – nichts. Ich will nicht, dass du dich von mir ausgenutzt fühlst.« Er lächelte schwach. »Und außerdem wird es Zeit, dass ich auf eigenen Füßen stehe. Ich will das allein hinkriegen.«

Es schmerzte, dass er sagte, zwischen uns sei noch nicht wieder alles hundertprozentig normal, aber es stimmte. Und vielleicht war es richtig, unsere Beziehung nicht unnötig zu belasten, obwohl ich mir nicht vorstellen konnte, mich jemals von ihm ausgenutzt zu fühlen. »Ich verstehe, dass du es allein schaffen willst. Das war mit ein

Grund, warum ich mir meine eigenen Ducatis gekauft habe, anstatt sie von meinen Vater bezahlen zu lassen.«

Hayden grinste. Schulterzuckend fragte ich: »Darf ich dir wenigstens bei der Suche helfen?«

»Natürlich«, sagte er.

Wie ich es vorhergesagt hatte, dauerte es nicht lange, Haydens Zeug zusammenzupacken und in mein Auto zu verfrachten. Er besaß nicht viel. Ob sich Haydens Angewohnheit, wenig zu besitzen, ändern würde, wenn er ernsthaft Wurzeln schlug? Wurzeln, zu denen ich zum Glück noch gehörte?

Wir verabschiedeten uns von Aufreißer, stiegen in den Truck und fuhren zurück nach Oceanside. Nachdem Hayden nun sicher war, dass ich nichts dagegen hatte, dass er mit meiner besten Freundin zusammenzog, war er ganz aus dem Häuschen vor Freude. Er hüpfte auf dem Sitz auf und ab, trommelte mit den Fingern zum Takt der Musik aus dem Radio und summte vor sich hin. Und er hörte nicht auf zu grinsen. Er freute sich auf diesen Umzug, er wollte unbedingt ein neues Kapitel in seinem Leben aufschlagen. In *unserem* Leben.

Trotz meiner wankenden Gefühle freute ich mich auch. »Ich bin so froh, dass es endlich so weit ist. Schön, dass du jetzt wieder näher bei mir bist.«

Hayden wandte mir sein umwerfendes Lächeln zu. »Ich weiß. Obwohl Aufreißer ein besserer Freund ist als früher, war es dort ganz schön einsam. Ich habe dich vermisst.«

Er legte mir eine Hand aufs Knie, und mein Herz tat einen Sprung. »Ich habe dich auch vermisst«, erwiderte ich leise. Und in gewisser Weise vermisste ich ihn noch immer. Ich vermisse uns – wie wir früher waren. Hoffentlich konnte es wieder so sein.

Schneller als erwartet hielten wir vor Nikkis Wohnung, die nur wenige Blocks von meinem Haus entfernt lag. Zum Glück hatte sie zwei Zimmer, sodass Hayden sein Reich für sich hatte, zumindest bis das Baby größer wurde. Ich parkte den Truck neben Nikkis Smart. Wahrscheinlich musste sie sich bald ein größeres Auto zulegen. Auf der anderen Seite von Nikkis Wagen stand das Fahrzeug einer Person, die ich heute hier nicht erwartet hatte: Myles. Es freute mich, dass er da war. Er bemühte sich bereits, ein guter Vater zu sein, indem er Nikki in diesem möglicherweise nicht ganz einfachen Veränderungsprozess unterstützte. Entweder das, oder ihm war langweilig.

Hayden und ich sprangen aus dem Truck, nahmen jeder einen Karton und machten uns auf den Weg zu Nikkis Erdgeschosswohnung. Als ich an die Tür kam, hörte ich innen leise, aufgebrachte Stimmen. Was eher ungewöhnlich war. Normalerweise hörte ich nichts als Lachen, wenn Nikki mit Myles zusammen war. »Nik«, rief ich und stieß mit der Schuhspitze gegen die Tür. »Wir sind da.«

Das Gespräch wurde fortgesetzt, ohne dass jemand Notiz von mir nahm. »Nik?«, rief ich noch einmal.

Schließlich kamen die Stimmen näher. Als die Tür aufschwang, hörte ich Myles sagen: »Ich weiß, aber das heißt nicht, dass es mir gefallen muss.« Als er Hayden und mich vor der Tür stehen sah, verstummte er.

»Was muss dir nicht gefallen?«, fragte ich.

Myles warf einen kurzen Blick zu Hayden, dann setzte er ein lockeres Lächeln auf. »Nichts. Schön, euch zu sehen.«

Ich blickte zu Nikki, die neben ihm stand und leicht gereizt wirkte. »Kommt rein«, sagte sie und machte Platz, damit wir eintreten konnten.

Anspannung lag im Raum, als ich zwischen meinen besten Freunden hin- und hersah, die sich ganz offensichtlich über etwas gestritten hatten. Oder über *jemanden*. »Kommen wir gerade ungünstig?«, fragte ich und rückte den Karton in meinen Händen zurecht.

Nikki schüttelte den Kopf, ihr langer dunkler Pferdeschwanz schwang um ihre Schultern »Natürlich nicht. Ich zeige dir dein neues Zimmer, Hayden.«

Als sie ihn hereinwinkte, stellte ich fest, dass ihre Schwangerschaft nun nicht mehr zu übersehen war. Entweder trug sie endlich Sachen, die ihr passten, oder ihr Körper fühlte sich frei, an Umfang zu gewinnen, nachdem wir alle von dem Baby wussten. Ich bemerkte, dass Myles Hayden und Nikki mit skeptischer Miene hinterhersah.

Als die zwei außer Hörweite waren, ging ich zu ihm. »Was ist los?«

Sofort setzte er eine neutrale Miene auf. »Nichts. Das ist toll. Ganz ... toll.«

Ich verzog missbilligend die Lippen und sah ihn durchdringend an. »Du hast gesagt, du hättest kein Problem mehr mit Hayden. Dass du ihm verziehen hast.«

Er schüttelte den Kopf. »Das habe ich auch, und es hat nichts mit ihm persönlich zu tun.« Er deutete den Flur hinunter, wo sich Hayden und Nikki unterhielten. »Es ist nur, da drin wächst mein Kind heran, und das ist mein ...« Er presste die Lippen zusammen und zögerte. »Es ist nur einfach seltsam, dass ein Typ hier wohnt, das ist alles. Nikki ist immer ... Single gewesen. Größtenteils. Jedenfalls hatte sie nie etwas Ernsthaftes.«

»Also, Hayden ist nicht hier, um sich an Nikki ranzumachen, falls du dir deshalb Sorgen machst. Wenn es dich beruhigt, stell dir einfach vor, er wäre eine Frau.« Kaum hatte ich die Worte ausgesprochen, verzog ich das Gesicht.

Myles grinste mich an. »Ich kann nicht glauben, dass du das gerade gesagt hast.«

»Und ich kann nicht glauben, dass du eifersüchtig bist«, konterte ich.

Er reagierte gereizt. »Ich bin nicht *eifersüchtig*. Es ist nur ... komisch. Ich finde es eben seltsam, das ist etwas vollkommen anderes.«

Ich konnte mir ein Grinsen nicht verkneifen. »Aha.«

»Kenzie?«, rief Nikki. »Bist du unterwegs verloren gegangen? So lang ist der Flur doch gar nicht.«

Noch immer lächelnd rief ich zurück: »Komme schon.«

Myles rollte mit den Augen und blieb im Wohnzimmer, während ich mit dem Karton den Flur hinunterging.

Hayden und ich mussten noch zweimal zum Truck, dann war Hayden mit seinem gesamten Hausstand eingezogen. Als wir in seinem neuen – aber kleinen – Zimmer standen, blickte ich mich nachdenklich um. »Du hast kein Bett. Oder eine Kommode. Du hast überhaupt nicht gerade viele Möbel.«

Hayden lächelte, als ich den Karton absetzte. »Ich glaube, wir sind fertig. Sieht aus, als würde ich eine Weile aus Kartons leben.«

Seine Antwort gefiel mir nicht. »Du kannst doch nicht auf Kartons *schlafen*.«

Hayden trat zu mir und legte mir die Hände auf die Arme. »Ich schlafe auf dem Sofa, bis ich ein Bett habe. Ich komme schon klar.«

Noch immer nicht zufrieden schüttelte ich den Kopf. »Warum hast du gar keine Möbel? Ich meine, ich weiß, dass Keith dir eine Menge zur Verfügung gestellt hat, als du bei ihm gewohnt hast, aber was war davor? Hast du nie welche besessen?«

Haydens Miene verdunkelte sich. »Als Felicia und ich ... zusammengewohnt haben ... da hatte ich Sachen. Aber nachdem sie weg war und mir klar wurde, dass sie nicht zurückkommt, habe ich ein Lagerfeuer gemacht.«

Es versetzte mir einen Stich, ihren Namen zu hören, zugleich blieb mir vor Überraschung der Mund offen stehen. »Du hast all deine Sachen verbrannt? Deine ganzen Möbel?«

Hayden nickte. »Aufreißer und Grunz haben mir geholfen. Es war irgendwie – kathartisch. Soweit ich mich erinnern kann jedenfalls.« Er schmunzelte, dann zuckte er die Schultern. »Anschließend wollte ich nichts mehr besitzen, das ich nicht von jetzt auf gleich zurücklassen kann. Ich wollte so frei wie möglich sein. Das war lange so, darum habe ich wohl auch den ganzen Kram von Keith angenommen. Es fühlte sich nicht bindend an, weil es mir ja nicht gehörte. Aber jetzt ... möchte ich etwas Bindendes. Ich bin bereit dazu.« Er holte tief Luft und lächelte. »Ich bin bereit für ein Bett. Und vielleicht auch für eine Kommode.«

Mit einem strahlenden Lächeln legte ich die Arme um seinen Hals. Er hob eine Augenbraue, dann zog er mich an sich. »Zuerst brauche ich aber ein Fahrzeug. Lieber habe ich einen steifen Nacken vom improvisierten Schlafen, als dass ich mich überallhin kutschieren lassen muss.«

»Habe ich gerade gehört, dass du ein Fahrzeug brauchst?«, fragte Nikki, die mit einem Teller Kekse in der Tür erschien. »Hunger?«

Wir drehten uns zu ihr um, und wieder war ich sprachlos. Nikki buk nicht. Als sie meinen Blick sah, errötete sie. Sie warf Hayden einen scharfen Blick zu und sagte: »Das ist nicht normal für mich. Eigentlich gibt es bei mir nichts zu essen. Nur Wein – was gerade nicht geht ...« Sie seufzte leise.

Hayden lachte, dann nahm er sich einen Keks vom Teller. Mit skeptischer Miene beobachtete ich, wie er ihn sich in den Mund schob. Er hatte den ganzen Tag nur Fett und Kohlehydrate zu sich genommen. Seinem Körper sah man die schlechten Essgewohnheiten allerdings ganz sicher nicht an. Verdammt guter Stoffwechsel. Gemein. »Ich erwarte nichts von dir, Nikki. Ich kann mich um mich selbst kümmern. Was wolltest du wegen eines Fahrzeugs sagen?«

Hinter Nikki erschien Myles. Er trat neben sie in den Türrahmen und bediente sich ebenfalls an den Keksen –

er nahm gleich drei. Vor der nächsten Saison musste ich mit meinem Team unbedingt über anständige Ernährung sprechen. »Ich glaube, sie hat an mich gedacht. Ich will meine alte Straßenmaschine verkaufen.« Er warf Nikki einen bedeutungsvollen Blick zu. »Von wegen Prioritäten und so.« An Hayden gewandt sagte er: »Suchst du was?«

Hayden grinste mich an, dann drehte er sich zu Myles um. »Ja. Ich würde gern eine Probefahrt machen. Gleich jetzt?«

Er versicherte sich mit einem Blick bei mir, dass ich einverstanden war, und ich lächelte und nickte. »Klingt großartig.« Je mehr wir vier zusammen unternahmen, desto normaler würde es uns allen vorkommen.

Myles schien unsicher zu sein, doch Nikki war von der Idee begeistert. »Ja, das machen wir! Wir können bei Kenzie vorbeifahren, ihr Bike holen und alle vier eine Tour machen. Vorausgesetzt, es ist für dich okay, wenn Myles deine Maschine fährt, Kenzie?«

Ich wollte ihr gerade antworten, dass ich natürlich nichts dagegen hatte, als Myles den Kopf schüttelte. »Auf keinen Fall. Du darfst jetzt nicht Motorrad fahren.«

Nikki und ich verschränkten gleichzeitig die Arme. »Warum nicht?«, fragte Nikki aufgebracht.

Zur Antwort deutete Myles auf ihren Bauch. Was Nikki noch mehr in Rage brachte. »Bis vor ein paar Tagen wusstest du noch nicht einmal, dass ich schwanger bin, und jetzt erzählst du mir, was ich zu tun und zu lassen habe?«

Myles warf die Hände in die Luft. »Es ist doch nicht meine Schuld, dass du es mir nicht gleich erzählt hast. Und eigentlich bin ich deshalb auch immer noch sauer. Also, ja, ich glaube, dass ich deshalb irgendwie etwas guthabe. Als hätte ich dadurch zwei Stimmen und du nur eine.«

Nikki riss die Augen auf. »Wie bitte? Das ist ja wohl das Dümmste, was ich je von dir gehört habe, Kelley –, und du hast wahrhaftig schon einigen Blödsinn von dir gegeben.«

Hayden trat von einem Fuß auf den anderen. »Schon okay, wir müssen nicht ...«

Nikki zeigte mit dem Finger auf ihn. »Doch! Wir fahren.« Sie richtete ihre Aufmerksamkeit wieder auf Myles und sagte: »Nächsten Mittwoch habe ich einen Arzttermin. Du kommst mit, und dann lassen wir uns von einem Fachmann erklären, was ich tun darf und was nicht. Bis dahin habe ich das Sagen, klar?«

Myles seufzte und rollte mit den Augen. »Na gut«, zischte er. Dann schnappte er sich die restlichen Kekse und stürmte aus dem Zimmer.

Nikki schloss die Augen und schien im Stillen bis zehn zu zählen. Als sie sie wieder öffnete, lächelte sie angespannt. »Er macht mich wahnsinnig. *Jetzt schon.*« Mit schmalen Augen fügte sie hinzu: »Wenn er nicht damit aufhört, musst du dir vielleicht bald einen anderen Fahrer suchen.«

Ich lächelte ihr so aufmunternd zu wie möglich. »Ich rede mit ihm und versuche, ihn etwas runterzubringen. Aber vielleicht sollten wir mit dem Gruppenausflug bis nach deinem Arztbesuch warten. Um des Friedens willen?«

Nikki starrte mich derart wütend an, dass ich die Verachtung förmlich auf der Haut spürte. »Na gut«, zischte sie in genau demselben Ton wie Myles kurz zuvor. Dann verließ sie den Raum, und ich hörte, wie sie auf der anderen Seite des Flurs ihre Zimmertür zuschlug.

Hayden blickte mich seufzend an. »Wie gesagt, es wird interessant, hier zu wohnen.«

Ich lächelte ihm mitfühlend zu und sagte: »Warum testest du nicht mit Myles das Bike? Ich bleibe hier und versuche, Nikki zu beruhigen. Es ist total merkwürdig, wenn sie sich streiten. Sie haben sich immer so gut verstanden.« Traurigkeit überkam mich, als mir klar wurde, wie sich all unsere Beziehungen verändert hatten. Zwischen Hayden und mir war es ... anders. Zwischen Myles und Nikki genauso. Ich hasste Veränderungen.

Hayden küsste mich auf die Wange. »Das wird schon mit den beiden. Sie brauchen nur Zeit, sich an die neue Situation zu gewöhnen.«

Mir war klar, dass er nicht nur von Myles und Nikki sprach. Ich nickte, und meine Stimmung hellte sich auf. Ja. Die zwei brauchten nur Zeit, genau wie wir.

Hayden gab mir einen zärtlichen, innigen, verheißungsvollen, entschiedenen Kuss. Als er sich von mir löste, nahm er mein Gesicht in seine Hände und küsste mich auf die Stirn. Ich holte tief Luft und atmete seine Kraft in mich ein, dann wünschte ich ihm viel Glück bei seiner Unternehmung mit Myles.

Augenrollend verließ er das Zimmer. »Wir fahren Motorrad. Wir kommen schon klar.« Er zwinkerte mir zu und ließ mich allein, damit ich mich um meine emotional aufgewühlte beste Freundin kümmern konnte.

Ich holte noch einmal tief Luft, bevor ich mich zu ihr wagte. Während ich an ihre Tür klopfte, hörte ich, wie Myles und Hayden die Wohnung verließen. Beide lachten, das war schon einmal ein guter Anfang. »Nikki? Ist alles ... in Ordnung?«

Hinter der geschlossenen Tür ertönte ein Schniefen. »Yep. Alles super.«

Seufzend öffnete ich die Tür. »Das stimmt doch nicht. Willst du darüber reden?«

Schnell wischte sie sich über die Augen, als könnte sie ihre Gefühle vor mir verbergen. »Es gibt nichts zu reden, ich bin total begeistert.«

Ich setzte mich neben sie aufs Bett und legte ihr eine Hand aufs Knie. »Das stimmt doch gar nicht. Komm schon, du bist immer für mich da, lass mich jetzt für dich da sein.«

Wieder schniefte sie, dann wandte sie mir ihr Gesicht zu. »Es ist nur ... Myles und ich standen immer auf derselben Seite. Immer. Aber jetzt ist es, als wären wir Fremde. Oder noch schlimmer, es ist, als würde er nicht mehr *mich* sehen, sondern nur noch, was ... in mir ist.«

Ich biss mir auf die Lippe und überlegte, was ich sagen konnte. »Myles versucht nur, sich in die Situation einzufinden, genau wie du. Und ich bin mir sicher, dass es schwer für ihn ist, weil er vor vollendete Tatsachen gestellt wurde. Er macht sich nur Sorgen um euch zwei.«

Nikki lächelte widerwillig. »Ich weiß. Es fehlt mir nur, wie es früher zwischen uns war.«

Ich legte einen Arm um ihre Schultern und zog sie an mich. »Ich weiß, wie schwer das sein kann, wenn man die Vergangenheit vermisst. Aber die Zukunft wird gut. Ihr zwei kriegt das hin. Das weiß ich.«

Ihr Lächeln wurde wärmer. »Meinst du wirklich?«

Nein. Aber ich hoffte es. »Ja.«

Kapitel 3

Hayden und ich brauchten nicht lange, um uns an die neue Routine zu gewöhnen. Nachdem er jetzt so nah bei mir wohnte, schaute ich jeden Morgen bei ihm vorbei – meist weckte ich ihn –, dann fuhren wir gemeinsam zur Trainingsstrecke. Hayden auf der Maschine, die er Myles abgekauft hatte, ich auf meiner.

Wenn ich abends ins Bett ging, freute ich mich schon auf die nächste morgendliche Fahrt mit ihm. Es erinnerte mich an die alten Tage, als wir uns zur Trainingsstrecke geschlichen hatten, um ein kleines Mitternachtsrennen zu veranstalten. Doch anders als bei den geheimen nächtlichen Fahrten hielten wir uns bei unseren morgendlichen Touren an die Geschwindigkeitsbegrenzung. Zumindest halbwegs.

Doch an diesem Mittwoch sah der Morgen anders aus. Heute musste Hayden allein zur Trainingsstrecke fahren, denn ich begleitete Nikki zu ihrer ersten Schwangerschaftsuntersuchung. Ich wusste, dass sie ein nervliches Wrack war, weil sie mir diese Woche sechs Nachrichten geschickt und mich jedes Mal gefragt hatte, ob sie sich in diesem frühen Stadium der Schwangerschaft wirklich schon untersuchen lassen müsse. Meine Antwort war immer dieselbe: Ja. Wenn es nach Nikki ginge, würde sie vermutlich warten, bis die Fruchtblase platzte, ehe sie einen Arzt aufsuchte. Sie wollte die Schwangerschaft mit allen Mitteln zu leugnen. Hoffentlich legte sich das nach dem Arzttermin.

Ich klopfte energisch an ihre Wohnungstür, dann klingelte ich. Es sähe Nikki ähnlich, so zu tun, als schliefe sie noch und habe mich nicht gehört. Doch da Hayden bei ihr wohnte, konnte sie mich nicht ignorieren. Ich war zuversichtlich, dass ich ihn aufwecken konnte, wenn er noch schlief. Oder ich konnte meine kriminellen Fähigkeiten zum Einsatz bringen und einbrechen.

Ich wartete auf eine Reaktion und lauschte aufmerksam auf irgendein Lebenszeichen. Nichts. Schliefen etwa beide noch? Ich wollte gerade noch einmal klingeln, als ich eine tiefe Stimme »Komme« brummen und jemanden heranschlurfen hörte.

Ein strahlendes Lächeln legte sich auf mein Gesicht, als Hayden in der Tür erschien. Er war so süß, wenn er gerade erst aufgewacht war – sexy verstrubbelte blonde Haare, ein altes T-Shirt und weite Jogginghosen. Er musste gähnen und hielt sich eine Hand vor den Mund. »Hallo«, rief ich fröhlich und hellwach. Ich war schon seit Stunden auf.

Er grinste mich verschlafen an und murmelte: »Hallo«, dann zog er mich in seine Arme. Die wohlige Wärme berührte meine Sinne, und ich schloss die Augen, genoss seine Nähe und erwiderte die Umarmung. Das war für mich der schönste Teil des Tages.

»Guten Morgen«, flüsterte er mir ins Ohr, und sein Atem kitzelte auf meiner Haut.

Ein Schaudern durchströmte mich, und ich zog ihn fest an mich. »Morgen.«

Hayden lehnte sich zurück, um mich anzusehen, und machte ein betrübtes Gesicht: »Du bist wegen Nikki hier, stimmt's?« Er wirkte so niedergeschlagen, als hätte er mich schon vermisst.

Ich legte ihm eine Hand auf die Wange und nickte. Dann schüttelte ich den Kopf. »Nein, ich bin wegen euch beiden hier.«

Er lächelte, beugte sich vor und gab mir einen sanften Kuss. Ich genoss die zärtliche Berührung, dann wich ich widerwillig zurück. »Ich würde am liebsten den ganzen Morgen mit dir knutschen, aber ich sammele besser Nikki ein, ehe sie noch aus dem Fenster flieht.«

Hayden lachte, dann nickte er. Händchenhaltend gingen wir in die Wohnung. »Nik? Bist du so weit?«, fragte ich. Stille.

Seufzend sah ich Hayden an. Er zuckte die Schultern. »Ich dachte, sie ist hier, aber vielleicht hat sie sich ja schon davongestohlen?«

Leicht gereizt ließ ich seine Hand los und schritt den Flur hinunter zu ihrem Zimmer. Als ich die Tür öffnete, bewegte sich die Bettdecke, als versuchte die darunterliegende Person sich in der Matratze zu vergraben. Gereizt schlenderte ich zum Bett und zog die Decke weg. Nikki hatte sich zu einer Kugel zusammengerollt und versuchte, sich so klein und unsichtbar zu machen, wie es ihr rundlicher Körper nur zuließ. Blinzelnd spähte sie zu mir hoch. »Oh, hallo, Kenzie. Du bist schon da.«

Ich zog eine Augenbraue nach oben und sah sie streng an, dann entspannte ich mich. »Bereit zum Aufbruch?«

Sie trug noch ihren Pyjama, es war klar, dass sie noch nicht bereit war, das Haus zu verlassen. Wenn sie allerdings dachte, davon ließe ich mich abhalten, hatte sie sich getäuscht. Notfalls würde ich sie auch in ihrer gemütlichen Fleecehose mitschleppen. Als Nikki mich ansah, schien sie genau das zu begreifen. Mit einem genervten Stöhnen streckte sie ihren Körper. »Fast ...«

Lächelnd trat ich zurück, damit sie aufstehen konnte. »Kommt Myles her, oder treffen wir ihn dort?«, fragte ich, während sie sich widerwillig aus dem Bett quälte.

»Dort«, murmelte sie und stapfte zur Kommode.

Irgendwie wünschte ich, er würde herkommen. Es wäre nicht schlecht, wenn noch jemand half, sie ins Auto zu schieben. »Okay, gut, ich warte im Wohnzimmer auf dich.« Sie nickte, und ich wandte mich zum Gehen. Dann hielt ich noch einmal inne und drehte mich zu ihr um. »Beeil dich ein bisschen, Nik. Wir müssen los.«

Sie warf mir einen verzweifelten Blick zu, nickte jedoch. Nikki kam gern zu spät, während ich gern pünktlich war. Doch Nikki wusste, dass der Termin wichtig war. Sonst hätte sie sich mehr gewehrt.

Als ich wieder im Flur stand, hörte ich Hayden in seinem Zimmer und ging zu ihm. Er stand mit freiem Oberkörper neben einem Kleiderkarton und knöpfte sich die Jeans zu. Seine definierten Bauchmuskeln zogen meinen Blick auf sich, und ich konnte nicht anders, ich musste ihn einfach anstarren. Als er spürte, dass ich mit meinen Blicken förmlich Löcher in seinen Körper brannte, schaute er zu mir herüber. Unsere Blicke trafen sich, und er grinste schief, charmant. »Bist du sicher, dass du schon gehen musst? Wenn du Zeit hast, habe ich auch welche.« Einladend breitete er die Arme aus.

Es erforderte meine gesamte Willenskraft, seinem Angebot zu widerstehen. »Ich habe keine Zeit, tut mir leid.« Und ich war mir nicht sicher, ob ich schon bereit zu einer halb nackten Umarmung war. Das würde Gefühle und Gedanken in mir wecken, für die ich mich noch nicht stark genug fühlte.

Da ich mich nicht wieder von meinen Zweifeln und meiner Unsicherheit hinreißen lassen wollte, setzte ich ein lockeres Lächeln auf. Daraufhin grinste Hayden ebenfalls, und meine Laune hielt sich zum Glück. Nachdem er ein frisches T-Shirt übergestreift hatte, ging ich zu ihm und gab ihm einen keuschen Kuss auf die Wange. »Wir sehen uns später an der Trainingsstrecke.« Ich wollte gerade gehen, blieb jedoch noch einmal stehen und blickte mich zu ihm um. »Ich liebe dich.« Diesmal fiel es mir ein wenig leichter, es zu sagen, und mein Herz ging auf, anstatt zu pochen, als wäre ich gerade einen Marathon gelaufen.

Haydens Grinsen wuchs. Er streckte die Hand aus, fasste meine und zog mich zu sich. »Ich liebe dich auch«, sagte er, dann presste er seine Lippen auf meine. Ich verlor mich in dem Gefühl. Als er mit den Händen über meinen Rücken strich und mich zärtlich mit der Zunge liebkoste, erwachte in mir eine Lust, die langsam die permanent in meinem Kopf herumspukende Angst und meine Zweifel verdrängte. Vielleicht war es gar nicht so schlecht loszulassen ...

»Du sagst, ich soll mich beeilen, und dann machst du hier ... mit deinem Freund rum. Heißt das, wir bleiben hier?«

Hayden und ich lösten uns voneinander, und ich fuhr zu Nikki herum, die amüsiert grinste. Obwohl sie etwas vorwurfsvoll wirkte, lag ein zufriedener Ausdruck in ihren dunklen Augen. Sie wollte, dass Hayden und ich wieder ein richtiges Paar wurden, so wie früher – als die Dinge noch in Ordnung waren.

Ich holte tief Luft und versuchte, mein überquellendes Herz zu beruhigen. »Nein, wir gehen«, erklärte ich fest. Sie hatte einen Termin, und Hayden und ich ... waren noch nicht so weit.

Hayden wirkte zufrieden, als ich mich noch einmal nach ihm umdrehte, als freute er sich über die Tatsache, dass er mich heißgemacht hatte. Ich war froh, ihn so zu sehen, und verließ selbst ziemlich zufrieden mit Nikki die Wohnung.

»Bei euch beiden scheint es gut zu laufen«, bemerkte Nikki, als wir in ihrem winzigen Auto saßen. »Hast du meinen Rat befolgt? Bist du wieder aufs Pferd gestiegen?«

Ich verzog die Lippen über ihre Bemerkung, dann seufzte ich. »Ja – und nein.« Sie schien verwirrt, also erklärte ich es ihr: »Ich versuche, ihn nicht wegzustoßen und die Angst nicht die Oberhand gewinnen zu lassen, aber wir schlafen noch nicht miteinander. Nicht einmal annähernd.« Er war immer noch nicht wieder bei mir gewesen. Das musste ich möglichst bald ändern. Ich sollte physisch sowie im übertragenen Sinn eine Tür öffnen.

Nikki lenkte den Wagen und runzelte die Stirn. »Nun, das ist vermutlich ein Schritt in die richtige Richtung. Aber pass auf, dass dein Kopf dich nicht blockiert, Kenzie. Manchmal muss man seinem Gefühl nachgeben, ohne erst nachzudenken.«

Ich zeigte auf ihren Bauch. »Wie du bei Myles?«

Sie warf mir einen bösen Blick zu, dann sah sie wieder auf die Straße. »Das ist nicht lustig. Vergleich mein Liebesleben nicht mit deinem.«

»Gibt es denn ein Liebesleben?«, fragte ich ehrlich interessiert. Der Gedanke, dass die zwei zusammen waren, kam mir nicht mehr so abwegig vor wie am Anfang. Sie passten perfekt zusammen.

Aber Nikki schnaubte. »Nein, Kenzie, wir sind nur Freunde. Und eigentlich sind wir auch das kaum noch.« Ihre Stimme wurde weicher. »Das Einzige, worauf ich mich heute freue, ist, dass der Arzt Myles vielleicht ein bisschen beruhigt. Damit ich meinen Freund zurückbekomme.«

Ich biss mir auf die Zunge. Der Termin könnte Myles entspannen, er könnte ihm aber genauso gut weitere Munition gegen sie liefern. Und ich hatte das Gefühl, dass eher Letzteres der Fall war. Ich musste unbedingt bald mit ihm reden, bevor er ihrer Beziehung dauerhaft schadete.

Als wir auf den Parkplatz von Nikkis Gynäkologen fuhren, wartete Myles bereits im Wagen auf uns. Er schien überrascht, als Nikki neben ihm parkte. Wahrscheinlich hatte er damit gerechnet, dass sie wie üblich zu spät kam.

Nikki atmete langsam aus und schaltete den Motor ab.

»Alles okay?«, fragte ich.

Mit angespannter Miene blickte sie zu mir herüber: »Nur ein bisschen übel.«

Mit großen Augen fragte ich: »Morgenübelkeit?« und sah mich nach einer Tüte, einer Schale, nach irgendetwas um, das sie benutzen konnte.

Nikki ließ ein brüchiges Lachen erklingen. »Nein, nur Nervenübelkeit. Ich glaube nicht, dass ich mich übergeben muss. Drück mir die Daumen.«

Mitfühlend legte ich ihr eine Hand auf den Arm, da öffnete Myles auch schon die Wagentür. »Oh, gut, dass du pünktlich bist«, sagte er und streckte die Hand aus, um Nikki herauszuhelfen.

Sie lächelte zu ihm hoch und ergriff seine Hand, Erleichterung und Dankbarkeit zeichneten sich auf ihrem Gesicht ab. Dann stutzte sie. »Natürlich bin ich pünktlich. Dachtest du, ich komme zu diesem Termin zu spät?«

Myles und ich sahen sie ungläubig an. Ihr Blick wanderte vom einen zum anderen, dann murmelte sie »Seid bloß still« und ließ sich von Myles aus dem engen Auto ziehen.

Schmunzelnd stieg ich aus und trat zu ihnen. Sie standen nah voreinander, ohne sich jedoch anzusehen, und wirkten ziemlich überfordert. Myles strich sich unablässig die wirren dunklen Haare zurück und ließ den Blick umherschweifen, als wollte er sich die Fluchtwege einprägen. Nikki war ganz grün im Gesicht. Es war seltsam, sie so bedrückt zu sehen. Normalerweise waren sie locker und unbeschwert, immer für einen Spaß zu haben.

Ich konnte mich noch genau an den Tag erinnern, an dem sie sich kennengelernt hatten. Nikki hatte als Erste bei Cox Racing angefangen, und wir hatten uns auf Anhieb gut verstanden. Obwohl ich noch keine offizielle Fahrerin gewesen war, war die Trainingsstrecke mein Zuhause, und ich verbrachte dort den Großteil meiner Zeit. An Myles' erstem Tag war er zuerst auf Nikki gestoßen.

Er hatte Helm und Reisetasche hochgehalten und gefragt: »Kann ich die bei dir abgeben?«

Sie hatte mich angesehen, und wir hatten gelacht. Dann hatte sie Myles ihren mit Schmiere verdreckten Overall gezeigt und trocken erklärt: »Sehe ich aus wie deine persönliche Assistentin?«

Kurz darauf hatte er begriffen, was ihre Aufgabe war, und war wie die meisten Männer, denen Nikki begegnete, überrascht gewesen. »Heiliger Strohsack, du bist Mechanikerin?«

Über Nikkis Antwort musste ich noch immer lachen. »Ja, komisch, ich weiß ... Ich habe Titten und kann trotzdem mit Werkzeug umgehen.« Eines Tages würde ich das für sie auf ein T-Shirt drucken lassen.

Anstatt sauer oder verärgert über ihre Antwort zu sein, anstatt sich aufzuplustern, als müsste er etwas beweisen, hatte Myles angefangen zu lachen – ihm waren buchstäblich vor Lachen die Tränen über die Wangen gelaufen. In jenem Moment hatte ich gewusst, dass die zwei Freunde fürs Leben werden würden.

Myles hatte sie eingeladen, nach der Arbeit mit ihm auszugehen, und anschließend waren sie fast jeden Abend zusammen unterwegs gewesen. Sie waren Yin und Yang, siamesische Zwillinge, Seelenverwandte … oder zumindest waren sie das früher gewesen. Jetzt waren sie nur noch gestresste werdende Eltern.

Da ich mir nicht sicher war, ob sie das Gebäude betreten würden, ohne dass ich ein bisschen drängte, fragte ich: »Seid ihr bereit?«

Die zwei machten einen niedergeschlagenen Eindruck, nickten jedoch, und wir gingen in Richtung Tür. Myles blickte sich noch einmal nach Nikkis Auto um. »Ich habe mir überlegt, dass du dir bald einen größeren Wagen anschaffen solltest.«

Plötzlich war Nikki deutlich weniger grün im Gesicht und starrte ihn an. »Wie bitte? Auf keinen Fall.«

Myles sah sie skeptisch an. »Das ist ein Bremsklotz auf vier Rädern, Nik. Was, wenn du einen Unfall hast?«

Sie blickte starr geradeaus und atmete tief ein. »Es ist alles okay, Myles. Ich liebe dieses Auto und will es behalten.«

Seufzend öffnete Myles die Eingangstür und hielt sie ihr auf. »Nun ja, und ich liebe es, dich atmen zu sehen. Dieses Ding aber würde einen Unfall nicht überleben.«

Ich musste über das kurze Zögern in seinem Satz lächeln, aber Nikki schien es nicht bemerkt zu haben.

Sie ging lachend an ihm vorbei durch die Tür. »Sagt der Mann, der sein Geld damit verdient, hundertfünfzig Meilen auf einem Motorrad zu fahren.«

Daraufhin verfinsterte sich seine Miene noch mehr, doch selbst ich musste zugeben, dass das ein gutes Argument war. Was er täglich machte, war weitaus gefährlicher, als wenn Nikki in einem Smart herumfuhr. Ich zuckte entschuldigend mit den Schultern und ging hinter ihr in das Gebäude.

Myles seufzte erneut und folgte uns hinein. Dann ließ Nikki eine Bombe hochgehen. Sie drehte sich zu Myles um und sagte ruhig: »Ehe ich es vergesse, meine Mutter hat dich Sonntagabend zum Familienessen eingeladen. Und du hast keine Wahl«, fügte sie hinzu und verzog das Gesicht zu einer Grimasse.

Er erbleichte und blickte sich nach der Tür um, als wollte er fliehen. »Wissen deine Eltern ... Bescheid?«, fragte er und sah wieder zu Nikki.

Sie biss sich auf die Lippe und schüttelte den Kopf. »Nein.«

»Mist«, entfuhr es Myles ziemlich laut, und alle, die in dem ruhigen Eingangsbereich warteten, drehten sich nach ihm um. Sofort kehrte die Farbe in seine Wangen zurück, und er richtete den Blick auf den Boden. »Sorry«, murmelte er in den Raum.

Einige der Frauen wirkten noch immer etwas irritiert, als sie sich wieder ihren Zeitschriften zuwandten. Wenn sie Bescheid wüssten, würden sie vielleicht weniger gereizt, sondern mitfühlend reagieren. Nikkis Eltern konnten ...

leidenschaftlich sein. Und außerdem hatte sie sechs – *sehr fürsorgliche* – ältere Brüder. Womöglich würde ich meinen besten Rennfahrer nie wiedersehen.

Kameradschaftlich strich ich Myles über den Arm. Mit der anderen Hand fasste ich Nikki am Ellbogen. Ich beugte mich zu ihr und sagte: »Pass auf, dass sie ihn nicht umbringen, okay?«

Nikki lachte, aber es klang nervös.

Wir sahen uns in dem Wartebereich nach einem Platz um. Irgendetwas musste in Oceanside im Wasser gewesen sein – überall saßen schwangere Frauen, und die meisten sahen aus, als würden sie jeden Moment platzen. »Gott«, murmelte Nikki. »Werde ich auch so dick?« Eine der werdenden Mütter hatte ihre Bemerkung gehört und warf ihr einen finsteren Blick zu. Wir drei machten uns hier heute nicht gerade beliebt, so viel war klar.

Myles blickte sich unsicher um. »Ich glaube, ich gehöre hier nicht hin«, flüsterte er.

Seine Reaktion war verständlich. Er war der einzige Mann in diesem Laden. Ich lächelte ihm aufmunternd zu und entgegnete beruhigend: »Es gehören zwei dazu, ein Kind zu zeugen. Du hast also ein Recht, hier zu sein. Genau wie die.«

Plötzlich erschien ein Grinsen auf Myles' Gesicht. Er öffnete den Mund, um etwas zu sagen, doch Nikki ließ ihn gar nicht erst zu Wort kommen: »Nein, deshalb hast du immer noch nicht zwei Stimmen.«

Er zog einen Schmollmund. Als ich darüber lachen musste, erntete ich ebenfalls böse Blicke. Nikki zeigte auf ein paar Stühle auf der anderen Seite des Raums, dann ging sie zur Rezeption. Nachdem sie sich angemeldet hatte, gesellte sie sich zu Myles und mir. Die nächste Viertelstunde rutschte Nikki auf ihrem Stuhl umher und kaute an den Fingernägeln. Myles wippte mit dem Knie und trommelte mit den Fingern auf dem Oberschenkel. Jeder im Wartebereich warf ihnen gelegentlich einen vorwurfsvollen Blick zu. Ich versuchte, meine Freunde mit unverfänglichem Geplapper abzulenken, doch sie waren ein einziges Nervenbündel.

Ich langte über Myles hinweg und tätschelte Nikkis Knie. »Das wird schon«, sagte ich und blickte beide an. »Es ist nur eine Untersuchung.«

Myles atmete lange aus und hielt die Beine still. Nikki nickte und umklammerte meine Hand. »Danke, dass ihr da seid.« Ihr Blick glitt zu Myles. »Ich weiß, dass ich dir eigentlich keine Wahl gelassen habe – aber trotzdem danke.«

Myles grinste, und sein jungenhaftes Lächeln entspannte Nikki ganz offensichtlich. »Es gibt keinen Ort, an dem ich jetzt lieber wäre«, erklärte er. Dann wanderte sein Blick durch den Raum voll schwangerer Frauen, und sein Grinsen wich einer nachdenklichen Miene. »Na ja, nein, eigentlich fallen mir jede Menge Orte ein, an denen ich jetzt lieber wäre …«, er richtete den Blick wieder auf sie, und seine Gesichtszüge wurden weich, »aber ich möchte nichts lieber tun, als dich zu unterstützen. Du bist meine beste Freundin.«

Seine Stimme klang so zärtlich, so liebevoll, so sanft,

dass mir klar wurde, dass ich hier das fünfte Rad am Wagen und im Grunde überflüssig war. Dieser Moment sollte Myles und Nikki gehören, und zwar allein. Ich überlegte gerade, wie ich meiner besten Freundin am besten beibrachte, dass ich sie nicht hineinbegleiten würde, als laut und vernehmlich Nikki Ramirez aufgerufen wurde.

Auf der gegenüberliegenden Seite des Raumes hielt eine Schwester die Tür zu den Untersuchungsräumen auf und suchte unter den Wartenden nach ihrer Patientin. Nikki sackte in sich zusammen und machte sich klein, doch ich stieß sie in die Seite. »Na los, Nik.«

Sie blickte mich mit großen Augen an. »Kommst du mit?«

Ich wand mich innerlich und blickte von ihr zu Myles und wieder zu ihr zurück. »Eigentlich finde ich, ihr zwei solltet allein gehen. Das ist euer Moment, da will ich nicht stören. Aber ich bin hier, wenn ihr wieder rauskommt.«

Nikki öffnete den Mund, um zu widersprechen, doch Myles fasste ihre Hand. Sie sahen sich in die Augen, und Myles nickte ihr aufmunternd zu. Nikki musterte ihn einen Augenblick, dann sah sie wieder mich an und erklärte schweren Herzens: »Okay, dann bis gleich, Kenzie.«

Darauf zu warten, dass Nikki und Myles aus dem Untersuchungszimmer zurückkamen, war wohl das Langweiligste, was ich je in meinem Leben getan hatte. Ich konnte mich noch nicht einmal mit Zeitschriftenlesen ablenken, weil diese ausschließlich Themen wie Schwangerschaft und Elternsein behandelten. Und darüber wollte ich jetzt noch nicht nachdenken. Dennoch fragte ich mich, während ich gedankenlos mit meinem Smartphone im Internet surfte, ob eine solche Zukunft auch für Hayden und mich denkbar war.

Wollte er Kinder haben? Wollte *ich* welche? Würden wir überhaupt lange genug zusammen sein, um über Kinder nachzudenken? Das Leben war unberechenbar. Das war im Grunde das Einzige, worauf man sich verlassen konnte.

Und dennoch ... ein Kind mit Hayden – seine grünen Augen, meine gewellten braunen Haare. Es wäre ein wunderschönes Baby, so viel war klar. Plötzlich zog sich mein Herz vor Schmerz zusammen. Nein, nicht vor Schmerz. Ich verspürte eine tiefe, herzzerreißende Sehnsucht. Und in diesem Augenblick wusste ich, dass ich unbedingt ein Kind haben wollte. Eines Tages. Und dass ich es unbedingt mit Hayden haben wollte. Dieser Gedanke wärmte mich und ängstigte mich zugleich.

Als sich gerade ein Knoten in meinem Magen bildete, schwang die Tür auf, durch die Nikki und Myles verschwunden waren. Nikki schritt heraus, und ihr Gesicht erinnerte mich an einen Gewitterhimmel, an dem es gleich blitzen und donnern würde. Besorgt stand ich auf und ging zu ihr.

»Nik? Alles okay?« Obwohl sie in erster Linie wütend aussah, machte ich mir Sorgen, dass etwas mit dem Baby nicht stimmte. Konnte man das in einem so frühen Stadium der Schwangerschaft überhaupt schon feststellen?

Hitzig sah sie mich an und durchbohrte mich mit

ihrem Blick. »Ich brauche einen neuen Arzt. Meiner ist ein Idiot.«

Überrascht schaute ich an ihr vorbei auf die noch offen stehende Tür, wo Myles mit einem älteren Mann sprach, vermutlich der Arzt. »Warum?«

Nikki hob abwehrend die Hand. »Nicht, ich kann nicht ...« Ohne den Satz zu beenden, drehte sie sich um und ging zum Ausgang. Als Myles bemerkte, dass sie ging, verabschiedete er sich hastig von dem Arzt und eilte ihr hinterher.

Verwirrt und zudem besorgt, dass meine Mitfahrgelegenheit sich davonmachte, folgte ich ihnen nach draußen. Ich kam dazu, als Myles Nikki gerade einholte.

»Komm schon, Nik«, sagte er, »lass dir nur einen Moment Zeit und denk darüber nach. Das ist alles, was wir sagen.«

Noch nie zuvor hatte ich Nikki dermaßen wütend gesehen. Es war etwas beunruhigend. »Was ist los?«, fragte ich. Vielleicht hätte ich doch mit ins Untersuchungszimmer gehen sollen.

Myles seufzte, und Nikki verdrehte die Augen. Ohne auf meine Frage zu antworten, wandte sie sich an Myles. »Ich fasse es nicht, dass du den Mist glaubst, den der erzählt.«

Myles presste die Lippen zusammen und schüttelte den Kopf. »Ich weiß, du willst so tun, als würde ein Baby dein Leben nicht verändern, aber das ist so. Du bist nicht mehr nur für dich verantwortlich. Und der Arzt hat recht – an Rennstrecken ist es dreckig und chaotisch, es stinkt und ist laut. Sie sind kein Ort für ein Baby. Du solltest nicht mehr mit zu den Rennen fahren.«

Schockiert riss ich die Augen auf. *Nicht mehr zu den Rennen fahren?* Auf den Schock folgte rasch die eiskalte Erkenntnis. Gott, natürlich sollte sie nicht mehr zu den Rennen fahren. Alles, was Myles gerade gesagt hatte, war absolut richtig. Mist. Sie war meine beste Mechanikerin – *meine* Mechanikerin. Ich konnte mir nicht vorstellen, jemand anderen an mein Bike zu lassen. Es war ihres, ihres ganz allein. Was zum Teufel sollten wir tun?

Nikki schien ihre Situation immer noch nicht zu akzeptieren. Sie hob das Kinn und erklärte stur: »Ich lasse das Baby bei meiner Mutter. Problem gelöst. Ich werde nicht das erste Jahr verpassen, in dem Cox Racing wieder am Start ist.« Sie zeigte mit dem Finger auf mich. »Das erste Jahr, in dem *Kenzie* wieder am Start ist.«

Ihre Treue rührte mich, aber auch mir war klar, dass sie das Baby nicht abgeben konnte. Nicht am Anfang, wenn es erst wenige Wochen alt war. Ich lächelte, obwohl ich mich plötzlich innerlich leer fühlte, und legte ihr eine Hand auf die Schulter. »Nik – du kannst ein Neugeborenes nicht einfach woanders lassen.«

Sie fuhr zu mir herum und sah mich mit einer Mischung aus Wut, Protest und Angst an, dann zischte sie: »Für ein Wochenende? Ich glaube, das kriege ich hin.«

Ich tauschte einen Blick mit Myles. Er verstand. Er kannte Nikki besser, als sie sich selbst kannte. Auch wenn sie nicht gerade begeistert über diese Schwangerschaft war, die Veränderung in ihrem Leben nicht unbedingt begrüßte, hatte sie ein Herz aus Gold. Sobald das Baby auf der Welt war, würde es für sie nichts anderes mehr geben. Noch nicht einmal mich.

Myles drehte sie sanft zu sich. »Es geht nicht nur um ein Wochenende, Nikki, und das weißt du. Wie willst du mit einem Baby an der Trainingsstrecke arbeiten? Die Werkstatt ist auch kein sicherer Ort für ein Kind. Ihr solltet zu Hause bleiben. Zusammen.«

Nikki sah ihn aus schmalen Augen an, doch jetzt waren sie von Tränen verhangen. »Und wovon soll ich dann leben, Myles? Ich *muss* arbeiten. Ich muss meine Rechnungen bezahlen«, sagte sie aufgebracht.

Myles schluckte, ihr emotionaler Aufruhr war ihm deutlich unangenehm. Kopfschüttelnd antwortete er leise: »Das weiß ich nicht. Ich weiß auch nicht alles. Ich weiß nur, dass das Baby nicht mit zu den Rennen kommen sollte. Und dass es nicht den ganzen Tag in der Werkstatt verbringen kann. Und ich habe das Gefühl, wenn es erst so weit ist und du den kleinen Kerl … oder das kleine Mädchen siehst, willst du ihn oder sie nicht mehr allein lassen.« Mit durchdringendem Blick wandte er sich jetzt an mich: »Wir sollten einen Plan haben, damit Cox Racing nicht am Arsch ist, wenn es so weit ist.«

In meinem Hals saß ein Kloß, den ich unmöglich hinunterschlucken konnte. Ich würde sie verlieren. Vielleicht nur vorübergehend – aber vielleicht auch nicht. Sie konnte sich leicht dazu entscheiden, nie mehr zurückzukommen, sich einen anderen Job zu suchen, der sich besser mit einem Kind vereinbaren ließ. Einen Kindergarten eröffnen oder so etwas. Und bei allem, was in meinem Leben sonst noch durcheinandergeraten war, konnte ich das kaum ertragen. Doch um ihretwillen musste ich stark sein. Denn sie brach beinahe zusammen.

Ich nickte Myles zu und zog Nikki in die Arme. »Alles wird gut, Nik. Das verspreche ich dir.«

Kapitel 4

Als Nikki und ich wieder in ihrem Auto saßen, herrschte eine unnatürlich stille und angespannte Atmosphäre. Ich hätte sie gern irgendwie aufgelockert, die Traurigkeit mit einem Lachen vertrieben, doch ich wusste einfach nicht, wie. Myles fuhr davon, und Nikki sah ihm hinterher und umklammerte dabei den Autoschlüssel.

Um ihre Gedanken irgendwie auf etwas anderes zu lenken, stellte ich ihr eine vorsichtige Frage. »Hatte der Arzt auch ... *irgendwelche* guten Nachrichten für dich?« Nachdem die Frage raus war, machte ich mich darauf gefasst, dass sie sich erneut aufregen würde.

Nikki seufzte, dann erhellte ein schwaches Lächeln ihre Miene. »Also – wir konnten den Herzschlag hören, und er hat uns ein Bild von dem Baby gegeben.«

Sie öffnete ihre Tasche, holte ein kleines Foto heraus und reichte es mir. Das körnige Schwarzweißbild war deutlich zu erkennen, und mir stiegen augenblicklich Tränen in die Augen. »Oh, mein Gott ... Da drin wächst tatsächlich ein kleines Leben heran«, murmelte ich fasziniert.

Nikki lachte und betrachtete das Foto in meinen Händen. »Ja – das ist jetzt nicht mehr zu leugnen. Er sagte, es kommt im April.«

Ich schaute sie an und sagte leise: »Wir sollten zur Trainingsstrecke fahren und mit John und meinem Dad sprechen. Je mehr Zeit wir haben, einen Ersatz zu finden, desto besser.«

Nikki sah mich aus müden Augen an. »Ja … okay.« Sie blickte sich auf dem Parkplatz um und fragte: »Willst du erst dein Bike holen?«

Ich hatte das Gefühl, wenn ich sie allein ließ, würde sie zusammenbrechen, und schüttelte den Kopf. »Nein, Hayden kann mich nachher mitnehmen. Lass uns fahren.« Ehe sie es sich wieder anders überlegte.

Als wir zur Trainingsstrecke kamen, war Myles bereits da und unterhielt sich in der Werkstatt mit Hayden. Haydens Miene ließ vermuten, dass Myles ihm gerade die schlechte Nachricht übermittelte – dass wir Nikki verloren. Vorübergehend. Ich musste mir sagen, dass es nicht für immer war. Nikki würde zu mir zurückkehren. Zu uns.

Nikki stöhnte auf, als sie Myles und Hayden im Gespräch sah. »Bis heute Abend wissen alle Bescheid«, sagte sie.

»Das ist das Beste, Nik. Du bist nicht nur meine persönliche Mechanikerin, du bist die leitende Mechanikerin von Cox Racing – das Herz des Teams. Du sorgst dafür, dass alles rundläuft. Wir müssen uns *alle* erst an den Gedanken gewöhnen, dass du nicht mehr da bist.« Um eine Gefühlsaufwallung zu unterdrücken, fügte ich rasch hinzu: »Für eine Weile.«

Nikki kräuselte die Lippen, schwieg jedoch. Ich nahm das als gutes Zeichen.

Als wir zu Myles und Hayden traten, lächelte Hayden Nikki mitfühlend zu. »Myles hat es mir gerade erzählt … Sorry, Nik. Ich weiß, dass du diese Saison nichts verpassen wolltest.«

Sie blickte von einem zum anderen und sah gleichermaßen wütend und traurig aus. »Es ist nur eine Vorsichtsmaßnahme. Ich habe nicht vor, irgendetwas zu verpassen.«

Haydens schwaches Lächeln erstarb zwar nicht, doch seine Augen drückten Fassungslosigkeit aus. Nachdem er Izzy geholfen hatte, Antonia aufzuziehen, wusste er aus Erfahrung, wie sehr ein Baby das Leben veränderte.

Ich warf Hayden heimlich einen Blick zu, der ausdrückte: *Ich bin deiner Meinung,* und drehte mich zu Nikki um. »Ich warte mit John und meinem Vater im Büro auf dich, Nik. Komm hoch, wenn du so weit bist.«

Ihre Augen flehten mich an, es mir noch einmal zu überlegen, doch schließlich nickte sie und stapfte zur Umkleide, um ihr Zeug wegzubringen. Myles sah ihr einen Augenblick hinterher, dann wandte er sich an mich. »Ich kümmere mich um sie. Das ist wirklich hart für sie.«

Ich packte die Gelegenheit beim Schopf und hielt ihn kurz am Arm zurück. »Dein Verhalten ist auch hart für sie.«

Myles blinzelte, als wüsste er überhaupt nicht, wovon ich sprach. »Was meinst du? Ich wollte sie doch nur unterstützen.«

»Du bist anmaßend und dominant. Sie braucht jetzt keinen Vater, sie braucht einen besten Freund.«

Myles rang entnervt die Hände. »Sie verkennt die Situation, Kenzie. Sie will nichts tun, was angeraten wäre.«

»Sie muss sich erst daran gewöhnen«, sagte ich kopfschüttelnd. »Und dafür musst du ihr Zeit lassen. Du und ich wissen, dass sie alles für das Baby tun wird – wenn sie erst so weit ist.« Ich sah ihn nicht mehr ganz so streng an und legte ihm eine Hand auf den Arm. »Hör auf, dich wie ein Idiot zu benehmen. Das ist alles, worum ich dich bitte.«

Hayden schmunzelte vor sich hin, und schließlich brachte Myles ebenfalls ein Lächeln zustande. »Okay – ich höre auf, mich wie ein Idiot zu benehmen und versuche, entspannter zu sein.«

»Danke.« Ich grinste erleichtert. Myles schüttelte den Kopf über mich, dann ging er Nikki hinterher.

Als Hayden und ich allein waren, drehte er sich mit besorgter Miene zu mir um. »Wie verkraftest du die Neuigkeit? Ich weiß, wie wichtig Nikki für dich ist. Nachdem sie letztes Jahr so fabelhaft als meine Mechanikerin war, macht mich das auch ganz schön nervös.«

Ich schloss die Augen und unterdrückte eine plötzlich aufsteigende Panikattacke. Was sollte ich tun? Kopfschüttelnd sah ich ihn an. »Ehrlich gesagt, stehe ich noch unter Schock. Ich muss das erst verdauen. Keine Ahnung, warum mir das nicht gleich in den Sinn gekommen ist, als sie es mir erzählt hat.«

Hayden ergriff sanft meine Hände. »Vielleicht ist es

dir in den Sinn gekommen, und du wolltest einfach nicht darüber nachdenken. Aber auch wenn es nervt, es ist trotzdem schön, oder?«

»Ja …« Ich dachte an meine Gefühle in der Praxis des Arztes und nagte an meiner Unterlippe. Dann fragte ich: »Willst du das irgendwann auch? Kinder haben?«

Hayden zog eine Augenbraue nach oben und lächelte breiter. »Nun, es ist ja kein Geheimnis, dass ich Kinder liebe. Also ja – wenn der richtige Zeitpunkt gekommen ist, möchte ich gern Kinder haben.« An seinem zärtlichen, hingebungsvollen Blick erkannte ich, dass er damit meinte, dass er sie mit mir haben wollte.

Ich errötete und spürte, wie mir das Herz aufging. Das Versprechen für die Zukunft half, den Schmerz über seinen Verrat zu vertreiben. Ein Teil von mir wollte ihm auf der Stelle sagen, dass ich bereit war, das Tempo zu beschleunigen – stark zu beschleunigen. Da meine Launen sich in letzter Zeit jedoch von jetzt auf gleich ändern konnten, musste ich mit meinen Entscheidungen vorsichtig sein. Ich wollte ihn nicht verletzen – oder mich –, indem ich etwas Unüberlegtes tat. Doch das hieß nicht, dass ich mich nicht dennoch einen Schritt vorwagen durfte.

Ich strich mit den Daumen über seine Hände und spürte, wie meine Nerven auf die Berührung reagierten und sich mein Herzschlag beschleunigte. »Irgendjemand muss mich nach der Arbeit nach Hause fahren.«

Hayden musterte meine Reaktion etwas verwirrt. Wahrscheinlich verstand er nicht, warum mich das nervös machte. Das würde sich gleich ändern. »Klar.«

Da ich mit dieser Antwort gerechnet hatte, nickte ich bereits. Ich mied seinen Blick und sagte leise: »Und ich dachte, wir könnten uns vielleicht ... was zu essen besorgen, nachdem ich mein Bike geholt habe? Und ... es mit zu mir nehmen?«

Ich sah ihm in die Augen, um seine Reaktion zu sehen, und wurde mit einem strahlenden Lächeln belohnt. »Sehr gern, Kenzie«, antwortete er liebevoll.

Ein Kribbeln überlief meinen Rücken. Obwohl wir jetzt schon eine Weile wieder zusammen waren, kam es mir vor, als würden wir uns zum ersten Date treffen. Dennoch war mein Magen angespannt, und meine Muskeln fühlten sich steinhart an. Als erwartete ich buchstäblich, einen körperlichen Schlag in die Magengrube zu erhalten. Ganz bewusst zwang ich meinen Körper, sich zu entspannen. Genau wie Nikkis Schwangerschaft war die Beziehung zwischen Hayden und mir eine gute Sache.

Grinsend sagte ich: »Okay. Also, ich muss jetzt meinen Dad suchen, aber ich komme dann später zu dir.«

Widerwillig rückte ich von ihm ab, und ebenso widerwillig ließ er mich gehen. Bis zum letzten Moment hielten wir uns an den Händen. Doch als wir schließlich ganz losließen, hielt Haydens zärtliche Stimme mich zurück. »Hey, Kenzie?« Ich blieb stehen und drehte mich zu ihm um. Die Hände in die Taschen geschoben sah er mich liebevoll an. »Willst du irgendwann ... Kinder haben?«

Er wirkte ein bisschen verunsichert, als wüsste er nicht, ob er mich das wirklich fragen sollte. Mein Herz hämmerte, doch es war ein fröhliches Hämmern. Ich ging zurück zu ihm und legte ihm die Arme um den Hals. »Ja.« Auf eine eigenartige Weise fühlte es sich großartig an, ihm das zu sagen, und ich spürte, wie die hartnäckige Kränkung in mir allmählich verging.

Er senkte die Lippen zu meinen, und wir besiegelten unsere Zukunftswünsche mit einem Kuss. Und irgendwie wusste ich, dass ich diesen einen Kuss bis an mein Lebensende nicht vergessen würde.

John und meinen Dad zu finden dauerte länger als gedacht, und so wartete Nikki schon im Büro. Als wir hereinkamen, bemühte sie sich zu lächeln, was ihr offensichtlich schwerfiel. Das konnte ich gut nachfühlen. Keiner von uns war glücklich mit der Situation.

Ich hatte John und meinem Vater nicht gesagt, warum ich sie sprechen wollte, sodass sie verständlicherweise verwirrt waren, als ich die Tür hinter uns vieren schloss.

»Was ist los, Mackenzie?«, fragte Dad. Dann glitt sein Blick zu meinem Schreibtisch, der von Papier überquoll. Rechnungen, um die ich mich kümmern musste, Akten von meinen Fahrern, Formulare der verschiedenen Rennen, mögliche Reisebuchungen, Spesenanträge vom Team, Kostenvoranschläge von Malern und Handwerkern für die scheinbar endlose Renovierung der Cox-Garagen und so weiter. Es gab kaum noch eine freie Fläche auf meinem Schreibtisch, und jeden Tag schienen die Berge noch weiterzuwachsen. Das Durcheinander widersprach meinem Bedürfnis nach Ordnung und Sauberkeit. Allein hierherzukommen bedeutete in letzter Zeit eine Anstrengung.

»Brauchst du vielleicht Hilfe?«, fragte er und zeigte auf das Chaos. Er ging zu dem Schreibtisch und studierte ein paar Unterlagen, die obenauf lagen.

Da ich so viel wie möglich allein schaffen wollte, schüttelte ich den Kopf. »Nein, wir müssen uns um etwas anderes ...«

Er hob den dicken Stapel hoch und unterbrach mich: »Mackenzie, die sind für Daytona. Diese Formulare musst du sobald wie möglich losschicken.«

Ich biss die Zähne zusammen und nickte. »Bis zum Anmeldeschluss ist noch jede Menge Zeit.«

Er legte die Papiere wieder hin und sah mich skeptisch an. »Jede Menge Zeit, es zu vergessen. Wenn du Hilfe brauchst, das alles zu organisieren, sind John und ich für dich da. Als Führungskraft muss man auch delegieren können, vor allem schwierige Aufgaben.«

Bei seiner Wortwahl richteten sich meine Nackenhaare auf. Schwierig? Als ob ich nicht in der Lage wäre, ein Formular korrekt auszufüllen. Klar, die geschäftliche Seite des Rennsports war immer noch ziemlich neu für mich, aber ich war nicht dumm. Ich kriegte das schon hin. Ich kriegte alles hin.

Ich ignorierte meinen Vater und wandte mich an John, den Chef des Teams und zweiten Mann hier. Jordan Cox war nur noch als Berater dabei. Auf den ich hören konnte – aber nicht musste. Die wachsende Spannung im Raum schien John kein bisschen zu stören. Er war es gewohnt, dass mein Vater und ich aneinandergerieten. »John«, sagte ich. »Wie du bestimmt schon weißt, ist

Nikki schwanger und wird uns verlassen, wenn das Baby auf der Welt ist. Vielleicht ...«

Sofort schoss Nikki nach oben. »Nein, ich verlasse euch nicht, ich mache nur eine Pause – und vielleicht sogar noch nicht einmal das.«

Jetzt ignorierte ich *sie* und fuhr mit meiner Erklärung fort: »Wir müssen Ersatz für sie finden.« Nikki räusperte sich vernehmlich, und widerwillig korrigierte ich meine Aussage. »Wir müssen *vorübergehend* Ersatz für sie finden.«

Nachdenklich strich sich John übers Kinn. John war ungefähr so alt wie mein Vater, und die zwei beherrschten es perfekt, streng und respekteinflößend aufzutreten. Ich hörte Nikki schlucken, als sein Blick zu ihr wanderte. »Verstehe«, sagte er und kniff die grauen Augen zusammen. Als er wieder zu mir zurücksah, war seinem Gesicht die Sorge deutlich anzumerken. »Es wird eine Weile dauern, den Richtigen zu finden. Klar, uns bleiben noch ein paar Monate, aber ich will das nicht erst im letzten Moment entscheiden. Am besten arbeiten wir rechtzeitig jemand Neues in das Team ein.«

»Stimmt«, sagte ich lächelnd. »Darum erzähle ich es dir ja jetzt.«

»Das ist doch albern. So ein Unsinn«, murmelte Nikki, allerdings so leise, dass John und mein Dad es nicht hören konnten. Tief im Inneren wusste sie, dass es richtig war. Wäre sie an meiner Stelle, würde sie genauso handeln.

John blickte zu Jordan. »Ich führe ein paar Telefonate. Ich habe einen guten Draht zu MMI. Vielleicht haben die ein paar Vorschläge – Leute, die gerade ihren Abschluss gemacht haben oder ihn bald machen.«

Mein Vater nickte ihm zu, und John verließ eilig den Raum. Es ärgerte mich, dass John stets meinen Vater ansah und um Zustimmung bat, als hätte Dad immer noch das Sagen. Ich sollte mich mal mit ihm unterhalten und ihm erklären, wie die Dinge jetzt liefen – sobald ich etwas Zeit hatte.

Mit trauriger Miene drehte sich Nikki zu mir um. »Ich glaube, das war's. Die Uhr tickt.«

»Mach es nicht zu dramatisch«, erwiderte ich. »Wie ich John gesagt habe, es ist nur vorübergehend.«

Sie musterte mich aus schmalen Augen. »Das hast du nur gesagt, um mich zu besänftigen. Denn, machen wir uns nichts vor, es könnte durchaus für immer sein. Was, wenn ihr jemand Tolles findet?«

»Dann habe ich zwei tolle Mechaniker im Team.« Ich überlegte einen Moment und fügte hinzu: »Und Kevin.«

Nikki lachte über meinen Witz und umarmte mich. »Ich mache mich besser an die Arbeit, solange ich noch einen Job habe.«

Sie wandte sich zum Gehen, doch mein Vater hielt sie zurück. »Nikki – warte.«

Sie stand mit dem Rücken zu meinem Vater, doch ich sah, wie sie die Augen schloss. Sie hatte mein Mitgefühl. Mit meinem Vater zu sprechen war nicht leicht, insbesondere nicht, wenn er enttäuscht war. Nikki drehte sich um und sagte: »Ja, Mr Cox?«

Ich sah meinen Vater streng an, er sollte ja nett zu ihr

sein. Dads Blick sprang von mir zu ihr, dann sagte er: »Ich wollte dir noch dazu ... gratulieren, dass du und ... Myles Eltern werdet.« Als er Myles' Namen aussprach, klang es, als würde er knurren. »Ich weiß, es ist beängstigend, Eltern zu werden, aber ich habe keine Zweifel, dass du eine hervorragende Mutter sein wirst.«

Nikki schien fassungslos, dass er etwas Positives zu dieser Angelegenheit zu sagen hatte. Ich war ebenfalls ein bisschen überrascht, und ich hatte das Gefühl, dass er nicht dasselbe gesagt hätte, wenn Myles im Raum gewesen wäre. »Äh, danke.«

Etwas verwirrt drehte sie sich zu mir um, dann verließ sie das Büro. Als sie fort war, murmelte Dad. »Bei Myles ist das allerdings eine ganz andere Geschichte.«

Ich rollte mit den Augen. »Denk dran, was ich gesagt habe – sei nett zu ihm. Du musst ihn nicht für seinen Fehler büßen lassen. Ihm ist durchaus bewusst, dass er Mist gebaut hat. Und Nikki ist sich ihrer Fehler ebenfalls bewusst, schließlich trägt sie daran genauso viel Schuld wie Myles.«

Dad hob eine Braue. »Ich nehme an, du und Hayden ... nehmt euch kein Beispiel an ihnen?« Nachdem die Frage raus war, verzog er gequält das Gesicht, doch sein Ausdruck war nichts verglichen mit meinem. Sprach mein Vater mich tatsächlich auf mein Sexleben an? Wenn ich ihm erzählte, wie langsam Hayden und ich es angehen ließen, wäre er wahrscheinlich erleichtert. Doch das würde ich ihm niemals sagen. »Also, wir sind ...« Ich schloss die Augen und hielt eine Hand hoch. »Du musst dir unseretwegen keine Sorgen machen.«

Als ich die Augen öffnete, nickte Dad nachdenklich. Fast war ich versucht, ihn zu fragen, was er dachte, und es war lange her, dass mich das interessiert hatte. Die Brücke, die die Kluft zwischen uns überspannte, war äußerst wackelig und konnte jeden Moment einbrechen.

Dad räusperte sich und entspannte die Situation, indem er sagte: »Deine Schwestern und ich fanden den Abend mit dir und Hayden sehr nett. Sie würden gern … *wir* würden das gern öfter machen.« Sein Blick wirkte abwesend. »Die Zeit vergeht einfach viel zu schnell …«

Kopfschüttelnd sah er wieder zu mir. Der üblicherweise harte Ausdruck war aus seinen blauen Augen verschwunden – er wirkte verletzlich. Es war seltsam, ihn so zu sehen. »Ja … das klingt gut. Das machen wir.« Ich blickte auf die Berge auf meinem Schreibtisch und fragte mich, ob ich diese Abmachung einhalten konnte.

Dad folgte meinem Blick, und ich sah förmlich, wie er sich auf die Zunge biss. Er lächelte angespannt und wandte sich zum Gehen. Er war schon fast aus der Tür, als ihn seine Willenskraft verließ.

Er holte tief Luft und wandte sich wieder zu mir um. »Ich weiß, dass du das nicht hören willst, Mackenzie, vor allem nicht von mir, aber du warst einverstanden, dass ich dich berate. Und das tue ich jetzt. Und mein erster Ratschlag lautet: Wenn du nicht willst, dass Cox Racing noch einmal pleitegeht …«, er hielt kurz inne, »… würde ich an deiner Stelle anfangen, Sponsoren zu suchen. Ein paar *große* Sponsoren. Mit den wenigen, die du bislang hast, kommst du nicht weit. Glaub mir.«

Ich wäre gern wütend auf ihn gewesen, aber er hatte recht. Eiskalte Angst kroch mein Rückgrat hinauf und umklammerte fest meine Schultern. »Gott ... was, wenn das Geschäft wieder nicht lief? Diesmal wäre ich dafür verantwortlich. Ich konnte mir nicht vorstellen, eine solche Niederlage zu verkraften.

Als er sah, dass ich die Bedeutung seiner Worte verstand, nickte mein Vater mir nur zu, dann verließ er das Büro. Niedergeschlagen ließ ich mich auf den Stuhl hinter meinem einschüchternden Riesenschreibtisch fallen. Ich starrte auf die Stapel und überlegte, um welchen ich mich zuerst kümmern sollte. Alles schien oberste Priorität zu haben. Ich hatte das Gefühl, dass in den schlechten Träumen, unter denen ich in letzter Zeit litt, nun auch nicht enden wollende Formularberge vorkommen würden.

Am Ende des Tages fühlte ich mich erschöpft und war noch nicht einmal dazu gekommen, mich um meine Karriere als Fahrerin zu kümmern – meinen Körper zu trainieren oder an meiner Technik zu feilen. Die Saison hatte noch nicht einmal begonnen, und ich hing schon hinterher. Wie sollte ich das alles schaffen? Doch mein Vater schien der Einzige zu sein, der etwas von der geschäftlichen Seite verstand. Und nach allem, was er mir letzten Jahr zugemutet hatte, würde ich mir lieber die Augen auskratzen, als ihn um Hilfe zu bitten. Nein. Ich wollte meinen eigenen Weg finden. Ich musste mir einfach die Zeit besser einteilen.

Ein leises Klopfen an der Tür riss mich aus meinen trüben Gedanken. Als ich auf die Uhr blickte, stellte ich fest, dass es Zeit zum Aufbruch war. Doch ich fühlte mich derart überfordert, dass ich nicht einfach gehen konnte. Oder durfte. Dad hatte recht, ich musste mich um diesen Kram kümmern.

»Herein«, rief ich völlig erschöpft.

Mit einem sorglosen, strahlenden Lächeln kam Hayden herein. Einen kurzen Moment lang beneidete ich ihn um seine Leichtigkeit. »Bereit zum Aufbruch?«, fragte er und scherte sich nicht im Geringsten um den Berg auf meinem Schreibtisch, Dinge, über die *er* sich keine Gedanken machen musste.

Ich stieß einen langen Seufzer aus und rang mit mir, was ich tun sollte. Alles auf morgen zu verschieben klang äußerst verlockend. Aber das tat ich jetzt schon zu lange, das war keine Dauerlösung. »Ich habe zu viel zu tun, Hayden. Ich glaube, ich kann noch nicht gehen.«

Als er endlich bemerkte, in welchen Papierhaufen ich versank, zog er die Brauen zusammen. Dann zuckte er die Schultern und setzte sich auf den Stuhl in der Ecke. »Kein Problem, ich warte.«

Erstaunt schüttelte ich den Kopf. »Das kann Stunden dauern. Das kann ich dir nicht zumuten.«

Wieder zuckte er die Schultern. »Ich glaube, das musst du. Du willst doch mit mir zurückfahren.«

Ich schloss die Augen und verfluchte mich dafür, dass ich ihn in diese Lage brachte. Beziehungsweise ihm eine Ausrede zum Bleiben bot. Beides machte mir ein schrecklich schlechtes Gewissen. Ich stand auf und ging zu ihm. »Das kann ich wirklich nicht von dir verlangen«, sagte ich und legte ihm eine Hand aufs Knie. »Wahrscheinlich ist Nikki noch da. Wenn du willst, kannst du mir dein Bike hierlassen und mit ihr nach Hause fahren.«

Mit einem Gesicht, das keinen Zweifel daran ließ, was er von meiner überaus vernünftigen Lösung hielt, erklärte er: »Und was ist mit dem Essen bei dir? Ich hab mich riesig darauf gefreut.«

Mir schnürte sich die Kehle zu, und ich musste einige Male schlucken. »Ich mich auch, aber ich hänge einfach total hinterher. Wir machen das an einem anderen Abend. Versprochen.«

Enttäuscht stand Hayden auf und fasste meine Hand. »Okay, aber ich verlass mich drauf. Du, ich, Abendessen bei dir. Chinesisch oder thailändisch, du entscheidest.«

Ich legte mir eine Hand auf den Bauch und sagte: »Hayden, ich muss unbedingt auf mein …«

Er hob einen Finger an meine Lippen und brachte mich zum Schweigen. »Danach kannst du bis zum Beginn der Saison jeden Tag diese nach nichts schmeckende Tofu-keine-Kohlehydrate-Diät machen. Ich will nur ein echtes Date mit dir. Mit Kalorien und Fett. Und mit Schokolade. Und Bier.«

Ich lächelte unter seinem Finger und nickte. »Okay, gut.«

Er grinste mich an, dann ließ er den Blick zu dem Papierberg hinter mir wandern. Er sah mich an und fragte: »Machen vierundzwanzig Stunden bei diesem Stapel tatsächlich einen Unterschied, Kenzie? Je eher wir dieses Date hinter uns bringen, desto schneller kannst du wieder mit deinem langweiligen, faden Essen weitermachen.«

Der amüsierte Ausdruck in seinen Augen, der liebevolle auf seinem Gesicht – das war zu viel. Und seltsamerweise gingen mir bei seinem Anblick die Worte meines Vaters durch den Kopf. *Die Zeit vergeht viel zu schnell.* Das konnte man in dieser Situation auf zwei Dinge beziehen – auf die Arbeit und auf Hayden –, aber im Moment schien mir Hayden wichtiger zu sein. Das war ein großer Schritt für uns, den ich schon zu lange vor mir her geschoben hatte. Hayden hatte recht. Die Arbeit konnte noch ein paar Stunden warten. Und ich brauchte ohnehin eine Pause.

»Okay, du hast gewonnen. Verschwinden wir von hier.«

Hayden blinzelte, als wäre er erschrocken. »Unglaublich, dass es funktioniert hat. Ich war mir ganz sicher, dass du mich vom Wachdienst wegschaffen lassen würdest, damit du in Ruhe arbeiten kannst.«

»Wir haben gar keinen Wachdienst«, erwiderte ich.

»Und du hast mich mit Schokolade gekauft.«

Hayden lachte, dann drückte er meine Hand. »Gut. Ich habe kein schlechtes Gewissen, dass ich mich auf dieses Niveau begeben habe.« Ich lachte, doch plötzlich sah er mich ernst an. »Ich will dich nicht unter Druck setzen, Kenzie. Wenn du wirklich bleiben musst, dann bleib. Wir können unsere Verabredung auf einen anderen Abend verschieben.«

Ich legte die Arme um seine Taille, atmete langsam aus und musterte sein besorgtes Gesicht. »Ich weiß, dass ich bleiben kann. Dass ich bleiben *sollte*. Aber ich weiß auch, dass ich Zeit mit dir verbringen will. Ich will mit dir zusammen sein. All das hier ... bedeutet mir nichts, wenn ich dich dabei verliere.«

Hayden grinste, dann beugte er sich zu mir herunter und küsste mich. »Ich bin wirklich froh, dass du das sagst. Ich liebe dich, Kenzie.«

»Ich dich auch ... du Arsch.«

Er wich zurück und grinste mich schief an. »Das heißt *Riesen*arsch.«

Lachend zog ich seinen Mund zurück auf meinen. »Ja – stimmt.«

Kapitel 5

Die nächsten Wochen waren turbulent und von Stress und Chaos bestimmt. Jedes Mal, wenn ich in mein Büro kam, wuchs meine To-do-Liste und mein Kontostand schrumpfte. Ich hatte es zwar geschafft, zwei weitere kleine Sponsoren zu gewinnen, doch Dad hatte recht – das genügte nicht. Ich musste einen größeren Fisch an Land ziehen. Ein Fortune 500-Unternehmen, einen Namen, den jeder kannte. Jemand mit großen Taschen, der Geld übrig hatte. Leider unterstützten die meisten Unternehmen bereits jemand anders. Und diejenigen, die es noch nicht taten, ließen sich nicht auf mich ein.

»Verdammt!« Ich legte auf und ließ den Kopf auf die Papierhaufen auf meinem Schreibtisch sinken. Noch ein Unternehmen hatte mich auf ewig in die Warteschleife geschickt. Warum konnten sie nicht einfach Nein sagen, damit ich weitermachen konnte? Stattdessen ignorierten sie mich einfach.

»Ist es gerade ungünstig, Kenzie?«

Ich blickte auf. In der Tür standen meine Schwestern und musterten mich besorgt. Ich zwang mich zu lächeln und schüttelte den Kopf. »Nein, schon okay. Was macht ihr zwei hier?«

Schulterzuckend kam Theresa herein. »Du warst in letzter Zeit so beschäftigt. Da dachten wir, wir überraschen dich und führen dich zum Mittagessen aus.«

Daphne stürzte grinsend auf mich zu. »Ich muss dir alles über mein Vorhaben berichten, in den nächsten drei Monaten schwanger zu werden.«

»Ich glaube, das hast du schon«, sagte ich mit müdem Lächeln. Kopfschüttelnd blickte ich von einer zur anderen. »Tut mir leid, aber heute geht es einfach nicht. Vielleicht ein anderes Mal.«

Stirnrunzelnd verschränkte Theresa die Arme vor der Brust. »Das sagst du in letzter Zeit ständig, Kenzie. Wir machen uns allmählich Sorgen um dich.«

Verärgert über mein missglücktes Telefonat gab ich schnippisch zurück: »Als ich keinen Job hatte, habt ihr euch keine Sorgen um mich gemacht. Als niemand aus der Familie mit mir gesprochen hat. Da schien für euch alles in Ordnung zu sein.« Kaum hatte ich es ausgesprochen, wusste ich, dass ich das nicht hätte sagen dürfen. Sie hatten sich entschuldigt, und ich hatte ihnen vergeben. Es war nicht fair, es ihnen immer wieder aufs Neue vorzuwerfen.

Sowohl Daphne als auch Theresa richteten den Blick auf den Boden, Schuld und Bedauern stand in ihren hellblauen Augen. »Es tut mir leid«, sagte ich, stand auf und ging zu ihnen. »Ich bin nur … gestresst. Bei Dad sah das alles so einfach aus, aber das ist es überhaupt nicht.«

Theresa zog eine blonde Augenbraue hoch. »Einfach? Du erinnerst dich aber schon noch, dass seine Ehe gescheitert ist, oder?«

Mit trockenem Lachen fügte Daphne hinzu: »Und dass wir ihn kaum gesehen haben – es sei denn, wir sind hergekommen. Kommt dir das bekannt vor?«, fügte sie hinzu.

Ihre Bemerkung brachte mich zum Schmunzeln. »Schon verstanden. So will ich nicht werden, ich *will* ein gesundes Gleichgewicht. Aber das erste Jahr, bis ich mich eingearbeitet habe, bin ich vielleicht ein bisschen wie ein Geist, okay?«

Die zwei blickten sich an, dann wieder zu mir. »Okay, Kenzie«, sagte Theresa. »Wir geben dir etwas Zeit, dich einzugewöhnen, aber danach entführen wir dich, wenn es nötig ist.«

Lächelnd erklärte ich: »Das wird nicht nötig sein, aber danke.«

»Okay, wenn du es dir anders überlegst, ruf uns an.« Theresas Blick glitt über meinen Schreibtisch. »Und wenn du hier irgendwie Hilfe brauchst, sag einfach Bescheid. Ich würde dir nur zu gern zur Hand gehen.«

»Ich auch«, schaltete Daphne sich ein. »Obwohl ich nicht weiß, wie hilfreich ich wäre. Ich habe nie richtig aufgepasst, was Dad hier hinter den Kulissen gemacht hat.«

Das war sicher richtig. Dad hatte sich häufig über Daphnes mangelndes Interesse beklagt. Daph interessierte sich vor allem für Daph. Dennoch wusste ich die Geste der beiden zu schätzen. »Danke, aber ich komme klar. Ich hab das unter Kontrolle.« Oder würde es bald unter Kontrolle haben.

Meine Schwestern seufzten, nickten und wandten sich zum Gehen. Als ich sie entschwinden sah, empfand ich Bedauern und war drauf und dran, es mir anders zu überlegen. Ein Mittagessen dauerte nur eine Stunde, und etwas essen musste ich sowieso. Doch dann fiel mir wieder ein, wie sie mich im Stich gelassen hatten, als ich sie wirklich gebraucht hatte, und mein Herz verschloss sich. Ich mochte meinen Schwestern vergeben haben, aber ich würde es niemals vergessen. Und so ließ ich sie gehen. Und fühlte mich noch schlechter, als ich mich wieder an den Schreibtisch setzte.

Wenig später betrat Nikki mein Büro. »Hey, Kenzie, ich mach Schluss für heute.«

Das überraschte mich, und als ich auf die Wanduhr blickte, stellte ich fest, dass Stunden anstatt Minuten vergangen waren. »Oh, mein Gott, ist es wirklich schon so spät?«

Nikki zog besorgt die Augenbrauen zusammen. »Ja – du warst den ganzen Tag hier oben. Du hast noch nicht mal dein Bike rausgeholt. Ist alles in Ordnung?«

Ich wollte sie nicht belasten und nickte. »Ja, alles okay. Ich arbeite nur einiges auf.«

Sie sah aus, als würde sie mir nicht glauben, doch anstatt mich darauf anzusprechen, sagte sie: »Okay, gut, wenn du Hilfe brauchst, wir sind alle für dich da.«

Wieder war ich dankbar für die Geste, aber das Problem war, dass die anderen auch nicht mehr über diesen Teil des Jobs wussten als ich. Wir improvisierten alle.«»Danke, Nik, das ist lieb.« Sie legte sich eine Hand auf den Bauch, und plötzlich fiel mir ein, dass wir noch gar nicht darüber gesprochen hatten, wie ihre Familie auf die Neuigkeit reagiert hatte. »Was haben deine Eltern eigentlich zu dem Baby gesagt? Hat Myles ... es vergeigt?«

Nikki schnaubte und sah gequält aus. »Es war furchtbar, Kenzie. Mom war sauer, Dad enttäuscht, und meine Brüder ...« Sie stieß einen tiefen Seufzer aus. »Alle sechs haben ihre Frauen erst zum Traualtar geführt, bevor sie sie geschwängert haben. Nun bin ich das schwarze Schaf der Familie. Vor allem nachdem ich allen erklärt habe, dass Myles und ich nicht heiraten werden.« Sie zog eine Augenbraue nach oben. »Mom hat mir deshalb eine geschlagene halbe Stunde eine Standpauke gehalten, bis Dad damit rausrückte, dass sie selbst geheiratet haben, als Carlos schon unterwegs war.« Sie verdrehte die Augen. »Ich kann immer noch nicht fassen, dass sie uns wegen ihres Hochzeitstags angelogen haben. Unglaublich.«

Ich machte große Augen. »Wow – das ist allerdings eine Überraschung.«

Sie lachte, dann nickte sie. »Ja, es hat das Gespräch den Rest des Abends von uns abgelenkt. Ich habe mich später bei meinem Dad bedankt.«

Ich lächelte, und da ich mich ein bisschen leichter fühlte, stellte ich ihr eine Frage, die ich unbedingt loswerden musste. »Also – ich weiß ja, dass du Myles nicht heiraten willst, aber willst du mit ihm ... zusammen sein? Ich glaube, ihr zwei wärt ein süßes Paar.«

Sie sah mich mit vollkommen leerem Blick an. »Bitte sag mir, dass du nicht auch noch auf den *Nimm-Myles*-Zug aufspringst. Ich ertrage nicht noch jemanden, der mir sagt, was ich zu tun habe.«

Ich hob abwehrend die Hände. »Das tue ich nicht. Ich sage das nur, falls du es noch nicht erwogen hast.«

Sie schüttelte den Kopf. »So ist das nicht zwischen uns, Kenzie, und so wird es auch niemals sein.«

Sag niemals nie. Klugerweise behielt ich das für mich.

Einen kurzen Moment sah Nikki traurig aus, dann lächelte sie. »Aber Myles kommandiert mich nicht mehr so herum, wofür ich äußerst dankbar bin. Hast du was damit zu tun?«, fragte sie und legte den Kopf schief.

Ich unterdrückte ein Grinsen und zuckte die Schultern. »Womöglich habe ich ihm mit Prügel gedroht. Ich bin froh, dass er auf mich gehört hat. Er muss unbedingt dieses Jahr fahren.«

Nikki lachte, dann kam sie zu meinem Stuhl und umarmte mich. »Danke. Ich war drauf und dran, ihn zu vermöbeln.«

Als sie sich von mir löste, funkelte Schalk in ihren Augen. »Hayden hat mir von eurer Verabredung erzählt. Ich weiß, dass er es gut fand, aber was ist mit dir … irgendwelche Probleme?«

Ich strahlte sie an, mir war leicht ums Herz. »Nein – es war gut, lustig. Ich meine, wir haben nicht miteinander geschlafen oder so, und er ist nicht über Nacht geblieben. Also, es war vielleicht kein Riesenschritt, aber es war ein wirklich schöner Abend.«

Nikki grinste mich schief an. »Nur darum geht es, wenn man mit jemandem zusammen ist. Eine Reihe wirklich schöner Abende zu haben.«

»Sagt die Frau, deren längste Beziehung drei Monate gehalten hat, und das auch nur, weil der Mann zwei davon nicht da war?«

Ohne dass sie zu grinsen aufhörte, boxte sie mich. »Nur weil ich meinen eigenen Ratschlag nicht befolge, heißt das nicht, dass er nicht gut ist. Ich bin eine Quelle der Weisheit. Du hast Glück, mich zu kennen.«

Ich lachte aus vollem Herzen. Ja, das stimmte. Sie hatte mir durch ziemlich schwere Zeiten geholfen und schaffte es immer, mich aufzumuntern. Ich hoffte, dass ich mich jetzt, wo ihr Leben etwas unsicher war, ein bisschen revanchieren konnte. »Ich habe wirklich Glück, dich zu kennen, Nik. Pass auf dich auf. Bis später.«

Sie winkte mir zum Abschied, dann schlurfte sie zur Tür. Ich wollte mich gerade wieder den Papieren zuwenden, als Hayden ins Zimmer trat. Wenn ich die Menschen, die mich störten, nicht so gern hätte, würde ich allmählich die Tür abschließen.

Hayden strahlte, bis er meine Miene bemerkte. »Ich bin heute Abend allein, stimmt's?«

Seufzend nickte ich. »Ja, ich muss diesen Stapel endlich in den Griff bekommen.« Ich zeigte mit dem Finger auf ihn. »Und heute Abend bringst du mich nicht davon ab. Du hast dein Date bekommen.«

Wieder grinste er. »Ja, das stimmt, und was für eins – Thai-Essen und *Total Recall* – das war ziemlich super.«

Ich lachte, dann stand ich auf, um ihn zu umarmen. Ein paar Minuten konnte ich ja wohl mit meinem Freund verbringen. Ich legte die Arme um seinen Hals und murmelte: »Es tut mir leid, ich habe in letzter Zeit so viel zu tun. Und sorry, dass aus dem Abend keine Nacht geworden ist. Oder kein heißer Sex. Es wäre dir sicher lieber gewesen, wenn ...« Wir hatten nicht annähernd so etwas wie Sex gehabt, und manchmal machte ich mir Sorgen, wie lange er sich mit einer Beziehung auf dem Niveau von Dreizehnjährigen zufriedengeben würde. Ich hatte einfach zu viel zu tun, und ich wollte diesen letzten Schritt nicht überstürzen. Wenn wir wieder miteinander schliefen, sollte wirklich alles in Ordnung sein.

Hayden umschloss meine Taille und schenkte mir ein sorgloses Lächeln. »Es war ein toller Abend, Kenzie, und ich kann es kaum erwarten, bis du Zeit für ein nächstes Date hast. Aber ich will nicht, dass du dich wegen Sex unter Druck setzt. Das ist kein Problem für mich. Deshalb bin ich nicht mit dir zusammen.« Überrascht über seine ehrliche Antwort sah ich ihn skeptisch an. Er lachte. »Ich bin mit dir zusammen, weil ich dich liebe. Weil ich durch dich ein besserer Mensch bin. Weil ich mir ein Leben ohne dich nicht vorstellen kann. Und nichts von alledem hat ein Verfallsdatum. Wenn du also noch Zeit brauchst, wenn du jetzt zu beschäftigt bist, ist das okay. Ich kann warten.«

Mein Herzschlag beruhigte sich. Seine Worte brachten meine Ängste zum Schweigen. »Wieso bist du nur so wundervoll?«

Hayden grinste und lehnte sich zurück, um mich anzusehen. »Ich bin mir ziemlich sicher, dass ich das gerade beantwortet habe. Deinetwegen, Kenzie. Durch dich bin ich so.« Er beugte sich vor und küsste mich zärtlich.

Ich genoss die Berührung, dann verfluchte ich mein zerrissenes Herz und meinen übervollen Kalender. Denn nach dieser Ansprache hätte ich wirklich gern wieder mit ihm geschlafen.

Nach einigen liebevollen Küssen rückte Hayden von mir ab. Er küsste mich auf die Wange, dann ließ er mich los. »Ich lass dich jetzt wieder arbeiten. Sehen wir uns morgen Nachmittag?«

Völlig ratlos starrte ich ihn an. Er holte tief Luft. »Du hast vergessen, dass wir zu Izzy wollen, stimmt's? Aber du kommst doch mit, oder? Izzy will dir unbedingt ihr neues Zuhause zeigen. Und Antonia auch.«

Ich sah ihm an, dass er mich nicht unter Druck setzen wollte mitzukommen. Er wollte mir nur klarmachen, dass er nicht der Einzige war, der mich sehen wollte. Gott, ich hatte so viel um die Ohren, aber es ging um Izzy und Antonia. Da konnte ich nicht absagen. Obwohl ich das Gefühl hatte, mir würde der Kopf platzen, nickte ich. Mit angespanntem Lächeln erklärte ich: »Wir treffen uns bei dir.«

Am nächsten Nachmittag sprang ich auf mein Bike und fuhr zu Hayden und Nikki. Wenn ich zu Nikki fuhr, musste ich jetzt immer daran denken, dass sie bald bei uns aufhörte. Ich sagte ihr zwar ständig, dass es nur vorübergehend sei, aber ein Teil von mir fürchtete, dass sie gar nicht mehr zurückkam, sobald sie sich in ihr neugeborenes Baby verliebt hatte. Ich konnte mir allerdings nicht vorstellen, dass Nikki Cox Racing für immer verließ – das wollte ich einfach nicht. Und obwohl wir schon nach einem Mechaniker suchten, hatten wir noch keinen passenden Ersatz für sie gefunden. Die Zeit lief uns davon – noch eine Sache, die mich unter Druck setzte.

Etwas bedrückt klopfte ich an Haydens Tür. Ich hatte die letzte Nacht nicht gut geschlafen – ständig war mir durch den Kopf gegangen, was ich alles tun sollte, anstatt zu schlafen und mich mit Freunden zu treffen. Als Hayden die Tür öffnete und mich anlächelte, ließ meine Bedrückung ein wenig nach. Sein Lächeln hatte mich schon immer umgehauen.

»Hey, komm rein. Ich bin fast fertig, wir können gleich aufbrechen.«

Nikki stand im Wohnzimmer und starrte Hayden wütend an. Schlechte Stimmung in der WG? Ich war mir sicher gewesen, dass die zwei gut miteinander auskamen – sie waren beide total unkompliziert. Doch Nikki sah aus, als hätte Hayden einmal zu viel die Klobrille nicht wieder heruntergeklappt.

»Alles in Ordnung?«, fragte ich.

Hayden drehte sich um, und anstatt mir zu antworten, zeigte er mit dem Finger auf Nikki. »Schmoll so viel du willst, Nikki, ich halte mich da raus.«

Auch Nikki ignorierte mich und erwiderte: »Ich bitte dich lediglich um eine Meinung. Die wirst du ja wohl haben, oder?«

Hayden schüttelte gereizt den Kopf, woraufhin Nikkis Augen noch wütender funkelten. Inzwischen wurde auch ich etwas gereizt und stieß hervor: »Würde mich bitte jemand aufklären? Wovon redet ihr zwei?«

Nikki wandte sich zu mir um, und ihre Miene wurde freundlicher. »Myles will, dass das Baby seinen Nachnamen bekommt, nicht meinen«, erklärte sie sanft. »Er sagt, er will nicht nur, dass sein Name auf der Geburtsurkunde steht, er will mehr sein.«

Ich lächelte gerührt. »Das ist sehr ... süß.«

Nikki schloss kurz die Augen. »Ich weiß, aber ... ich bin mir nicht sicher, ob ich das will. Ich meine, wir sind kein Paar, und wir werden nicht heiraten. Ich würde *immer* einen anderen Nachnamen als mein Kind haben. Das kommt mir seltsam vor.«

Ich kaute auf meiner Lippe und überlegte. Das war ein wichtiger Punkt. Wenn keine Chance bestand, dass sie jemals zusammenkamen, würde sie ständig erklären müssen, warum ihr Kind einen anderen Nachnamen hatte als sie. Es würde sie von dem Baby trennen. Myles hingegen würde so eine tiefere Bindung zu dem Kind entwickeln. »Verdammt – das ist wirklich schwierig, Nik.«

Sie rang die Hände. »Ich weiß. Darum brauche ich ja einen Rat.«

Sie blickte zwischen Hayden und mir hin und her. Hayden hob abwehrend die Hände. »Ich halte mich da raus. Endlich redet Myles freiwillig mit mir. Das werde ich mir nicht versauen, indem ich mich einmische.«

Nikki stöhnte, dann schaute sie mit hoffnungsvoller

Miene zu mir. Während Hayden verschwand, um seine Sachen zu holen, ging ich zu ihr. »Du hast Zeit. Du musst nicht alles jetzt sofort entscheiden«, sagte ich vorsichtig.

Stirnrunzelnd ließ sie sich aufs Sofa fallen. »Ja, ich weiß.«

Ich setzte mich neben sie und fühlte stumm mit ihr, bis Hayden aus seinem erst kürzlich bezogenen Zimmer kam. Lächelnd zog er mich auf die Füße hoch. »Komm, sehen wir uns Tonys Vorstadthaus an. Das glaube ich erst, wenn ich es gesehen habe.«

Ich lachte, das ging mir genauso, ich verabschiedete mich von Nikki und folgte ihm aus der Tür.

Zwanzig Minuten später kamen wir zu einem hübschen Terrassenhaus, das in einer Sackgasse lag. Izzys und Aufreißers neues Zuhause hatte einen riesigen umzäunten Garten, perfekt ausgestattet mit Schaukel und Trampolin. Die Nachbarschaft war dermaßen ruhig, dass Hayden und ich nur in der Ferne einen Rasenmäher brummen hörten, nachdem wir unsere Maschinen ausgestellt hatten. Es wirkte friedlich – zwischen diesem und Aufreißers altem Haus lagen Welten.

Izzys Wagen stand neben Aufreißers in der Einfahrt. Als ich im Vorbeigehen hineinspähte, entdeckte ich in Aufreißers Wagen Buntstifte, Spielzeug und Happy-Meal-Kartons – eindeutige Zeichen, dass er mit seiner Nichte unterwegs gewesen war. Auch das hatte nichts mehr mit dem alten Aufreißer zu tun. Ich war überaus dankbar zu sehen, dass er sich verändert hatte. Doch am frappierendsten war die Arbeitskleidung, die auf der Rückbank lag. Aufreißer hatte Glenn irgendwie davon überzeugt, ihn im Oysters als Koch einzustellen, und nach allem, was ich gehört hatte, machte er seine Sache gut. Auch wenn ich mir einfach nicht vorstellen konnte, dass Aufreißer einer ehrlichen Arbeit nachging und Steuern zahlte. Das schien den Naturgesetzen zu widersprechen.

Händchenhaltend gingen Hayden und ich über den von Blumen gesäumten Weg zur Eingangstür. Als Hayden klingelte, begrüßte uns ein kleines elfenhaftes Gesicht. Haydens kleine Freundin – Antonia. »Onkel Hayden! Tante Kenzie! Ihr müsst euch mein Zimmer ansehen!« Sie fasste Hayden an der Hand und zog ihn ins Haus. Sie verschwanden dermaßen schnell nach unten, als hätten sie sich gebeamt.

»Izzy? Wir sind da«, rief ich ins Haus.

Kurz darauf erschien Izzy am oberen Absatz einer kurzen Treppe. »Hallo, Kenzie. Wie schön, dass du es geschafft hast!«, rief sie und eilte die wenigen Stufen hinunter, um mich zu umarmen. »Du bist in letzter Zeit derart beschäftigt. Wo ist Hayden?«

»Er wurde entführt«, sagte ich und deutete mit dem Daumen nach unten.

Lächelnd lauschte Izzy, wie ihre Tochter Hayden ihr Zimmer zeigte. Dann wandte sie sich wieder an mich. »Du musst die Küche sehen. Sie ist doppelt so groß wie meine alte.« Die Freude im Haus war so ansteckend, dass ich nicht aufhören konnte zu grinsen, und ich war sofort froh, dass ich mitgekommen war.

Izzy nahm meine Hand und zog mich die Stufen zur

Küche sowie zum Wohn- und Esszimmer hinauf. In der Küche blickte ich durch eine Schiebetür in den großen Garten, wo Antonias Hund Sundae gerade ein Eichhörnchen anbellte. »Das ist wundervoll, Izzy. Genau das Richtige für euch zwei. Und ich kann mir vorstellen, auch für Aufreißer.«

Izzy nickte. »Ja, und dabei habe ich dir das Tollste noch gar nicht gezeigt. Komm mit.«

Neugierig folgte ich ihr einen Flur hinunter, der zum Badezimmer und den Schlafzimmern führte. Izzy blieb an der letzten Tür stehen und zeigte hinein. »Das ist mein Zimmer, das größte. Tony schläft auf der anderen Seite des Flurs.«

Da ich nicht begriff, was daran so besonders toll war, schüttelte ich den Kopf. »Ich weiß nicht ...«

Izzy deutete mit dem Kinn hinüber und ging zu Aufreißers Zimmer. »Tony hat das kleinste Zimmer genommen. Er hätte das größte beanspruchen können. Oder das riesige Zimmer im Souterrain. Aber er hat darauf bestanden, dass wir die großen Zimmer nehmen, und sich selbst in diesem winzigen Raum eingerichtet. Ich habe ein bisschen ein schlechtes Gewissen, aber ich verstehe es auch. Er versucht, seine Fehler wiedergutzumachen.« Sie lächelte, und auf ihrem Gesicht lag sowohl Stolz als auch Mitgefühl.

Als ich in Aufreißers Minizimmer blickte, staunte ich über die rasante Wendung, die sein Leben genommen hatte. Unwillkürlich überlegte ich, ob Hayden den entscheidenden Anstoß dazu gegeben hatte, indem er damals den Kontakt zu ihm abgebrochen hatte. Auch wenn es nur ein vorübergehender Bruch gewesen war, musste es ihn getroffen haben. Mein vorübergehender Bruch mit meiner Familie war jedenfalls schrecklich für mich gewesen.

Ich drehte mich zu Izzy um und strahlte sie an. »Ich freu mich ja so für dich. Für euch alle.«

Izzy legte mir eine Hand auf den Arm. »Für *uns* alle, Kenzie. Wir sind da angekommen, wo wir hingehören, du und Hayden genauso. Endlich fügt sich alles.«

Mein Lächeln fühlte sich jetzt etwas angestrengt an. Mein Leben kam mir in letzter Zeit wie ein reißender Fluss vor, und ich tat alles, um nicht von den Fluten mitgerissen zu werden. Für Hayden hatte ich kaum Zeit. Doch wir würden das durchstehen. Solange keiner von uns aufgab, war alles okay.

»Komm, Onkel Hayden. Du musst dir die Hundehütte ansehen, die Onkel Tony für Sundae gebaut hat. Die ist super!«

Als ich den Flur hinunterblickte, sah ich, wie Hayden zur Schiebetür gezerrt wurde. Es war schwer zu sagen, wer breiter grinste – Antonia oder Hayden. Als er mich bemerkte, zwinkerte er mir zu. Mein Herz tat einen Satz, und ein warmes Gefühl voller Hoffnung und Liebe breitete sich in meiner Brust aus.

Als ich Izzy leise lachen hörte, sah ich mich nach ihr um. »Willst du sie auch sehen? Die hat Tony wirklich gut hingekriegt.« Lachend nickte ich, und wir folgten Hayden und Antonia nach draußen.

Als wir nach draußen kamen, küsste der Welpe Hayden gerade mit seiner nassen Hundeschnauze ab. Hayden lachte, und Antonia strahlte derart, dass ihr morgen bestimmt die Wangen wehtun würden. »Ist sie nicht süß, Tante Kenzie?«, fragte sie.

Ich lächelte dem zarten Kind zu und legte ihr die Arme um die Schultern. »Ja, sie ist hinreißend. Genau wie du.«

Antonia kicherte, und Hayden stand auf. Als er merkte, dass Aufreißer um die Gartenecke bog, drehte er den Kopf. Er hielt doch tatsächlich eine Heckenschere in der Hand. »Hallo, gutes Timing. Ich bin gerade mit Heckeschneiden fertig. Jetzt könnte das Haus für eine von diesen schicken Zeitschriften fotografiert werden.«

Hayden schüttelte den Kopf und starrte seinen Freund an. »Wer bist du, und was hast du mit Tony gemacht?«

Aufreißer grinste Hayden an, dann zeigte er ihm den Mittelfinger. Lachend deutete Hayden auf die robuste Hundehütte aus Holz. »Nicht schlecht, Mann. Ich wusste gar nicht, dass du überhaupt mit einem Hammer umgehen kannst.« Er stutzte. »Also, auf normale Weise.«

Aufreißers Grinsen deutete an, was er mit diesem scheinbar harmlosen Werkzeug vermutlich schon alles angestellt hatte. Er wischte die Vergangenheit mit einer Handbewegung fort und erklärte: »Das war leicht, das ist doch keine Kunst. Als Nächstes nehme ich mir die Terrasse vor. Ich baue uns eine geile Außenküche. Wir werden so viel grillen, dass ihr praktisch hier wohnt.«

»Grillen, Terrasse, Werkzeug ...« Haydens Blick glitt zu Izzy. »Ich glaube, du hast ihn verdorben.«

Izzy schlug ihn auf den Arm. »Sei nett.«

Während ich über das Trio lachte, nahm ich im Augenwinkel eine Bewegung wahr. Ich drehte mich um und blickte zum Gartentor, das langsam aufschwang. Eine große, langbeinige Brünette trat herein, und mir wurde mulmig. Felicia. Ich hatte sie kaum gesehen, seit Hayden und Nikki auf meine Seite der Rennstrecke gewechselt waren. Ehrlich gesagt hatte ich irgendwie vergessen, dass sie überhaupt noch da war. Ich hatte einfach zu viel zu tun – Cox Racing zu leiten bedeutete Arbeit für drei.

Sie zu sehen war ein Schock – sie war der Hauptgrund gewesen, warum Hayden und ich uns getrennt hatten, und eine ganze Weile war ich mir sicher gewesen, dass sie zusammen schliefen. Darauf hatte sie es ganz offensichtlich angelegt, und sie hatte ihr Bestes getan, damit es dazu kam. Obwohl ich Frieden mit ihr geschlossen hatte, würde ich das Geschehene niemals vergessen können. Nie ganz.

Während ich auf das Tor starrte, spürte ich, wie Hayden meine Hand nahm. Ich drückte sie fest. »Wir können gehen«, raunte er mir ins Ohr.

Ach, das klang äußerst verlockend. Doch die Vorstellung, jedes Mal die Flucht zu ergreifen, wenn Felicia auftauchte, widerstrebte mir zutiefst. Und leider würde es Gelegenheiten geben, bei denen sie dabei war. Hayden hatte zwar den Kontakt zu ihr abgebrochen, Izzy und Aufreißer aber nicht. Sie hatten sie mit offenen Armen wieder aufgenommen, und wenn ich das nicht auch tat, würde das unsere Gruppe für immer spalten.

»Nein, schon okay. Wir können ruhig bleiben.«

Hayden sah aus, als wollte er mich gerade fragen, ob ich mir sicher sei, als er etwas bemerkte und sich seine Miene verfinsterte. Zugleich neugierig und besorgt drehte ich mich um. Und stellte überrascht fest, dass Felicia nicht allein war. Rodney, einer von Keith Bennetis Fahrern, betrat hinter ihr den Garten. Und nachdem er das Tor geschlossen hatte, fasste er ihre Hand. Waren die zwei zusammen? Und wenn – war das für Hayden in Ordnung?

Sofort wandte ich mich wieder zu Hayden, um zu sehen, wie es ihm damit ging. Doch sein Gesicht war leer. Wenn er etwas empfand, zeigte er es nicht. Und seine ausdruckslose Miene erfüllte mich mit Sorge.

»Hayden, Kenzie! Wie geht's?«, fragte Rodney strahlend und unbekümmert.

Scheinbar mühelos setzte Hayden ein entspanntes Lächeln auf. »Hey, Mann. Was machst du denn hier?« *Mit ihr.* Die unausgesprochenen Worte hingen in der Luft, und Haydens Blick glitt zu Felicia. War er sauer? Traurig? Erleichtert?

Felicia zog Rodney neben sich, hob die freie Hand und winkte zum Gruß mit den Fingern. »Tut mir leid, wenn wir stören. Ich habe nicht damit gerechnet, dass ihr Besuch habt.« Kurz suchte sie Haydens Blick, dann meinen, dann sah sie wieder zu Izzy. Spannung lag in der Luft. So deutlich, dass ich sie förmlich zwischen uns wabern sah.

Izzys Blick wanderte von Hayden und mir zu Felicia und Rodney. Sie schien ratlos, was sie tun sollte – sich bei uns entschuldigen oder sie einladen. Dass ich die Einzige war, die die Situation auflösen konnte, trieb mir einen wütenden Schauder über den Rücken. Wie war ich nur zum Friedenswächter geworden? Sie einfach zu erdulden oder bewusst auf sie zuzugehen waren zwei völlig verschiedene Dinge, und ich musste mich jetzt entscheiden, welchen Weg unsere Partei ging. Verdammt.

Ich konzentrierte mich und brachte ein Lächeln zustande. »Hallo, Felicia ... Schön, dich zu sehen.«

Hayden sah mich überrascht an. Izzy und Felicia wirkten ebenfalls erstaunt. Okay, vielleicht war das etwas zu freundlich gewesen. Doch ich konnte es nicht mehr zurücknehmen, nicht ohne jemandem auf die Füße zu treten.

Felicias überraschte Miene wich langsam einem Lächeln, und sie trat zu uns. »Danke, Kenzie. Finde ich auch.« Ich rechnete damit, dass sie Hayden im Anschluss einen Blick zuwerfen würde, doch zu meiner großen Überraschung tat sie das nicht. Sie sah mich noch immer mit warmem Blick an, und es war klar, dass sie meinte, was sie sagte. »Bereit für Daytona?«, fragte sie, und ihre Augen funkelten vor Aufregung.

»Ja ... fast«, erwiderte ich und wünschte, ich würde überzeugender klingen. Vor allem wünschte ich mir, ich hätte mehr Zeit zum Training. Irgendwie sehnte ich mich nach der Vergangenheit, als ich mir nur Gedanken um meine Rundenzeiten machen musste. Doch das würde ich Felicia nicht anvertrauen.

Felicia kicherte und sah mit unübersehbarer Zuneigung und Interesse zu Rodney. »Ich kann es nicht erwarten, wieder auf die Rennstrecke zu kommen.« Sie seufzte, und es klang bedauernd. »Ich will nie wieder ein Rennen verpassen.«

Hayden trat von einem Fuß auf den anderen und verstärkte den Griff um meine Hand. Er fühlte sich ganz offensichtlich nicht wohl, aber ich war mir nicht ganz sicher, warum das so war. »War nett, mit euch zu plaudern«, sagte er und blickte in die Runde, »aber Kenzie und ich haben da noch einen ... Termin. Wir müssen los.«

Verwirrt schaute ich ihn an. Das stimmte nicht, wir wollten heute nur Izzy und Aufreißer besuchen. Und ich hatte ihm gesagt, dass wir bleiben könnten. Ganz offensichtlich wollte *er* das aber nicht.

Hayden warf mir einen flehenden Blick zu. Er schrie geradezu: *Lass uns einfach abhauen.* Was mich mit Ärger und mit Angst zugleich erfüllte. Er wollte, dass ich ihm vertraute, aber wie sollte ich das, wenn seine Ex ihn immer noch dermaßen aufbrachte? »Ja, stimmt. Der Termin ... den hätte ich fast vergessen.«

Ich löste den Blick von Hayden und sah zu Izzy. »Tut mir leid, Iz. Das nächste Mal bleiben wir länger.« Sofort begann Antonia zu schluchzen, doch Hayden hob sie hoch und versprach ihr, dass wir bald wiederkämen.

Izzy musterte mich besorgt. »Okay.« Ihr Blick zuckte zu Felicia, dann sagte sie lautlos *Sorry.* Ich nickte, mehr konnte ich nicht tun.

Nachdem Hayden Antonia aufgemuntert hatte, verabschiedete er sich von Izzy und Aufreißer. Er nahm meine

Hand und schlug Rodney auf die Schulter. »Wir sehen uns auf der Trainingsstrecke.«

Rodney nickte verwirrt. »Ja, bis dann.«

Hayden war schon im Begriff zu gehen, als er noch einmal widerwillig zu Felicia blickte. »Ciao«, sagte er knapp.

Mit gerunzelten Augenbrauen nickte Felicia. »Ciao, Hayden. Kenzie.«

Ich winkte ihr zum Abschied und ließ mich von Hayden zum Tor führen. Sobald es sich hinter uns schloss, gewannen Angst und Sorge die Oberhand. »Was sollte das denn?«, zischte ich.

Auf Haydens Gesicht zeichnete sich eine Mischung aus Verwirrung und Wut ab, die ich schon lange nicht mehr bei ihm gesehen hatte. »Was meinst du?«

Ich riss meine Hand los, blieb stehen und starrte ihn an. »Du rennst weg. Warum?«

Erst wirkte er verärgert, dann stieß er die Luft aus. Kurz glitt sein Blick an mir vorbei, ehe er mir wieder in die Augen sah. »Ich renne nicht weg«, erklärte er. »Es war einfach Zeit zu gehen.«

»Quatsch.« Ich ballte die Hände zu Fäusten, und mein Herz hämmerte. »Hat es etwas damit zu tun, dass Felicia jetzt mit Rodney zusammen ist? Bist du … eifersüchtig?«

Sofort schüttelte er den Kopf. »Nein, natürlich nicht. Ich wollte, dass sie zusammenkommen. Als ich gemerkt habe, dass Rodney sich für sie interessiert, habe ich ihn ermuntert.«

Diese Nachricht besänftigte meine Wut. »Ach – und warum bist du dann …?«

Hayden nahm meine Hand und verschränkte unsere Finger. »Ich weiß, was ich uns angetan habe. Und ich weiß, dass du dich bemühst, sie zu ... akzeptieren. Aber es wäre nicht gerecht, das von dir zu verlangen. Du hast schon so viel für unsere Beziehung geopfert. Ich bitte dich nicht ... nein, ich *lasse nicht zu*, dass du noch mehr tust. Du musst dich nicht mit ihr abgeben.«

Ich biss mir auf die Lippe, ich war gerührt und unsicher, alles zugleich. »Ich will nicht, dass du dich meinetwegen von deinen Freunden entfernst.«

Lächelnd steckte Hayden mir eine Haarsträhne hinters Ohr. »Das tue ich nicht. Felicia hat uns auseinandergebracht. Izzy und Aufreißer erwarten nicht, dass alles zwischen uns wieder wie vorher ist. Und wenn das bedeutet, dass wir ein paar Grillabende verpassen, ist das für mich okay. Aber dich dem auszusetzen, weil du meinst, du würdest mir einen Gefallen tun, finde ich nicht okay. Ich will, dass du glücklich bist. Das steht für mich an erster Stelle. Verstehst du?«

Das verstand ich sehr wohl, und mir traten Tränen in die Augen. Er fühlte sich nicht unwohl in ihrer Nähe oder war eifersüchtig, dass sie einen neuen Freund hatte. Er war meinetwegen besorgt.

Am Ende drehten sich seine Gefühle immer um mich. Ich sollte mich entschuldigen und zur Arbeit zurückfahren – ich hatte so viel Wichtiges zu erledigen –, doch stattdessen legte ich die Arme um seinen Hals und flüsterte ihm voller Überzeugung zu: »Bleib heute Abend bei mir.«

Hayden sah mich mit schief gelegtem Kopf an. »Bist du dir sicher, Kenzie?«

Ich biss mir auf die Lippe und nickte. »Ja. Ich möchte … ich möchte, dass du vorbeikommst. Und bleibst. Ich möchte mit dir zusammen aufwachen.«

Hayden lächelte, dann gab er mir einen zärtlichen Kuss. »In Ordnung, Süße. Wann immer du willst … oder nicht willst – deine Entscheidung.«

Gott, ich liebte diesen Mann.

Kapitel 6

Hayden und ich verbrachten die nächsten Stunden bei mir und genossen unser Zusammensein. Es war ein bisschen ungewöhnlich, ihn in meinem Wohnzimmer zu sehen. Bei dem Gedanken, dass er später mit in mein Schlafzimmer kommen würde, bekam ich vor Aufregung feuchte Hände. Ich ließ ihn ganz in mein Herz, und das war beängstigend. Die Vorstellung, erneut verletzt zu werden, machte mir eine Heidenangst. Doch er war so süß, so liebevoll, so warm, zärtlich und geduldig. Auch wenn es mir Angst machte, wollte ich, dass es passierte.

Leider hatte ich auch die Arbeit im Kopf und ertappte mich mehrfach dabei, dass ich mit den Gedanken woanders war. So sehr ich mich hundertprozentig auf den Moment einlassen wollte, ich war eher bei fünfundsiebzig. Manchmal auch nur bei fünfzig.

»Kenzie? Hallo?« Blinzelnd kehrte ich aus meinen Gedanken zurück und blickte zu Hayden. Er stand mit einigen Filmen vor mir. Mit schief gelegtem Kopf sagte er: »Ich habe gefragt, welchen du anschauen willst.«

Ich lächelte peinlich berührt. »Tut mir leid – ich war mit den Gedanken woanders.«

Seufzend setzte er sich neben mich. »Arbeit … oder Felicia?« Er verzog das Gesicht.

An sie hatte ich merkwürdigerweise überhaupt nicht gedacht. Ich schüttelte den Kopf. »Arbeit. Und … dass du heute Nacht hierbleibst. Es ist eine Weile her, ich bin ein bisschen nervös.«

Er lächelte mich zärtlich an und strich mir über die Wange. »Kein Grund, nervös zu sein. Wie gesagt, ich erwarte keinen Sex. Vielmehr ist Sex für mich tabu. Er ist bei mir verboten.«

Ich musste unwillkürlich grinsen. »Sex ist bei dir verboten?«

Er nickte mit ernstem Gesicht. »Yep. Ich werde dich heute Nacht nur in den Arm nehmen, dann schlafen wir ein. Und du kannst so viel bitten und betteln, wie du willst, du darfst mir nicht an die Wäsche gehen. Sorry.«

Lachend schüttelte ich den Kopf, dann wählte ich einen Film aus. »Lass uns den sehen.«

Hayden küsste mich auf die Wange, stand auf und legte den Film ein. Und als er sich wieder neben mich setzte, spürte ich, dass ich ruhiger wurde. Eine Sorge hatte er mir genommen, und das wirkte überraschend erleichternd. Für den Rest des Abends schaltete ich vollkommen ab und genoss das schlichte Gefühl, seine Hand zu halten.

Meine neu entdeckte Entspannung verging genau um 4 Uhr 23, als ich im Dunkeln aus dem Schlaf hochschreckte. Hayden schlief friedlich neben mir. Er lag auf der Seite, mit dem Rücken zu mir, und atmete tief und gleichmäßig. Sorglos. Ich blinzelte die Tränen fort und versuchte, meinen Atem zu beruhigen. Nachdem der Abend so wundervoll gewesen war, wirkte der Traum besonders gemein.

Es hatte ganz real angefangen. Hayden und ich waren Hand in Hand in mein Schlafzimmer gegangen. Wir unterhielten uns über den Film und machten uns fürs Bett fertig, dann krabbelten wir unter die Decke, kuschelten uns aneinander und schliefen ein – vollkommenes Glück. Doch dann wich mein Traum von den realen Ereignissen ab. Dort war ich kurz darauf aufgewacht, und Hayden war fort gewesen. Seine Seite des Betts war eiskalt, als wäre er niemals dort gewesen.

Panisch hatte ich im ganzen Haus nach ihm gesucht. Seine Kleider waren weg, sein Motorrad ebenfalls. Verzweifelt war ich auf mein Bike gestiegen und – was nur im Traum möglich war – hatte ihn schnell gefunden. Und zwar bei einem Straßenrennen, wo er einen Sieg feierte, indem er Felicia küsste. Während ich zusah, gewann ihr Kuss an Leidenschaft. Dann rissen sie sich mitten auf der Straße die Kleider vom Leib. Hayden umfasste ihren Hintern, massierte ihre Brüste, und nach und nach war immer mehr nackte Haut zu sehen. Ich konnte den Blick nicht abwenden.

Das allein hätte für einen spitzenmäßigen Albtraum genügt, aber nein, meinem Unterbewusstsein genügte das noch nicht. Während ich beobachtete, wie sich Hayden und Felicia leidenschaftlich aufeinanderstürzten, tippte mir mein Vater auf die Schulter. Mit traurigen, müden

Augen reichte er mir ein Stück Papier. »Die Bank hat die Zwangsvollstreckung beantragt, Mackenzie. Du hast versagt. Du hast die Trainingsstrecke verloren und, wie es aussieht, auch Hayden. Es tut mir so leid, aber jetzt bleibt dir nichts mehr. Genau wie mir.«

In dem Moment war ich aufgewacht. Mein Herz pochte noch immer, während ich versuchte, Realität und Traum zu trennen. Hayden war hier. In meinem Schlafzimmer. Er fuhr keine nächtlichen Rennen mit Felicia, und er machte nicht mit ihr rum, hatte keinen Sex mit ihr. Dank Hayden konnte die Bank das Gelände nicht zwangsversteigern. Es war schuldenfrei und gehörte mir. Noch hatte ich nicht versagt. Doch leider hieß das nicht, dass ich nicht noch versagen konnte. Wenn es mir nicht gelang, einen stetigen Geldfluss zu garantieren, konnten wir Cox Racing nicht halten. Dann war ich die stolze Besitzerin eines leeren Gebäudes. Und Hayden würde sich womöglich verpflichtet fühlen, wieder Rennen zu fahren. Und Felicia würde ihm vielleicht erneut folgen. Und dieses Mal konnte Hayden ihr vielleicht nicht widerstehen, vor allem wenn wir nur kuschelten …

Nein. Es war nur ein böser Traum. Keine Vorahnung. Ich versagte nicht. Hayden und ich scheiterten nicht.

Ich schob die Decke zurück und stand auf. Nach diesem Schock konnte ich auf keinen Fall wieder einschlafen. Als ich aufstand, rollte sich Hayden auf den Rücken, wachte jedoch nicht auf. Das Mondlicht, das durchs Fenster hereinfiel, schien auf sein Gesicht – auf die vollen Lippen, das markante Kinn, den stoppeligen Bartschatten, die traurige Narbe an seiner rechten Augenbraue. Furchtlos, aggressiv, gefährlich ... treu, mitfühlend, liebevoll. Er war ein Traummann und ich eine sehr glückliche Frau. Doch der Albtraum stieß mich wieder einmal auf die Frage, wie lange mein Glück wohl anhielt.

Ich wünschte, ich könnte mir mein Board schnappen und surfen gehen, aber dazu war es zu kalt. Ich musste jedoch etwas Dampf ablassen, also beschloss ich, stattdessen eine Runde zu laufen. Vorsichtig, um Hayden nicht zu wecken, zog ich meine Sportsachen an und schlich aus der Tür.

Draußen an der kühlen, frischen Luft schaffte ich es, die letzte Erinnerung an den Traum ganz nach hinten zu drängen. Es tat so gut, meinen Blutdruck in die Höhe zu treiben und mich zu bewegen. Ich hatte in letzter Zeit viel zu viel hinter dem Schreibtisch gesessen und war viel zu selten im Fitnessraum gewesen. Was mir deutlich vor Augen geführt wurde, als ich schon nach einer Meile ächzte und schnaufte. Verdammt. Ich durfte meinen Körper nicht vernachlässigen, aber ebenso wenig die täglichen Probleme im Geschäft und meine Beziehung zu Hayden und meinen Freunden. Aber ich konnte nicht alles schaffen. Etwas musste zurückstehen, und die Frage, was das sein sollte, trieb mich um.

Als ich wieder nach Hause kam, fühlte ich mich erfrischt und erschöpft zugleich. Ich musste mehr tun, ich musste besser werden. Irgendwie.

Als ich hereinkam, war Hayden schon auf. »Wo bist du gewesen?«, fragte er. »Ich habe mir schreckliche Sorgen gemacht.«

Gott, ich war so ein Idiot. In meinem Bedürfnis, aus dem Haus zu kommen, hatte ich einen Teil meines Albtraums wahr werden lassen – und zwar für ihn. »Tut mir leid, ich habe schlecht geträumt und konnte nicht wieder einschlafen. Darum bin ich laufen gegangen. Und dabei habe ich festgestellt, dass ich völlig aus der Form bin.« Klar, ich hatte die Runde geschafft, aber vor einiger Zeit war ich eine ganze Ecke schneller gewesen.

Haydens Miene wurde sanft, und er kam zu mir. »Schlecht geträumt? Willst du mir davon erzählen?«

Ich biss mir auf die Lippe und schüttelte den Kopf. »Nein.« Das konnte ich mir nicht vorstellen.

Einen Moment wirkte es, als wollte er mich drängen, doch dann schien er es sich anders zu überlegen. Lächelnd legte er mir die Arme um die Taille. »Abgesehen von der letzten halben Stunde war die Nacht mit dir unglaublich. So gut habe ich ewig nicht geschlafen.« Sein Lächeln wich Besorgnis. »Tut mir leid, dass es für dich nicht so entspannt war.«

Ich schlang die Arme um seinen Hals und schüttelte den Kopf. »Es war eine tolle Nacht, und ich bin froh, dass wir das gemacht haben.«

Hayden zog eine Augenbraue nach oben. »Machen wir das bald wieder?«

Ich unterdrückte einen Seufzer. »Auf jeden Fall, aber … ich weiß nicht, wann. Mir schwant, dass ein paar lange Abende im Büro vor mir liegen.«

Haydens Lächeln verblasste kurz, dann grinste er. »Vielleicht stelle ich mein neues Bett in dein Büro. Wir leben einfach auf der Trainingsstrecke, bis sich alles eingespielt hat.«

Ein Teil von mir fand das eine großartige Idee, aber es würde mich zu sehr ablenken, ihn rund um die Uhr zu sehen. Insbesondere wenn er mit seiner »Arbeit« für den Tag fertig war. »Danke, aber nein.« Ich stellte mich auf die Zehenspitzen und gab ihm einen Kuss. »Ich muss duschen und mich auf den Weg machen, aber danke für den schönen Abend.«

»Du wirfst mich vor dem Frühstück raus?«, fragte er halb im Spaß, halb im Ernst.

»Leider, ja. Wie immer habe ich zu viel zu tun …«

Hayden protestierte nicht mehr, aber ich spürte seine Enttäuschung. Gott, wie ich es hasste, Menschen zu enttäuschen. Ganz besonders ihn.

Wie gerne hätte ich erzählt, dass sich die Lage in den nächsten Wochen beruhigte, aber das war keineswegs der Fall. Ich schien tausend kleine Brandherde löschen zu müssen, manchmal stündlich. Als ich Reifen bestellte, wurden falsche geliefert. Es waren noch nicht einmal Motorradreifen, woraufhin ich ernsthaft überlegte, den Lieferanten zu wechseln. Die Firma, die ich beauftragt hatte, die Fassade der Gebäude zu streichen – damit Cox Racing nicht mehr schäbig, sondern erfolgreich aussah –, setzte ständig neue Posten auf die Rechnung. So zum Beispiel ein Fenster, das bei den Arbeiten versehentlich mit einer Leiter zertrümmert worden war.

Keith tobte noch immer, weil unsere beiden Teams

gleichzeitig auf der Strecke trainierten. Mindestens dreimal am Tag klingelte das Telefon, und er beklagte sich, dass der eine Fahrer die Zeiten des anderen verdorben hatte. Als würden meine Leute seine Fahrer langsamer machen. Jedes Mal erklärte ich ihm aufs Neue, dass meine Leute jedes Recht hatten, dort zu fahren, wann immer sie wollten, und dass er sich daran gewöhnen müsse. Seine Antwort lautete: »Dann musst du dich wohl daran gewöhnen, dass ich dich anrufe.« Mir graute jedes Mal, wenn das Telefon klingelte.

Ein Laufband im Kraftraum funktionierte nicht, und in der Umkleide war eine Toilette defekt. Der Lieferant, von dem wir Schrauben, Muttern und Zündkerzen bezogen, machte auf einmal dicht, und ich musste unbedingt einen neuen finden. Die Maschinen und Lederkombis der Fahrer mussten mit den Logos der neuen Sponsoren ausgestattet werden, die wir gewonnen hatten. Diese Aufgabe schob ich jedoch vor mir her, weil ich hoffte, bis zum Saisonstart noch jemanden an Land zu ziehen. Und zu allem Überfluss marschierte alle fünf Minuten jemand in mein Büro und wollte irgendetwas mit mir besprechen.

»Kenzie, du glaubst nicht, was gestern passiert ist.«

Ich blickte zu Nikki auf, die im Türrahmen stand, und sagte: »Die Leute haben aufgehört, Kevin das Mittagessen zu klauen? Denn ich habe es wirklich satt, mir deshalb jeden Tag sein Gejammer anzuhören.«

Nikki schnaubte, als wäre dieser triviale – aber zeitfressende – Nervkram lustig. »Nein, Myles und ich haben

Babysachen gekauft.« Auf ihrem Gesicht erschien ein verträumter Ausdruck. »Du hättest ihn sehen sollen, Kenzie. Er wusste genau, was man braucht, und dann hat er alles von dem Geld bezahlt, das er von Hayden für sein Bike bekommen hat. Es war einfach ... unglaublich.«

Sie ließ sich vor meinem Schreibtisch auf einen Stuhl fallen und stieß die Luft aus. »Mir ist allerdings auch bewusst geworden, wie wenig ich auf alles vorbereitet bin. Ich habe keine Ahnung, was ich da mache.«

Willkommen im Club. Ich schob den Gedanken beiseite und lächelte ihr aufmunternd zu. »Tja, klingt, als hätte Myles die Sache im Griff, also – keine Sorge. Er kümmert sich schon um alles.«

Sie sah mich ungläubig an. »Ist das dein Ratschlag? Überlass alles dem Mann?«

Seufzend strich ich mir durchs Haar und merkte, wie strähnig es war. Ich hatte seit zwei Tagen nicht geduscht. Eklig. »Nein, ich sage nur – entspann dich. Das wird schon. Das findest du alles noch heraus.«

Sie musterte mich und schien zu begreifen, dass ich gerade nicht nur von ihr sprach. »Alles okay bei dir, Kenzie? Du wirkst etwas bedrückt. Und du hast dein Bike seit Tagen nicht angerührt. Holst du es bald raus?«

Ich schloss die Augen und atmete langsam aus. »Das will ich, Nik. Glaub mir, ich denke an nichts anderes, wenn ich hier oben sitze, aber ich habe einfach keine Zeit.« Wie zur Bekräftigung klingelte das Telefon. Da es vermutlich Keith war, ließ ich es klingeln. Sollte er sich doch auf der Mailbox ausheulen.

Nikki zog besorgt die Brauen zusammen. »Es widerstrebt mir zu fragen, aber … wie läuft die Suche nach meinem Ersatz? Meinem *vorübergehenden* Ersatz.«

Bei dem Gedanken an *dieses* Problem wich alle Kraft aus meinem Körper. Zum Glück lag die Suche in erster Linie in Johns Hand, aber ich stellte ebenfalls Recherchen an. Wenn ich Zeit hatte. »Noch nicht, aber wir finden jemanden.« *Wir müssen jemanden finden.*

Nikki blickte mich entschuldigend an. »Es tut mir so leid, dass ich dir auch noch Arbeit mache, Kenzie. Du weißt, dass ich das nicht wollte.«

Ich lächelte ihr zu und nickte. »Ich weiß.« Als ich daran dachte, was sie mir ursprünglich erzählt hatte, wurde mein Grinsen breiter. »Ihr habt also Babysachen geshoppt? Heißt das, Myles ist einverstanden mit der Nachnamen-Geschichte?«

Sie machte eine wegwerfende Handbewegung. »Klar. Ich bin mit ihm ins Oysters gegangen, um das zu besprechen. Dann habe ich ihn ziemlich betrunken gemacht, bis er allen meinen Vorschlägen zugestimmt hat. Aber es ist jetzt okay für ihn. Er meint sogar, es wäre seine Idee gewesen.« Sie lachte. »Manchmal hat es durchaus Vorteile, wenn man nichts trinken darf.«

Ich lachte. »Da wäre ich gern dabei gewesen.« Ich wünschte, ich könnte Cox Racing leiten *und* ein Privatleben haben.

»Ja«, sagte Nikki wehmütig. Dann blickte sie sich im Raum um und sagte: »In dem Babygeschäft hätten wir uns beinahe geküsst.«

Ich machte große Augen. »Wirklich? Wie ... ist das denn passiert?«

Sei wirkte etwas durcheinander. »Ich weiß es ehrlich gesagt nicht. Ich habe mich bei ihm bedankt, weil er alles bezahlt hat. Ich hätte nicht gewusst, wie ich das alles hätte finanzieren sollen, und plötzlich trafen sich unsere Blicke. Und dann hat er sich nach vorn gebeugt und ... noch weiter nach vorn gebeugt ...« Sie blickte ins Leere und verlor sich in der Erinnerung. »Mein Herz raste, und ich dachte, ich würde sterben, wenn er mich nicht berühren ...« Sie schüttelte den Kopf und brachte sich selbst in die Gegenwart zurück. »Dann fuhr uns eine Mutter samt Kleinkind mit ihrem Einkaufswagen an, weil wir im Weg standen, und der Moment war vorbei.« Ihre Miene drückte ihren Unmut aus, und sie legte sich eine Hand auf den Bauch. »Ich weiß ehrlich nicht, was der Auslöser war. Ich glaube, das sind die Hormone, die dieser kleine Mutant in mich hineinpumpt.«

Dass sie ihre Gefühle so gänzlich leugnete, brachte mich zum Schmunzeln. »Klar. Hier geht es nicht um *echte* Gefühle, alles nur eine Frage des hormonellen Gleichgewichts.«

Sie musterte mich aus schmalen Augen. »Hör auf, die Kupplerin zu spielen, Kenzie. Darin bist du echt schlecht. Du und Hayden, ihr nervt.«

»Hayden redet mit dir über Myles?«, fragte ich überrascht.

Sie verdrehte die Augen. »Nein, Hayden sagt, ich soll aufhören, meine Gefühle zu leugnen, und die Chance ergreifen, jemanden zu lieben ... bla, bla, bla.« Sie steckte sich einen Finger in den Mund. »Du hast ein richtiges Weichei aus ihm gemacht. Ich kann nicht glauben, dass er jemals ein Rebell war.«

Ich grinste, dann nagte ich an meiner Lippe. »Wie geht es ihm?«

Sie sah mich verwirrt an. »Wie es ihm geht? Du siehst ihn doch genauso oft wie ich, oder nicht?«

»Eigentlich nicht. Nicht so oft, wie wir uns gern sehen würden.« Ich schüttelte zögernd den Kopf. »Ich habe mich nur gerade gefragt, ob er etwas dazu gesagt hat, dass wir es noch nicht ... getan haben.«

Nikki kräuselte die Lippen. »Wir sind keine besten Freunde, die sich über ihr Sexleben austauschen, Kenzie. Aber – er duscht ganz schön lange ...« Mir entfuhr ein tiefer Seufzer, und Nikki fügte rasch hinzu: »Er wirkt nicht unglücklich, wenn du das meinst. Nur ... verliebt. Lächelt ständig und so. Ist eigentlich ganz schön nervig. Könntest du dich mal mit ihm streiten? Ihm ein bisschen schlechte Laune machen. Vielleicht hört er dann auf, mich mit Myles verkuppeln zu wollen.«

Ich lachte aus vollem Hals. Das war dringend nötig gewesen und vertrieb mein schlechtes Gewissen. »Ich sehe, was ich tun kann«, antwortete ich.

Obwohl sie mich von Dingen abhielt, die dringend erledigt werden mussten, war ich traurig, als Nikki ging. In nur wenigen Minuten hatte sie mich zum Lachen gebracht. Meine Sorgen lasteten nicht mehr ganz so schwer auf mir, und das Gefühl, ich würde einen Riesenfelsen auf einen steilen Berg hinaufschieben, hatte nachgelassen. Ich war mir nicht ganz sicher, ob ich sie ebenfalls beruhigt hatte. Wenn sie allerdings ernsthaft glaubte, sie hätte Myles nur der Hormone wegen fast geküsst, machte sie sich etwas vor. Das war albern. Doch ich kannte das – bei Hayden und mir war es anfangs genauso gewesen.

Den Rest des Nachmittags störte mich niemand mehr, und die Zeit flog nur so vorbei. Ehe ich michs versah, war es draußen vor den Fenstern tiefdunkel. Ich war zugleich überrascht und enttäuscht. Während Nikki und Myles nicht immer daran dachten, sich von mir zu verabschieden, vergaß Hayden es nie. Bis heute Abend. Ich fühlte mich so einsam, dass ich sogar erwog, die Nacht durchzuarbeiten. Vielleicht konnte ich richtig was wegschaffen, wenn ich nicht schlief.

Gereizt, weil mein Leben nur noch aus Arbeit bestand, stieß ich mich vom Schreibtisch ab. Hatte ich nicht geschworen, ein gesundes Maß zu finden, als ich den Laden übernommen hatte? Wie ich schnell lernen musste, war das leichter gesagt als getan. Widerwillig empfand ich neuen Respekt vor meinem Dad.

Ich hatte das Gefühl, tausend Jahre schlafen zu können, schaltete das Licht aus und trottete zur Garage. Dort brannten alle Lampen, und ich verfluchte meine nachlässigen Angestellten. »Verdammt, Jungs, Strom wächst nicht auf den Bäumen.«

Ich wollte gerade das Licht ausschalten, als jemand sagte: »Tut mir leid.«

Ich drehte mich um und stellte fest, dass ich nicht allein

war. Hayden war noch da. Er trug seine Lederkombi und hielt mein Bike. »Hayden, du hast mich zu Tode erschreckt. Was machst du hier?«

Mit breitem Grinsen schob er das Bike auf mich zu. »Du bist vor lauter Arbeit nicht zum Trainieren gekommen. Mir ist eingefallen, dass wir zwei schon einmal zu ziemlich ungewöhnlichen Zeiten trainiert haben. Du scheinst, für heute Feierabend zu haben, also … was meinst du? Fang mich doch?«

Ich schaute ihn ungläubig an, Tränen brannten in meinen Augen. »Du bist ganz allein hier unten geblieben und hast gewartet, bis ich fertig bin?«

Er zuckte die Schultern, als wäre das keine große Sache. »Ich hatte nichts anderes vor.«

Ich schlang die Arme um seinen Hals. »Ja! Gott, ja, ich würde liebend gern gegen dich fahren.«

Lachend legte er einen Arm um mich. »Wenn ich gewusst hätte, dass du dich so darüber freust, hätte ich es dir schon eher vorgeschlagen. Ehrlich gesagt habe ich ein schlechtes Gewissen, dass es mir nicht schon früher eingefallen ist.« Er rückte von mir ab und sah mich reumütig an.

Kopfschüttelnd wischte ich seine Bemerkung fort. »Ich bin nur froh, dass es dir jetzt eingefallen ist. Ich zieh mich um, dann können wir starten.« Ich fühlte mich fast, als wären wir bei einem Rennen und würden tatsächlich gegeneinander antreten. Verdammt, das war viel zu lang her.

In Rekordzeit zog ich meine Lederkombi an. Ich hatte

mir ein bisschen Sorgen gemacht, dass sie zu eng sitzen könnte, aber ich hatte in letzter Zeit nicht genug gegessen, und so saß sie sogar ein bisschen locker. Ich nahm mir vor, mir größere Lunchpakete zu machen. Vor lauter Freude, auf meine Maschine zu steigen, rannte ich wieder zu Hayden. Er grinste, als ich Mühe hatte, rechtzeitig vor ihm zum Stehen zu kommen. »So hast du ja lange nicht gestrahlt. Bereit, Zweiundzwanzig?«

Zur Antwort riss ich ihm geradezu mein Bike aus den Händen. Hayden lachte, als er sich seins schnappte, dann schoben wir die Maschinen zur Trainingsstrecke. Bei der Aussicht auf den bevorstehenden Nervenkitzel strömte Adrenalin durch meine Adern. Mit diesem Sport konnte nichts auf der Welt mithalten. Außer vielleicht, in Hayden verliebt zu sein.

Überraschenderweise hörten wir Motorengeräusche, als wir zur Trainingsstrecke kamen. Wir waren nicht die Einzigen hier. Hayden und ich blickten uns aus unseren Helmen an, und Hayden zuckte die Schultern. Er wusste nicht, wer hier draußen war, also hatte er die Sache nicht als Rennen mit mehreren Beteiligten geplant.

Plötzlich kamen zwei Bikes um die Ecke, fast Kopf an Kopf. Stirnrunzelnd musterte ich die Motorräder ... und die Teamfarben. Rodney und Felicia. Was zum Teufel taten sie hier so spät am Abend? Verärgert startete ich mein Bike und jagte dem Paar hinterher. Ich hörte, wie Hayden seine Maschine direkt nach mir anwarf.

Obwohl ich zwei Leute jagte, die mir vollkommen egal waren, zauberte das euphorische Gefühl, wieder auf dem

Bike zu sitzen, ein breites Grinsen auf mein Gesicht. Der hell erleuchtete Beton sauste unter meinen Rädern hindurch, meine Arme vibrierten, jede Körperzelle erwachte. Ich spannte meine Mitte an und umklammerte instinktiv mit den Beinen das Bike. Es fühlte sich an, als würde ich nach Hause kommen.

In null Komma nichts schloss ich zu Rodney und Felicia auf, dann beugte ich mich tief nach vorn und bereitete mich darauf vor, sie zu überholen. Es dauerte einen Moment, bis sich eine Lücke auftat, doch sobald ich eine Chance sah, nutzte ich sie. Beide blickten mich an, als ich zwischen ihnen hindurchschoss – sie hatten noch nicht einmal gemerkt, dass ich ihnen gefolgt war. Sie verlangsamten das Tempo, ich nicht. Ich war zu gebannt von dem Moment, zu aufgeregt, gegen jemanden zu fahren – *gegen irgendjemanden*. Ich wollte jetzt nicht aufhören. Ich duckte mich tief über das Bike und behielt die Geschwindigkeit aufrecht. Entweder jagten sie hinter mir her, oder sie verließen die Trainingsstrecke. Irgendwie hoffte ich, sie würden mir folgen. Ich brauchte einen Triumph.

Nachdem ich mich eine Weile auf den Asphalt vor mir konzentriert hatte, riskierte ich einen Blick zurück. Und da waren alle drei – Hayden, Rodney und Felicia –, und alle verfolgten mich. Lachend richtete ich meine Aufmerksamkeit wieder auf die Strecke und konzentrierte mich darauf, die Spur und die Geschwindigkeit zu halten. Ich hob eine Hand, um ihnen eine Drei zu zeigen – bis dahin mussten sie mich eingeholt haben.

Als wir die dritte und letzte Runde begannen, zitterten

meine Muskeln vor Erschöpfung, aber ich lag immer noch in Führung. Hin und wieder sah ich aus dem Augenwinkel Reifen näher kommen, aber ich ließ sie nie an mir vorbei. Die Straße gehörte mir. Am Ende der letzten Runde atmete ich schwer und brauchte dringend Wasser, damit ich keinen Muskelkrampf bekam, doch das war mir egal – ich hatte gewonnen!

Ich drosselte die Geschwindigkeit und stieß beide Hände in die Luft. Hayden zog neben mich und schob das Visier hoch. Grinsend schüttelte er den Kopf. Er liebte es, wie ich meine Siege genoss.

Als ich meine Maschine zum Stehen gebracht hatte, blickte ich mich um und sah, dass Rodney und Felicia verlegen in einiger Entfernung stehen geblieben waren. Ich schob mein Visier hoch und ging zu ihnen. »Was macht ihr zwei hier so spät?«, fragte ich, auch wenn ich deshalb nicht mehr verärgert war. »Weiß Keith, dass ihr hier seid?«

Rodney nahm den Helm ab, dann kratzte er sich mit einer behandschuhten Hand am Kopf. »Äh, nein, eigentlich nicht. Und wenn es dir nichts ausmacht, wären wir dir dankbar, wenn du es ihm auch nicht erzählst. Er stellt sich ziemlich an wegen der Zeiten, zu denen seine Fahrer die Trainingsstrecke benutzen dürfen.«

Darüber musste ich lachen. »Was du nicht sagst. Trotzdem solltet ihr nicht so spät hier sein. Das ist nicht sicher. Und theoretisch ... ist die Strecke geschlossen.«

Hayden warf mir einen Blick zu, aber ich ignorierte ihn. Ja, zugegeben, wir hatten uns selbst hier zum Fahren hereingeschlichen, aber als Eigentümerin durfte ich nicht einfach zu ihnen sagen: *Klar, benutzt die Strecke ruhig rund um die Uhr. Mir ist das egal.* Zum Teil war ich jetzt für ihre Sicherheit verantwortlich, und zudem für die Sicherheit der Strecke. Bei diesem Gedanken spürte ich wieder Druck und Verantwortung, und meine Schultern verspannten sich. Verdammt.

Felicia nahm den Helm ab, dann nickte sie. »Kommt nicht wieder vor, Kenzie. Sorry.« Sie setzte ein strahlendes Lächeln auf. »Aber du musst zugeben, dass es Spaß gemacht hat!«

Ich hätte es gern geleugnet, doch das konnte ich nicht. »Ja, es war lustig. Vor allem, als ich euch hatte.«

Rodney und Felicia lachten, dann sagte Rodney: »Beim nächsten Mal krieg ich dich. Morgen um dieselbe Zeit?« Felicia rollte mit den Augen, während Rodneys hoffnungsvoller Blick zwischen Hayden und mir hin und her wanderte.

Hayden schüttelte den Kopf. »Nein, sie hat recht, ihr solltet nicht so spät hier sein.«

Rodney wirkte geknickt, zuckte jedoch mit den Achseln. »Okay, gehen wir stattdessen etwas trinken. Ich glaube, es wäre lustig, wenn wir alle zusammen weggehen.« Felicia bedachte ihn mit einem Blick, der deutlich sagte: *Halt die Klappe, du Idiot!* Fast hätte ich über ihre verlegene Miene gelacht. Doch dann musste ich an meinen Albtraum denken.

Ich öffnete den Mund, um etwas zu sagen, doch Hayden kam mir zuvor. »Ehrlich gesagt ... weiß ich nicht, ob das so eine gute Idee ist.« Er zeigte auf Felicia. »Du weißt ja sicher, dass wir mal zusammen waren.«

Rodney blickte schulterzuckend zu Felicia. »Ja, ich weiß, aber das ist doch ewig her. Jetzt bist du mit Kenzie zusammen«, entgegnete er und zeigte auf mich.

Hayden verzog das Gesicht. »Ja, aber das ist doch komisch, Mann.«

Rodney blinzelte. »Was ist daran komisch? Du bist nicht mehr in Felicia verliebt, und sie nicht in dich. Du und ich sind Freunde. Und Felicia und Kenzie haben so viel gemeinsam, dass sie in null Komma nichts beste Freundinnen sein werden. Es ist absolut … naheliegend, dass wir was zusammen unternehmen.«

Felicia ließ den Kopf in die Hand sinken, als wäre es ihr peinlich, dass Rodney es nicht kapierte. Hayden öffnete den Mund, um noch etwas zu erwidern, doch diesmal war ich schneller. »Klingt super, Rodney.«

Haydens Blick sprang zu mir, und aus seinen Augen sprach Fassungslosigkeit. Zur Antwort lächelte ich ihn nur an. Abgesehen von seiner Familie – Aufreißer, Izzy und Antonia – hatte Hayden nicht viele Freunde. Auf der Trainingsstrecke praktisch niemanden. Aber irgendwie hatte er sich in der letzten Saison mit Rodney angefreundet, und dieser Freundschaft wollte ich nicht im Weg stehen, indem ich sie ihm wegen Felicia verwehrte. Und außerdem hatte Rodney im Grunde mit allem recht, was er gerade gesagt hatte. Abgesehen davon, dass Felicia und ich beste Freundinnen werden würden. Dazu würde es mit Sicherheit *niemals* kommen.

Felicia sah mich ebenfalls mit großen Augen an, aber Rodney war begeistert. »Hervorragend! Wir haben eine Verabredung!«

Innerlich stieß ich einen Seufzer aus. Mist. Ich hatte ganz vergessen, dass ich gar keine Zeit für ein Privatleben hatte. Aber jetzt kam ich aus der Nummer nicht mehr raus, und ich konnte Hayden unmöglich allein gehen lassen. Hayden, Rodney und Felicia zusammen bei einem Date – das war beunruhigend. Mann, worauf hatte ich mich da bloß eingelassen?

Kapitel 7

Fortan trafen sich Hayden und ich an den meisten Abenden zum Fahren. So bekam ich zwar weniger Schlaf, doch es war dermaßen euphorisierend, zurück auf der Rennstrecke zu sein, dass mir das egal war. Außerdem hatte ich auf diese Weise eine gute Ausrede, einem Doppel-Date mit Rodney und Felicia zu entgehen. Nicht dass Hayden mich dazu gedrängt hätte. Er vermutete, dass ich nur zugestimmt hatte, um nett zu sein. Und vielleicht stimmte das zum Teil, aber ich wollte auch seine Freundschaft mit Rodney unterstützen. Es wäre nur schön, wenn das Rodney-Paket auch ohne Felicia zu haben wäre. Vielleicht trennten sie sich ja wieder, wenn ich es nur lange genug hinauszögerte, und ich musste mir darum keine Sorgen mehr machen. Dann müsste ich mir lediglich Gedanken machen, weil Felicia Single war und Hayden von der anderen Seite der Trainingsstrecke nachsetzte. Gott bewahre, dass sie wieder anfing, ihm Nachrichten zu schicken.

»Das war toll, Kenzie. Deine Zeiten sind genau, wie sie sein sollten.«

Ich nahm den Helm ab und lächelte Hayden zu. »Ich weiß. Ich schlage dich jetzt ziemlich regelmäßig.«

Hayden blickte nachdenklich auf die Strecke. »Ja, ich hör jetzt mal auf, mich zurückzuhalten.«

Lachend zog ich einen Handschuh aus und warf ihn nach ihm. Er grinste mich schief an, dann legte er den Kopf auf die Seite. »Ich habe überhaupt keine Lust, das anzusprechen, aber Rodney hat mich kürzlich abgefangen. Er will sich bald mit uns treffen.«

Ich atmete tief ein und hielt die Luft einen Moment an, bevor ich sie entweichen ließ. »In ein paar Tagen ist Weihnachten, dann kommt Silvester. Und ich habe Nikki schon versprochen, dass wir mit ihr und Myles ausgehen. Vielleicht irgendwann danach – wenn ich nach den Feiertagen einen Abend Zeit habe.«

Hayden sah mich an. Ihm war klar, dass ich einer Verabredung mit den beiden aus dem Weg ging. »Ich weiß es zu schätzen, dass du dazu bereit bist, Kenzie. Aber das ist nicht nötig. Du musst dich nicht auf ein Doppel-Date mit meiner Ex einlassen.«

»Das tue ich nicht«, widersprach ich. »Ich lasse mich auf ein Doppel-Date mit deinem Freund ein. Der zufällig mit deiner Ex zusammen ist. Das ist etwas völlig anderes.«

Er lachte, dann schüttelte er den Kopf. »Weißt du eigentlich, wie großartig du bist?«

Plötzlich fühlte ich mich erschöpft. »Großartig wäre, wenn ich die Lowes als Sponsoren gewonnen hätte.« Meine Augen verengten sich zu kleinen Stecknadelköpfen. »Ich fasse es nicht, dass die zu Keith gegangen sind. Er hat derart viele Sponsoren, er kann ihnen unmöglich so viel Raum geben, wie ich es gekonnt hätte. Bei ihm können sie froh sein, wenn sie einen Platz auf einem Schutzblech bekommen. Aber bei mir ... Teufel, bei mir hätten sie ein ganzes verdammtes Bike bekommen.« Ich schloss die Augen und zählte bis zehn. Alles würde gut. Ich würde schon noch jemanden finden.

Als ich Haydens Hand auf meiner Wange spürte, öffnete ich die Augen wieder. »Es tut mir so leid, Kenzie. Du weißt, ich würde dir helfen, wenn ich etwas von dem Zeug verstünde.«

Lächelnd nickte ich. »Das weiß ich. Ich wünschte nur ... ich wünschte, ich hätte die Fähigkeit, die Leute zu bequatschen. Aber das habe ich eindeutig nicht.« Ich seufzte erschöpft. »Ich dachte wirklich, mit dem amtierenden Champion im Team wäre es leicht, Sponsoren zu gewinnen. Ich hatte einfach keine Ahnung, was für eine große Rolle die Politik spielt. Nachdem mein Vater Keith verprügelt hat, dann das Team aufgelöst wurde und ich ein Jahr auf der schwarzen Liste gestanden habe ... Dazu die Gerüchte, die Keith über dich verbreitet hat, und der Umstand, dass meine erste Mechanikerin das Team zu Saisonbeginn verlässt – bei mir einzusteigen ist allen momentan zu riskant. Und wenn sie zu lange warten, ist es vielleicht einfach zu spät für Cox Racing.«

Bei dem Gedanken daran, alles zu verlieren, traten mir Tränen in die Augen. Hayden strich mir mit dem Daumen über die Wange und sah mich voller Mitgefühl an. In gewisser Weise stand für Hayden viel mehr auf dem Spiel als für mich. Wenn Cox Racing dichtmachte, konnte ich wahrscheinlich woanders anheuern. Mein Vater sorgte nicht mehr länger dafür, dass ich gemieden wurde. Aber Hayden ... Keith hatte verbreiten lassen, dass er Straßenrennen fuhr und ein Dieb war. Niemand würde ihn mehr einstellen. Hayden stand tatsächlich auf der schwarzen Liste, und wenn Cox Racing unterging, war er geliefert.

»Ich lasse dich nicht im Stich«, flüsterte ich.

Hayden schüttelte den Kopf. »Mach dir um mich keine Sorgen. Ich komm schon klar.« Er lächelte. »Ich habe dich, und ich habe kein Problem damit, dein Umbrella-Boy zu sein.«

Ich musste lachen, und meine Anspannung ließ nach. Zum Dank gab ich Hayden einen Kuss. Doch obwohl ich froh war, dass Hayden die möglicherweise schlimme Situation mit einem Scherz abgetan hatte, kannte ich die Wahrheit. Hayden *musste* Rennen fahren, genau wie ich. Wenn er das verlor – für immer verlor –, würde er nicht mehr derselbe Mensch sein. Er wäre nur noch eine Hülle, genau wie ich letztes Jahr. Das wollte ich ihm nicht zumuten, nicht ohne richtig gekämpft zu haben.

Es fiel mir schwer, die Arbeit für die Feiertage hinter mir zu lassen. Wenn ich jedoch nicht zum Weihnachtsessen erschien, würde mein Vater sich ins Geschäft einschalten und sich in *alles* einmischen. Allerdings wurde ich das Gefühl nicht los, etwas vergessen zu haben. Als hätte ich den Herd angelassen oder die Tür nicht abgeschlossen. Ich hatte das Gefühl, mich nicht auf das Wesentliche zu konzentrieren, was ich jedoch verdrängte, als wir in der Einfahrt meines Vaters parkten. Schließlich war ich heute nicht freiwillig hier. Es *musste* sein.

Hayden hatte sich zu diesem Anlass schick gemacht und sah in grauen Hosen und weißem Hemd wie ein Model aus. Er trug sogar eine passende graue Krawatte und schicke Abendschuhe. Es überraschte mich, dass er die beiden letzten Dinge überhaupt besaß. Normalerweise war Hayden lässig gekleidet.

»Hast du dir die Sachen extra für heute gekauft?«, fragte ich neckend.

»Na klar«, antwortete er und rückte die Krawatte zurecht, während wir aus dem Truck stiegen. »Ich will schließlich nicht, dass dein Vater meint, ich sehe immer so schlampig aus.«

Ich musterte mein eigenes Outfit, ein schlichtes schwarzes Kleid. Irgendwie sah ich aus, als wollte ich zu einer Beerdigung gehen. Es wirkte nicht gerade sehr weihnachtlich. Vielleicht hätte ich mir auch noch etwas kaufen sollen, etwas mit Glitzer. Nikki hätte das getan. Sie war immer fantastisch zurechtgemacht.

»Du siehst toll aus«, sagte Hayden und nahm meine Hand, als hätte er meine Gedanken gelesen.

»Fast so gut wie du«, entgegnete ich und drückte fest seine Hand. Hayden lachte, und händchenhaltend gingen wir zum Haus. Ich öffnete die Tür und ließ uns ein. »Dad? Wir sind da!«

Dad kam aus der Küche und wischte sich die Hände an einem Tuch ab. »Ganz pünktlich, gut«, sagte er. Sein

Blick glitt über Haydens Erscheinung, und ich schwöre, dass ein anerkennendes Lächeln auf seinem Gesicht erschien. »Theresa ist unterwegs, und Daphne kommt zu spät. Irgendein Problem mit Jeff.« Er machte ein skeptisches Gesicht, als fürchte er, dass sie ihr Drama mit hierherbrachte.

Ich stellte meine Tasche an der Tür ab und fragte: »Kann ich dir was helfen?« Vor einigen Tagen hatte ich gefragt, ob ich etwas mitbringen sollte, woraufhin er mir erklärte, ich hätte wichtigere Dinge zu tun, als zu backen. Da war ich mit ihm einer Meinung, doch jetzt, wo ich mit leeren Händen dastand, befiel mich ein schlechtes Gewissen.

Dad schüttelte den Kopf. »Nein, ich habe alles im Griff. Setz dich einfach und entspann dich. Dazu hattest du in letzter Zeit ganz bestimmt wenig Gelegenheit.« Dad zeigte auf das Wohnzimmer, und ich staunte. Er gab sich ernsthaft Mühe.

»Okay – danke.«

Theresa und ihr Mann trafen kurz nach uns ein, und wir begrüßten sie und Nick mit Umarmungen und guten Wünschen. Daphne erschien erst eine halbe Stunde später, und als sie eintraf, schäumte sie vor Wut. Sie marschierte ins Wohnzimmer und zeigte mit dem Finger auf Hayden. »Daran bist du schuld!«

Hayden blickte sich um, als wäre er nicht sicher, ob noch jemand hinter ihm stand. »Ich?«, fragte er und deutete auf seine Brust.

»Ja, du«, bestätigte Daphne und stemmte die Hände in die Seiten.

»Daph, was hat Hayden denn getan?«, fragte ich. Und *wann?*

Sie richtete ihren wütenden Blick auf mich. »Er hat Jeff dazu überredet, sich ein Motorrad zu kaufen. Ab jetzt sind seine Tage gezählt!«

Jeff betrat hinter ihr den Raum und rollte mit den Augen. »Du übertreibst, Daphne.«

Sie fuhr herum und zischte: »Nein, überhaupt nicht. Du nimmst unserem Baby den Vater. Hoffentlich bist du glücklich.«

»Du bist schwanger?«, fragten Theresa und ich gleichzeitig.

Daphne machte eine wegwerfende Handbewegung. »Noch nicht, aber trotzdem … Wenn er es schafft, mich zu schwängern, bevor er krepiert, muss ich unser Baby bestimmt allein großziehen. Er befindet sich auf direktem Weg nach Organspenden-City.«

Hayden hob eine Hand. »Und warum ist das *meine* Schuld? Ich bin verwirrt …«

Daphne durchbohrte ihn mit ihrem Blick. »Du hast ihn für Motorräder begeistert und ihm das Gefühl gegeben, er wäre ein Rennfahrer so wie du. Und erzähl mir ja nicht, ihr hättet euch keine Nachrichten geschickt, um euch an der Trainingsstrecke zu verabreden. Ich weiß Bescheid.«

Hayden verschränkte die Arme. »Wir haben darüber gesprochen, klar, aber wir haben es nicht getan.« Er machte eine umfassende Geste. »Aber angesichts der Tatsache, dass er in eine Rennfahrerfamilie eingeheiratet hat, würde ich sagen, dass mich nicht die ganze Schuld allein trifft.«

Daphne verzog den Mund, widersprach jedoch nicht. Jeff legte ihr eine Hand auf die Schulter. »Das wird schon, Süße. Ich bin ganz vorsichtig.«

Sie riss derart abrupt den Kopf herum, dass Jeff einen Schritt zurückwich. »Du wusstest, dass ich dagegen bin, und du hast es trotzdem getan. Das ist das Gegenteil von vorsichtig. Du bist lebensmüde.«

Jeff seufzte und wandte den Blick ab. Die Anspannung im Raum war geradezu greifbar. In diesem Augenblick kam mein Vater herein. »Daphne, Jeff, gutes Timing, ich habe gerade alles auf den Tisch gestellt.«

»Ich habe keinen Hunger«, erklärte Daphne. »Aber ich nehme einen Wein.« Mit diesen Worten machte sie kehrt und verließ das Zimmer.

»Was hat sie?«, fragte Dad und schien seine Frage sogleich zu bedauern.

Hayden schien das zu spüren, lächelte und sagte: »Das Essen riecht wunderbar, Jordan. Und ich sterbe vor Hunger. Ich habe seit Ewigkeiten kein gutes, selbst gekochtes Essen mehr bekommen.«

Ich wusste, dass Hayden oft mit Izzy zu Abend aß, und sie war eine fantastische Köchin. Es stimmte also nicht ganz, was er sagte, aber ich war ihm dankbar für sein Bemühen, das Thema zu wechseln. Leider wurde er dadurch selbst zur Zielscheibe.

»Kocht Nikki nicht für dich?«, fragte Dad. Misstrauisch blickte er zwischen Hayden und mir hin und her.

Theresa räusperte sich verlegen, und der arme Nick sah aus, als wollte er überall sein, nur nicht hier. Hayden öffnete den Mund, um zu antworten, doch in dem Moment kehrte Daphne mit einem Glas Wein ins Zimmer zurück. »Ich fasse es nicht, dass du immer noch mit einer anderen Frau zusammenwohnst, Hayden. Und wie kannst du damit einverstanden sein, Kenzie? An deiner Stelle würde ich dem einen Riegel vorschieben.«

Mir war klar, dass Daphne nur herumstänkerte, weil sie wütend auf ihren Mann war, aber ich war kurz davor, auf sie loszugehen. Nach *allem*, was sie mir angetan hatte, hatte sie nicht mein Leben zu hinterfragen. Jetzt oder nie.

Vielleicht weil er ahnte, dass ich gleich einen Krieg beginnen würde, trat Hayden vor und schaltete sich ein. »Daphne, was hältst du davon, wenn ich Jeff beibringe, wie man richtig Motorrad fährt?« Er hob die Hände und zog die Augenbrauen nach oben. »Am sichersten fährt er, wenn er so viel wie möglich weiß, stimmt's?«

Daphne presste die Lippen zusammen, doch sie sah aus, als dächte sie über seinen Vorschlag nach. »Nicht auf der Trainingsstrecke. Nicht so schnell wie du und Kenzie.«

Hayden schüttelte den Kopf. »Natürlich nicht. Wir suchen uns einen leeren Parkplatz. Und ich besorge ihm eine Lederkombi, die beste, die es gibt. Die ist wie eine Rüstung, damit ist er unverwundbar.«

Das stimmte nicht. Eine Lederkombi konnte nicht verhindern, dass man zerquetscht oder enthauptet wurde, aber Daphne schien überzeugt. »Also, vielleicht …« Jeff hüpfte ein bisschen vor Freude, und Daphne wandte sich zu ihm um. »Ich bin immer noch wütend. Du hättest erst mit mir reden müssen.«

Sofort hörte er auf zu hüpfen. »Ich weiß. Es tut mir leid.«

Daphne seufzte, doch die Anspannung, die im Raum gelegen hatte, löste sich auf. Sie blickte wieder zu Hayden und sagte: »Danke. Und tut mir leid, dass ich dich angemacht habe, weil du mit einer anderen Frau zusammenwohnst. Das ist sicher in Ordnung. Ich meine, schließlich ist sie schwanger. Du wirst Kenzie ja wohl kaum für eine fertige Familie verlassen ... oder?«

Erneut kroch Wut mein Rückgrat hinauf. *Mensch, Daphne.* Ich öffnete den Mund, doch Hayden hob beschwichtigend die Hand und bat mich auf diese Weise, die Sache ihm zu überlassen. An die anderen gerichtet sagte er: »Kenzie ist mein Leben. Ich könnte mit drei Dutzend freizügiger Frauen in Playboy Mansion wohnen, und es würde mich nicht interessieren. Mein Herz gehört ihr – und mein Körper«, fügte er grinsend hinzu.

Am liebsten hätte ich mich vor Scham verkrochen, doch seltsamerweise schien Daphne seine Erklärung zu beeindrucken. »Na, dann ist doch alles in Ordnung.«

»In Ordnung?«, fragte ich. »Du machst deshalb keinen Ärger mehr?«

Sie zuckte die Achseln. »Nein. Wenn er sich deinetwegen nicht auf Nutten einlässt, bin ich sehr zuversichtlich, dass er auch nichts mit deiner besten Freundin anfängt.«

Ich musste die Augen schließen. An dieser Aussage war so vieles falsch. Ich hörte jemanden kichern, dann grummelte mein Dad: »Um Himmels willen, können wir jetzt essen?«

Alle schienen einverstanden zu sein, denn wir bewegten uns ins Esszimmer. Als ich eintrat, war ich verwirrt. Auf dem Tisch stand all mein Lieblingsessen, und das Meiste war kein traditionelles Weihnachtsessen – die weltberühmte Lasagne meiner Mom, Muscheln im Speckmantel, Zimtschnecken, Gummibärchen und eine Gemüsepfanne mit Tofu. Niemand außer mir mochte Tofu. »Was ist das alles?«, fragte ich und blickte mich im Raum um.

Daphne und Theresa lächelten, Dad sah verlegen aus. »Nun ja, nachdem ... was letztes Jahr Weihnachten ... passiert ist, als wir ...«

»Als ihr mich im Stich gelassen habt?«, half ich.

Dad verzog das Gesicht, nickte jedoch. »Das wollten wir einfach dieses Jahr wiedergutmachen.«

Mit tränenfeuchten Augen blickte ich mich im Zimmer um. »Danke. Letztes Jahr ohne euch ... war echt beschissen.«

Und einfach so spürte ich, wie der Riss zwischen meiner Familie und mir heilte, sogar der zwischen Daphne und mir. Und das fühlte sich wundervoll an.

Nach dem Essen verabschiedeten Hayden und ich uns von allen, dann machten wir uns auf den Weg zu unserem nächsten Ziel – zu Izzy. Dort gab es Nachtisch und Getränke. Wobei ich eigentlich gar nichts mehr essen konnte. Schon gar keine Süßigkeiten. Ich hatte mich an Gummibärchen überfressen. So viel zu meiner Rückkehr auf die Rennstrecke. Zum Teufel mit meiner fürsorglichen Familie, die unbedingt alles wiedergutmachen wollte.

Als wir bei Izzy eintrafen, empfing uns Antonia an der Tür. Auch sie hatte sich schick gemacht und trug ein leuchtend rotes Kleid mit einem weißen Pelzbesatz an Ausschnitt und Manschetten. Ihr Haar wuchs jetzt schön nach, und sie hatte es, passend zum Kleid, mit einem roten Haarband zurückgebunden. Sie war das personifizierte Weihnachten.

»Onkel Hayden! Tante Kenzie! Wie findet ihr mein Kleid? Das hat mir Onkel Tony gekauft.«

Sie machte eine kleine Drehung, und Hayden lachte. »Es ist wunderhübsch, Bücherwurm. Fast so hübsch wie du.« Er zwinkerte ihr zu, und sie kicherte.

»Kommt rein, Mom hat Plunderrosetten gemacht. Die sind super!«

Sie drehte sich um und rannte die Stufen zur Küche hinauf. Stöhnend hielt ich mir den Bauch. »Ich kann nicht mehr, Hayden – ich kann einfach nicht mehr.«

Kopfschüttelnd grinste er mich an. »Warmduscherin.«

Ich knuffte ihn in den Bauch, dann folgten wir Antonia nach oben. Als ich in die Küche kam, erstarrte ich. Izzy dekorierte Gebäck mit Puderzucker. Aufreißer lehnte am Tresen und trank ein Bier. Und Rodney und Felicia bedienten sich an einem Teller mit Käse und Crackern. Mir war nicht in den Sinn gekommen, dass sie heute Abend hier sein könnten, dabei war es eigentlich klar. Es war Weihnachten, und Aufreißer und Izzy waren Felicias Familie, genau wie Haydens.

Rodney entdeckte uns vor Felicia. »Hayden! Kenzie! Schön, dass ihr endlich da seid.« Er schnappte sich eine

Bierflasche vom Tresen und reichte sie Hayden. »Du hast was aufzuholen, wir sind schon eine Weile hier.«

Hayden nahm ihm die Flasche ab, zögerte jedoch. Dann fragte er mich: »Willst du auch was trinken?« Seine Augen sagten: *Du brauchst nur einen Ton zu sagen, dann sind wir hier weg.*

Ich lächelte und beantwortete sowohl seine ausgesprochene, als auch seine stumme Frage: »Nein, alles gut, danke.«

Hayden ließ mir einen Moment Zeit, es mir zu überlegen, dann öffnete er sein Bier. »Danke«, sagte er zu Rodney.

Felicia hatte sich auf den Käseteller konzentriert und die weitere Entwicklung abgewartet. Als es aussah, als würden wir nicht fliehen, blickte sie zu uns hoch. »Hallo«, sagte sie an uns beide gewandt.

Ich fühlte mich komisch und fehl am Platz und hob die Hand. »Hallo.« Würde ich mich in ihrer Gegenwart jemals normal fühlen?

Die Atmosphäre war irgendwie angespannt, und ich fand es unangenehm, heute schon zum zweiten Mal in eine solche Situation zu geraten. Auf der Suche nach einem Gesprächsthema blickte ich mich in der Küche um. Hayden machte sich über den Käse her. Felicia räusperte sich und trank einen Schluck Wein, während Aufreißer sein Bier hinunterkippte. Izzy bot allen Gebäck an. Rodney wirkte als Einziger unbekümmert. Rodney und Antonia.

»Warum sehen alle so bedrückt aus?«, wollte Antonia wissen. »Liegt es daran, dass wir noch keine Geschenke ausgepackt haben? Ich habe meine schon aufgemacht, aber ihr könnt eure ja noch auspacken!« Ahnungslos zeigte sie auf Rodney und Felicia und dann auf Hayden und mich, und das peinliche Gefühl im Raum verdreifachte sich. Hayden hatte es nicht abwarten können und Antonia und Izzy ihre Geschenke bereits gegeben, und wir zwei hatten unsere heute Morgen getauscht. Ich hatte überhaupt nicht daran gedacht, etwas für Rodney und Felicia zu besorgen, und ich hoffte inständig, Hayden auch nicht. Vielleicht für Rodney, aber nicht für Felicia. Das wäre unangemessen.

Izzy kicherte verlegen und sagte: »Nein, Süße, das machen Erwachsene eigentlich nicht.«

»Oh«, sagte sie mit verwirrter Miene. »Was ist dann los?«

»Nichts, Bücherwurm«, antwortete Hayden. »Vielleicht sollten wir etwas spielen. Du darfst dir aussuchen, was.«

Antonia strahlte. »Dann spielen wir Schlafmütze!«

Hayden wirkte nicht gerade begeistert, nickte jedoch. »Klingt super, ich hole die Karten.«

Als er ging, flüsterte ich Izzy zu. »Was ist Schlafmütze?«

Anstelle von Izzy antwortete Felicia, die meine Frage gehört hatte. »Man legt Gegenstände auf den Tisch, zum Beispiel Löffel, einen weniger als die Anzahl der Spieler. Dann nehmen sich alle Karten vom Stapel. Wenn jemand ein Quartett zusammen hat, legt er die Karten auf den Tisch und nimmt sich einen Löffel. Daraufhin dürfen sich alle anderen auch einen Löffel nehmen, egal ob sie ein Quartett haben oder nicht. Wer keinen Löffel abbekommt, ist draußen. Es ist so eine Art ... geregeltes Chaos.«

Antonia klatschte in die Hände. »Das ist total lustig! Beim letzten Mal hat Onkel Hayden fast den Tisch kaputtgemacht.«

»Den hier lässt er besser heil, der ist neu«, bemerkte Izzy.

Antonia – und Rodney – schienen wirklich Lust zum Spielen zu haben. Ich war mir nicht sicher, aber ich wollte keine Spaßbremse sein, also riss ich mich zusammen und setzte mich neben Hayden. Das Spiel war extrem simpel, aber ich war überrascht, wie schnell es spannend wurde. Ich merkte, dass ich mehr auf die Löffel als auf meine Karten blickte, und als Aufreißer verstohlen einen nahm – und sich alle Mühe gab, dass niemand es bemerkte –, stürzte ich mich geradezu auf den Tisch, um mir einen zu sichern. Dabei rammte ich sogar versehentlich Hayden meinen Ellbogen in die Rippen. Vielleicht war er deshalb einen Sekundenbruchteil zu spät, um sich den letzten Löffel zu schnappen.

»Oh, mein Gott«, sagte er und sah mich an. »Du hast mich rausgeworfen.«

»Das hab ich nicht. Rodney hat sich den letzten genommen.« Rodney wedelte Hayden mit dem Löffel zu. Antonia lachte, und ich gab mir alle Mühe, nicht mitzulachen.

Hayden musterte mich mit gespielter Entrüstung, dann sah er zu Antonia. »Besser, du gewinnst, du Früchtchen. Ich zähle auf dich.«

Antonia nickte und hob den Daumen. Leider flog sie in der nächsten Runde raus. Dann Izzy. Anschließend Tony und Rodney. Als nur noch Felicia und ich übrig waren, war von der angespannten Stimmung von vorher nichts mehr zu merken – alle pfiffen und johlten, und ich hatte keine Ahnung, wem von uns sie zujubelten. Es war mir auch egal. Amüsiert schüttelte ich den Kopf. »Das hätte ich mir vor einem Jahr nicht vorstellen können«, sagte ich zu ihr.

Sie lachte. »Ich auch nicht. Bereit?«

»Na los«, erwiderte ich.

Hayden strich mir über den Rücken, während Felicia den Kartenstapel durchging. Sie war leicht im Vorteil, da sie die Karten zuerst sah, doch ich beobachtete, welche Karten sie ablegte. Nachdem nur noch ein Löffel auf dem Tisch lag, war der Adrenalinpegel steil in die Höhe geschossen. Antonia hüpfte auf und ab, woraufhin Sundae sie regelmäßig anbellte.

Nach nur wenigen Minuten hatte ich drei Siebenen auf der Hand – nur noch eine. Es gab mehrere in dem Stapel, den Felicia durchging, darum standen meine Chancen gut. Solange Felicia nicht vor mir ein Quartett bekam.

Und dann passierte es – ich bekam eine vierte Sieben. Meine Hand schoss nach vorn und grabschte nach dem Löffel, doch entweder hatte Felicia im selben Moment ebenfalls ihre vierte noch fehlende Karte entdeckt oder sie reagierte auf meine Bewegung. Wie auch immer, wir stürzten uns gleichzeitig auf den Löffel. Keine von uns erwischte ihn jedoch, und irgendwie schleuderten wir ihn über den Tisch auf den Boden. Antonia schnaubte vor Lachen. Felicia und ich starrten uns für den Bruchteil einer Sekunde an, dann meldete sich unsere Kämpfernatur, und wir tauchten beide nach dem Löffel.

Als ich mich auf den Boden stürzte, hörte ich Izzy rufen: »Vorsicht, Vorsicht!« Und Tony: »Zwanzig auf Cox!«

Wenn ich Zeit gehabt hätte, etwas zu sagen, hätte ich ihn beim Wort genommen, denn meine Finger schlossen sich einen Lidschlag vor Felicia um den Löffel. Sieg! Felicia lachte, als ich den Löffel wegriss und ihn fest an meinen Körper presste. Rodney und Hayden lachten ebenfalls. Erst dann musste auch ich lachen. Nach der harten Landung würde mir morgen höllisch der Hintern wehtun, aber das war es wert gewesen.

Felicia half mir auf, und wieder wunderte ich mich, dass ich nicht versucht war, sie zu ermorden. Ich war noch nicht einmal wütend auf sie.

Kopfschüttelnd zog Hayden mich in seine Arme. Über seine Schulter hinweg sah ich, wie Rodney Felicia umarmte. Und sie wirkten genauso glücklich wie Hayden und ich.

»Hat sich jemand was gebrochen?«, fragte Izzy grinsend.

Ich wollte gerade den Kopf schütteln, als ich den Löffel bemerkte. Ich hatte ihn vollkommen verbogen. »Sorry, Iz…, es gibt ein Opfer.«

Antonia musste noch heftiger lachen und nahm mir den Löffel aus der Hand. »Habe ich nicht gesagt, dass das Spiel total lustig ist, Tante Kenzie?« Sie drehte sich zu ihrer Mom um. »Können wir noch mal spielen?«

Izzy seufzte, nickte jedoch. Als Aufreißer die Karten nahm und anfing zu mischen, blickte Rodney zu Hayden. »Siehst du, ich hab dir doch gesagt, sie würden sich bestens verstehen. Lass uns endlich dieses Doppel-Date ausmachen. Was habt ihr an Silvester vor?«

Hayden blickte zu mir. »Äh – wir sind mit Nikki und Myles verabredet.«

»Großartig!«, sagte Rodney. »Je mehr, desto besser.«

Oh, Gott. Sie sprengten unsere Viererverabredung. Mist.

Kapitel 8

Die vielen Feiertage brachten mich um. Nicht nur, dass ich zu viel aß, ich schaffte es auch kaum, etwas von meinen zahlreichen Aufgaben zu erledigen. Jeder, mit dem ich sprechen musste, war entweder verreist, oder es war gleich das ganze Unternehmen geschlossen. Wer machte wegen ein paar Feiertagen den ganzen Laden dicht? Offenbar eine Menge Leute. Es war überaus frustrierend, machtlos zusehen zu müssen, wie sich die kleinen Brandherde um mich herum zu größeren Feuern entwickelten. Zum Haareraufen.

Doch nicht mehr lange. Sobald das neue Jahr angefangen hatte, würde wieder Normalität einkehren und ich alles mit einem dünnen Faden zusammenhalten. Gott, hoffentlich gab es bald gute Neuigkeiten.

Mein Telefon meldete den Eingang einer Nachricht, widerwillig blickte ich auf das Display.

Du kommst doch heute Abend, oder? Ich glaube nämlich, du hast es noch nötiger als ich.

Sie stammte von Nikki, die mich schon die ganze Woche wegen der Feier verfolgte. Eigentlich blieb ich Silvester am liebsten zu Hause, aber wir waren schon ewig nicht mehr alle zusammen ausgegangen, und sie freute sich dermaßen darauf, dass ich mich verpflichtet fühlte mitzugehen.

Ich mache gerade im Büro Schluss. Ich komme.

Ihre Antwort erfolgte unmittelbar. *Es ist Silvester. Warum zum Teufel bist du im Büro?*

Weil ich gehofft hatte, heute einiges erledigen zu können, was aber anscheinend unmöglich ist. Da mir klar war, dass das zickig klang, antwortete ich ihr lieber nicht. Ich ignorierte die Nachricht, schob das Telefon in die Tasche und packte meine Sachen zusammen. Um nach Hause zu fahren und mich umzuziehen. Für eine Party, auf die ich keine Lust hatte.

Ich war noch nicht ganz fertig, als Hayden klopfte. Ich legte den Lockenstab weg und eilte zur Tür, um ihn hereinzulassen. Er sah fantastisch aus mit einer schwarzen Jeans und einem Cox-Racing-T-Shirt. Ich lachte wegen des T-Shirts, woraufhin er breit grinste. »Was ist? Es schien mir der passende Abend, um ein bisschen Werbung zu machen.«

Kopfschüttelnd ließ ich ihn eintreten. »Es ist tausendmal besser als diese widerliche Benneti-Jacke. Die hast du ja wohl verbrannt.«

Hayden schloss die Tür und nickte. »Darauf kannst du deinen süßen Hintern verwetten.«

Lachend ging ich zurück ins Bad und bearbeitete meine Haare weiter mit dem Lockenstab. Hayden beobachtete mich interessiert. »Darf ich dir eine doofe Frage stellen?«, fragte er.

»Klar«, erwiderte ich.

»Warum machst du dir Locken? Du hast doch schon welche.«

»Die sind aber so durcheinander.« Seufzend schloss ich die Augen. »Ich will, dass wenigstens eine Sache in Ordnung ist ...«

Offensichtlich verstand er, dass ich nicht mehr von meinem Haar sprach, und lächelte mitfühlend. »Na, du siehst jedenfalls wunderschön aus. Mehr als das. Atemberaubend.«

Ich warf ihm einen skeptischen Blick zu. »Ich trage genau dasselbe wie an Weihnachten.« Es war einfach keine Zeit gewesen, etwas schickes Neues zu kaufen.

Haydens Grinsen wuchs. »Ich weiß. Ich mag das Kleid. Du solltest es immer tragen.«

Ich tat seine Bemerkung zwar mit einer Geste ab, strahlte jedoch die ganze Zeit, während ich mich fertig machte. Nachdem ich einigermaßen salonfähig war, stiegen wir in meinen Truck und fuhren zum Oysters. Das maritim eingerichtete Restaurant machte ein großes Tamtam um heute Abend. Aufreißer hatte Hayden erzählt, dass sie einen DJ angeheuert und eine Nebelmaschine gemietet hatten. Myles war ganz aufgekratzt, weil der nach ihm benannte Cocktail – schlicht: The Myles – heute Abend als Empfehlung auf der Karte stand. Aus Respekt vor ihrem Zustand hatte Glenn den nach Nikki benannten Drink, den Nik-o-Rita, herausgenommen. Er versprach, ihn wieder draufzusetzen, sobald das Baby auf der Welt war – und einen weiteren Drink nach dem Baby zu benennen.

Als wir eintrafen, war der Parkplatz voll, und ich musste zugeben, dass mich das überraschte. Ich hatte irgendwie angenommen, der Laden wäre leer. Hayden zeigte auf einen Truck, der ein paar Parkplätze weiter stand. »Rodney ist da.« Was hieß, dass auch Felicia da war. Nun, Weihnachten war fröhlich zu Ende gegangen, vielleicht würde das der heutige Abend auch. Ich musste optimistisch sein.

Ich lächelte, sagte jedoch nichts zu Haydens Beobachtung, stellte den Motor ab und stieg aus. Kurz darauf war Hayden bei mir und streckte mir die Hand entgegen. Ich ergriff sie, und wir gingen zum Eingang. Sogar hier draußen dröhnte die Musik, und als jemand die Tür öffnete, konnte ich wirbelnde neblige Schwaden sehen. Dort drinnen war es vermutlich unerträglich. Glenn sollte bei Meeresfrüchten bleiben.

Wie die Hitze aus einem Ofen schlug mir der wummernde Bass der Musik zusammen mit der Kakophonie aus Hunderten von Stimmen entgegen, als Hayden die Tür öffnete. Ich wich sogar einen Schritt zurück, bis mein Körper sich daran gewöhnt hatte. Hayden zog mich grinsend ins Restaurant.

Nachdem wir durch den Nebelschleier etwas erkennen konnten, entdeckten wir als Erstes Myles. Als hätte er schon auf der Lauer gelegen, kam er sofort auf uns zu und hielt zwei leuchtende blau-grüne Drinks in der Hand. »Hallo, Leute! Trinkt einen Myles.« Mit einem euphorischen Lachen auf dem jungenhaften Gesicht schob er uns die Gläser in die Hand. Das genoss er. .

»Wo ist Nikki?«, fragte ich gegen die laute Musik an.

Myles deutete mit dem Kopf nach hinten. »Auf der Toilette. Sie muss ungelogen alle fünf Minuten pinkeln. Komisch, wo sie doch gar nichts trinkt. Aber wir haben einen Tisch.« Er ging voran, dann drehte er sich noch einmal um: »Die ganze Bande ist da.«

Ich lächelte, als ich Eli, Reiher und Kevin um einen runden Tisch sitzen und an blau-grünen Drinks nippen sah. »Hallo, alle zusammen«, sagte ich und hob zum Gruß die Hand.

Alle grüßten zurück, keiner sah Hayden schief an. Sie hatten sich daran gewöhnt, dass ein Ex-Benneti zu unserem Team gehörte. Und mein Freund war. Gerade, als ich dachte, dass der Konkurrenzkampf mit Benneti endgültig ein Ende hatte, machten meine vier Angestellten finstere Gesichter. Ich fragte mich, warum sie mit einem Mal wie gefährliche Wachhunde aussahen, und blickte mich um. Dann verstand ich. Rodney kam mit Felicia im Schlepptau an unseren Tisch.

»Was wollen die denn hier?«, fragte Myles mit schmalen Augen.

»Die sind ... unseretwegen hier«, sagte Hayden entschuldigend und zeigte auf mich.

Myles machte große Augen. »Euretwegen?« Er sah mich fassungslos an. Nikki war während des Felicia-Hayden-Fiaskos meine engste Vertraute gewesen, doch auch Myles wusste Bescheid. Ihm war klar, dass ich nicht gerade scharf auf Felicia war.

Ich lächelte ihm angespannt zu. »Rodney und Hayden

sind befreundet, darum haben wir sie eingeladen.« So ungefähr.

Myles schnaubte, dann blickte er finster zu Hayden hinüber. Ich hatte das Gefühl, die noch zarten, freundschaftlichen Bande wurden gerade auf eine harte Probe gestellt.

Nikki kehrte gerade rechtzeitig an den Tisch zurück, um mitzuerleben, wie alle das ankommende Paar anstarrten. »Heiliger Strohsack! Wollen die etwa zu uns?«

Mein Lächeln wurde noch angespannter. »Hallo, Nik. Schon okay. Es ist alles ... okay.«

Das schien sie mir genauso wenig abzunehmen wie Myles, doch sie konnten nichts tun – Rodney und Felicia waren bereits da. »Hallo!«, sagte Rodney. »Was zum Teufel trinkt ihr da? Das Zeug ist ja blau.«

»Das ist ein Myles. Der ist nach mir benannt«, erklärte Myles tonlos.

Rodney zog eine Augenbraue nach oben, dann lachte er. »Mensch, das ist ja voll das Mädchengetränk, Alter. Wenn ich einen Drink nach mir benennen lassen würde, dann einen Scotch. On the Rocks.«

Eli grinste. »Rodney's Rocks?«

»Genau«, sagte Rodney und schnippte mit den Fingern.

Eli kicherte, doch Felicia schnurrte geradezu und legte Rodney eine Hand auf die Brust. »Ich würde einen Rodney's Rocks bestellen.«

»Oder einen Hayden's Rocks«, sagte Nikki über die Musik hinweg. Zum Glück war ich die Einzige, die sie hörte. Ich warf ihr einen Blick zu, und sie verzog entschuldigend das Gesicht.

Hayden und Rodney fingen eine Unterhaltung an, Felicia stand daneben. Sie hielten sich etwas abseits von der Gruppe und bildeten ein eigenes kleines Trio. Irgendwie war mir nicht wohl dabei, doch ich wollte mich auch nicht zu ihnen stellen. Das kam mir zu offensichtlich vor.

Myles beobachtete die Situation kopfschüttelnd. »Alles okay bei dir, Kenzie? Ich meine, ist das wirklich okay für dich?« Er schien immer noch verwundert.

Ich wusste nicht, ob ich darauf mit Ja oder Nein antworten sollte. Stattdessen zuckte ich mit den Schultern. »Ich habe nichts dagegen, dass Hayden mit seinem Freund zusammen ist.«

Myles grinste schief. »Gut ausgewichen.«

Ich trat zu ihm hin und warf einen kurzen Blick zu Nikki. »Ich bin nicht die Einzige, die Themen ausweicht.«

Verwirrt zog er die Brauen zusammen. Ungeduldig sagte ich: »Nikki hat mir erzählt, dass ihr zwei euch in dem Babygeschäft fast geküsst habt.«

Lange sah er mich mit leerem Blick an, dann zuckte er die Schultern. »Das war nichts. Wir haben uns von dem Moment hinreißen lassen. Das kommt vor.«

»Das kommt vor?«, wiederholte ich lachend. »Haben du und ich uns je von einem Moment hinreißen lassen?« Er machte ein angewidertes Gesicht, und ich boxte ihn gegen den Arm. »Genau. Ich glaube nicht, dass man einfach so von etwas hingerissen wird, Myles. Ich glaube, dass du endlich deine Schutzmauer eingerissen hast. Ihr beide.«

Myles verdrehte die Augen, doch dann glitt sein Blick

zu Nikki, und er wirkte ... nachdenklich. Ich wollte ihm gerade sagen, dass er sie zum Tanzen auffordern sollte, als ich spürte, wie meine Tasche vibrierte. Besorgt, dass es einen geschäftlichen Notfall gab, zog ich das Telefon heraus und checkte das Display. Neue Nachricht von John? Er schrieb mir nie.

Ich entsperrte den Bildschirm und las, was er geschrieben hatte. Mir fiel die Kinnlade herunter. »Was ist los?«, fragte Myles.

Kopfschüttelnd blickte ich ihn an. »Nichts. Er hat nur jemanden gefunden.«

Myles wirkte ratlos, bis ich die Hand ausstreckte, Nikki auf die Schulter tippte und ihr Gespräch mit Reiher unterbrach. Sie drehte sich zu mir um, und ich hielt das Telefon hoch. »John hat einen Mechaniker gefunden. Er kommt am Montag.«

Nikki erbleichte so schlagartig, dass ich mir Sorgen machte, sie könnte ohnmächtig werden. »Nik? Alles okay?«

Sie nickte und zwang sich zu lächeln. »Ja. Alles bestens. Das ist ja ... toll.« Mit schimmernden Augen blickte sie zu Myles. »Ich muss auf die Toilette.« Und schon war sie weg.

»Mist, ich wollte sie nicht verärgern. Ich weiß, dass sie ausflippt, aber das sind gute Neuigkeiten. Wirklich gute Neuigkeiten.« Und die brauchte ich dringend. Mir war eine große Last von den Schultern genommen. Doch sie wurde schnell von einem schlechten Gewissen ersetzt. »Ich sollte mit ihr reden.«

Ich wollte ihr gerade hinterhergehen, da hielt Myles

mich zurück. »Warte, Kenzie, ich glaube, ich sollte mit ihr reden.« Ich wollte widersprechen, doch als ich das Mitgefühl und die Wärme in seinen Augen sah, nickte ich und überließ ihm die Rettung seiner Frau.

Nachdem er weg war, sah ich mich suchend nach meinem Freund um. Er stand weiterhin bei Rodney und Felicia. Sie lachten und wirkten so harmonisch wie drei beste Freunde. Eifersucht überkam mich, aber ich verdrängte sie. Beste Freunde waren etwas ganz anderes als ein Liebespaar. Und vielleicht konnte ich mich irgendwie damit arrangieren, dass sie Freunde waren. Solange Rodney der Leim war, der sie zusammenhielt, und Felicia nur ein unvermeidbarer Zusatz.

Ich schüttelte meine dunklen Gedanken ab und ging zu Hayden. Noch immer lachend legte er den Arm um mich, dann beugte er sich zu mir und küsste mich auf den Scheitel. »Hallo, Süße.« Erst da bemerkte er offenbar, dass sich ihr Dreier vom Rest der Gruppe entfernt hatte, und auf einmal schien er sich äußerst unwohl zu fühlen.

Da ich nicht wollte, dass er sich meinetwegen Sorgen machte, lächelte ich. »Rat mal, was ich gerade erfahren habe?« Er zuckte die Schultern. »John hat einen Ersatz für Nikki gefunden. Er fängt am Montag an.«

Hayden lächelte, allerdings nur kurz, dann blickte er sich suchend nach Nikki um. »Wie nimmt sie es auf?«

Mein Lächeln verblasste. »Sie ist ... Myles ist bei ihr.«

Hayden nickte, sein Gesicht war voller Mitgefühl. Rodney schlug ihm auf den Arm und unterbrach unser Gespräch. »Hayes, schnapp dir dein Weib, wir tanzen.«

Der Begriff *Alte* gefiel mir überhaupt nicht, dann sah ich, dass Felicia auch etwas gereizt wirkte. »Weib?«, fragte sie eisig.

Daraufhin veränderte sich Rodneys gesamte Haltung. »Göttin von einer Freundin?«, schlug er vor. Dann fügte er hinzu: »Das wollte ich nicht sagen, damit du nicht eifersüchtig wirst.«

Felicia blickte mit großen Augen zu Hayden. Er trat verlegen von einem Fuß auf den anderen. Eine vertraute Angst schnürte mir die Brust zusammen – war sie etwa immer noch scharf auf meinen Freund? »Eifersüchtig?«, wiederholte Felicia so leise, dass es kaum zu hören war.

Rodney nickte und schien die angespannte Atmosphäre überhaupt nicht zu bemerken. »Na ja, wenn ich eine andere Frau als Göttin bezeichne.« Er legte die Arme um ihre Taille. »Ich will nicht, dass du denkst, ich will Kenzie anbaggern. Für mich bist du die einzige Göttin.«

Felicia lachte, und ihre Augen leuchteten voller Zuneigung. Die Anspannung in meiner Brust löste sich, und die Stimmung entspannte sich sofort wieder. Ich sehnte mich danach, eine Weile nichts zu denken oder zu fühlen, und zog Hayden auf die improvisierte Tanzfläche, die Glenn in der Mitte des Restaurants eingerichtet hatte. Sie war voller Menschen, doch am Rand fanden wir noch ein Plätzchen. Rodney und Felicia tanzten direkt neben uns. Na toll. Doch ich scherte mich nicht weiter darum und gab mich der Musik hin.

Hayden und ich tanzten so dicht zusammen, dass sich unsere Beine ineinanderschoben – wir rieben uns mehr aneinander, als dass wir tanzten. Während sich unsere Körper in vollkommener Harmonie bewegten, warf mir Hayden aus seinen grünen Augen einen leidenschaftlichen Blick zu, und ich spürte, wie mein Körper reagierte. Ich wusste nicht, ob es an der intimen Bewegung lag oder daran, dass Felicia tatsächlich in Rodney verliebt zu sein schien. Oder an der Erleichterung, dass John meinte, einen würdigen Ersatz für Nikki gefunden zu haben – jedenfalls stellte ich fest, dass ich Hayden *wollte*. Wir hatten seit Ewigkeiten nicht mehr miteinander geschlafen. Es war ewig her, dass ich diese mächtige, intime, berührende Verbindung gespürt hatte. Aus Angst, dass er mir wieder das Herz brechen könnte, hatte ich diesen Neuanfang langsam angehen wollen. Doch als wir so dicht zusammen tanzten, nur ein kleines Stück von seiner Exfreundin entfernt, hatte ich keine Angst mehr, machte mir keine Sorgen. Ich fühlte mich einfach nur – geliebt.

Um ihm diskret zu zeigen, dass ich bereit für ihn war – bereit für mehr –, stellte ich mich auf die Zehenspitzen und legte meine Lippen auf seine. Sein Mund war warm und hieß mich willkommen, liebkoste mich mit jeder sanften Bewegung. Ja – wir waren bereit. *Ich* war bereit. Doch ehe wir gingen, ehe wir uns einander hingaben, wollte ich den Moment auskosten und den Tanz mit ihm genießen. Unser Vorspiel.

Die Zeit verflog, und ehe ich michs versah, zählten alle in der Bar die Sekunden bis Mitternacht herunter. Lächelnd rückte ich von Hayden ab und sah mich in dem Raum um, der voll von Freunden und Mitarbeitern war. Aufreißer arbeitete heute Abend, und er kam aus der Küche und zählte laut mit seinen Kollegen. Rodney und Felicia hatten sich in die Mitte der Tanzfläche bewegt – und küssten sich bereits. Eli, Reiher und Kevin saßen noch am Tisch und hielten erwartungsvoll die Biergläser hoch, und Myles und Nikki standen auf der Tanzfläche direkt neben Hayden und mir. Ich war so gebannt von Hayden gewesen, dass ich gar nicht gemerkt hatte, dass sie sich zu uns gesellt hatten. Sie sahen sich durchdringend in die Augen und schienen alles und jeden um sich herum vergessen zu haben. Und dann – als die Menge eins zählte, beugten sie sich vor und küssten sich auf eine Weise, die alles andere als platonisch war. Von wegen Hormonschwankungen.

Ich war so überrascht, dass sie sich küssten, dass ich sie unweigerlich anstarrte – und meinen eigenen Silvestermoment verpasste. Hayden musste meinen Kopf zu sich herumdrehen, damit er mich küssen konnte. Ich wollte ihm berichten, was passiert war, doch ehe ich dazu kam, spürte ich seine Lippen auf meinen. Mein Herz lief über, und die letzte Schutzwand in mir stürzte ein. Ich hätte ihn ewig küssen können, aber ich wollte es nicht länger hier tun. Ich wollte mit ihm allein sein. Zu Hause.

Ich bewegte meinen Mund zu seinem Ohr und sagte heiser: »Lass uns nach Hause fahren.« Dann löste ich mich von ihm, damit er die Lust in meinen Augen sehen konnte. Damit er wusste, was ich eigentlich meinte. *Nimm mich.*

Hayden befeuchtete sich die Lippen, dann drehte er

sich um und führte uns in Richtung Ausgang. Eigentlich wollte ich mich von Myles und Nikki verabschieden, aber sie küssten sich noch immer. Oh, mein Gott, würde dieser Abend endlich ihren Widerstand brechen und sie aus ihrem »Wir-sind-nur-Freunde-Modus« reißen? Ich hoffte es sehr für sie.

Hayden führte uns in Rekordzeit zum Ausgang. Die kühle Luft und der gedämpfte Lärm hier draußen waren wohltuend. Ebenso wie der lustvolle Ausdruck in Haydens Augen, als wir zum Truck liefen. Keine zehn Minuten später stolperten wir küssend in mein Haus und erforschten gierig mit den Händen unsere Körper. Hayden schloss die Haustür, indem er ihr blind mit dem Fuß einen Tritt versetzte. Auf dem Weg zum Schlafzimmer stießen wir gegen Möbel und Wände. Als wir es erreichten, hatte ich Hayden das Cox-Racing-T-Shirt vom Leib gerissen und meine Pumps fortgeschleudert.

Hayden schloss die Schlafzimmertür hinter uns, dann hob er die Hand, damit ich einen Moment innehielt. »Bist du dir auch sicher, Kenzie? Ich will dich nicht drängen.« In seinen Augen stand die pure Leidenschaft, aber ich wusste, wenn ich es mir jetzt anders überlegte, würde er lächeln und *Okay* sagen. Und genau deshalb wollte ich nicht aufhören. Er war unglaublich, und er gehörte mir. Da war ich mir sicher.

»Ich bin mir sicher«, erklärte ich. »Ich liebe dich. Und ich weiß, dass du mich liebst. Das zeigst du mir jeden Tag. Du liebst mich so sehr, dass ich manchmal nicht weiß, womit ich dich verdient habe. Ich will das hier mit dir teilen, ich will den letzten Schritt tun.« Ich legte die Arme um seinen Hals und sagte leise: »Ich will mit dir schlafen. Willst du mit mir schlafen, Hayden?«

Er stieß die Luft aus und presste seine Lippen entschieden auf meine. Dann hob er mich hoch, ich wickelte die Beine um seine Taille, und er trug mich zum Bett. Sanft legte er mich ab, ohne einen Moment die Lippen von meinen zu lösen. Ich spürte seinen festen, erregten Körper an mir und rang um Atem, als mich die pure Lust durchströmte. »Oh, Gott ...«

Haydens Mund glitt zu meinem Hals. »Ich liebe dich so sehr, Kenzie. Ich habe dich so sehr vermisst.«

Ich schloss die Augen und genoss das Gefühl, ihn mit jeder Faser auf mir zu spüren. Seine Worte erreichten mich tief in meinem Herzen und gaben mir Zuversicht und Sicherheit. »Ich liebe dich auch, Hayden. Sehr.« *Und ich habe dich auch vermisst.*

Langsam zogen wir uns aus. Ich hatte das Gefühl, dass Hayden sich absichtlich Zeit ließ und wartete, falls ich es mir doch noch anders überlegte. Nein. Ich wollte das hier unbedingt, ich begehrte ihn viel zu sehr. Als er mit der Zunge über meine Mitte strich und ich aufschrie und voller Begierde seinen Kopf umklammerte, war er endlich überzeugt, dass ich hundertprozentig dabei war.

Er leckte mich und reizte mich, bis ich kurz vorm Höhepunkt war, dann hielt er inne, schob sich auf mich und drang in mich ein. Als unsere Körper ganz miteinander verbunden waren, verharrte er einen Moment. Wir atmeten schwer, und unsere Herzen rasten. Er fasste meine

Wange und sah mich voller Liebe und Hingabe an. Dann beugte er sich zu mir herunter, küsste mich sanft und begann, sich in mir zu bewegen. Mein Herz floss über vor Liebe, während das Begehren in meinem Körper wuchs. Das war der Mann, mit dem ich für immer zusammen sein würde – daran hegte ich keinen Zweifel. Nicht mehr. Nicht nach allen Herausforderungen, denen wir begegnet waren und die wir gemeistert hatten.

Unsere Körper bewegten sich in einem leidenschaftlichen Rhythmus, und die Lust in mir wuchs, bis ich mich langsam aber stetig dem Höhepunkt näherte. Kurz vor dem erlösenden Moment verstärkte ich meinen Griff um Hayden und spürte, dass er dasselbe tat. Wenig später kam ich, schrie auf und genoss die Verbindung und das Gefühl vollkommenen Begehrens. Gott, wie hatte mir das gefehlt.

Hayden kam nur einen Moment später, und ich hielt ihn und genoss das wundervolle Gefühl, ihm diesen Moment zu schenken. Der Höhepunkt verebbte, nicht jedoch das überbordende Glücksgefühl. Ausnahmsweise war ich vollkommen entspannt.

Während er noch schwer atmete und sein Herz raste, stützte sich Hayden auf, um mir in die Augen zu blicken. »Du bist mein Ein und Alles, Kenzie. Ich hoffe, das weißt du.«

Ich legte ihm die Hand auf die Wange und lächelte. »Ja.« Und das stimmte voll und ganz. Haydens Herz gehörte mir, und meins gehörte ihm. Und nichts würde uns je wieder trennen. Egal, welche Herausforderungen noch auf uns warteten, wir würden uns ihnen gemeinsam stellen.

Kapitel 9

Den überwiegenden Teil des Wochenendes verbrachte ich mit Hayden im Bett. Es war himmlisch. Ganz und gar himmlisch, und anschließend fühlte ich mich voll frischer Energie und bereit, die schwierige Aufgabe in Angriff zu nehmen, Cox Racing zu leiten. Entschlossen fuhr ich Montagmorgen zur Trainingsstrecke. Doch kaum hatte ich das Büro betreten, in dem mir aus jeder Ecke die Verantwortung entgegenschlug, kehrte die Angst zurück. Vielleicht hätte ich wenigstens einen der Tage herkommen und etwas tun sollen. Die Reue versetzte meiner Euphorie einen Dämpfer.

Ich holte tief Luft, setzte mich und machte mich an die Arbeit. Zumindest sollte ich heute wieder jemanden erreichen können.

Ich hing bei unserem Reifenlieferanten in der Warteschleife und versuchte zu klären, warum er mir weiterhin die falschen Reifen schickte, als Nikki plötzlich ins Büro platzte. Als würde sie verfolgt, schlug sie die Tür zu und lehnte sich mit dem Rücken dagegen.

Ich erschrak über ihr plötzliches Auftauchen, und mein

Herz pochte heftig. »Gott, Nik. Willst du, dass ich einen Herzinfarkt bekomme?«

Sie lehnte den Kopf gegen die Scheibe. »Sorry, ich wollte nur mit dir reden, bevor ich ...« Sie hielt inne, um zu schlucken, dann stieß sie hervor: »Wir haben miteinander geschlafen. Schon wieder.«

Sofort legte ich den Telefonhörer auf. »Ihr habt ... was?«

Sie sah aus, als würde sie gleich einen Nervenzusammenbruch erleiden, kam langsam auf meinen Schreibtisch zu und ließ sich auf einen Stuhl fallen. »Ich habe keine Ahnung, wie das passiert ist«, murmelte sie.

Ich zog eine Augenbraue nach oben und zeigte auf ihren Bauch. Mit finsterer Miene erklärte sie: »Ich weiß, wie es passiert ist, ich verstehe es nur nicht. Ich meine, wir sind doch nur Freunde ...«

Mein Blick zuckte zum Telefon, und ich dachte an all die Dinge, die ich erledigen musste. »Hör mal, Nik, vielleicht wird es Zeit, die Tatsache zu akzeptieren, dass ihr nicht ... nur Freunde seid. Vielleicht seid ihr schon seit einer ganzen Weile nicht mehr nur Freunde.«

Einen Moment sah sie mich mit leerem Blick an, dann füllten sich ihre Augen mit Tränen. »Das geht aber nicht«, erklärte sie vollkommen ernst.

»Warum? Was ist so falsch daran? Es macht eure Beziehung doch nur stärker und intensiver.«

Sie schluckte, dann nickte sie. »Ja, aber wenn es auseinandergeht, und – machen wir uns nichts vor – die meisten Beziehungen gehen auseinander, verliere ich nicht nur einen supercoolen Freund. Ich verliere meinen besten

Freund. Meinen *besten* Freund, Kenzie. Das will ich nicht riskieren.«

Als ihr eine Träne über die Wange lief, überlegte ich, was ich nur sagen konnte, um sie aufzumuntern. Das Problem war – dass ich voll und ganz verstand, was sie sagte. Dass ich ihn zugleich als Freund verloren hatte, darunter hatte ich bei Haydens und meiner Trennung am meisten gelitten.

»Wenn du mich fragst, Nik, ich glaube nicht, dass ihr zwei euch trennen werdet. Ich glaube, ihr schafft das.« Wie sollten sie auch nicht? Sie waren praktisch eins. Andererseits war es manchmal nicht gut, wenn man sich zu ähnlich war, jedenfalls nicht in einer Beziehung.

Niki schenkte mir ein halbherziges Lächeln und wischte sich die Träne fort, dann hellte sich ihre Miene auf. »Du und Hayden seid auf der Party einfach so verschwunden. Und er ist das ganze Wochenende nicht zu Hause gewesen. Wie ist eure Nacht gelaufen?«

Ich konnte mir ein Grinsen nicht verkneifen und merkte, wie ich rot wurde. »Gut.«

»Gut wie Binge-Watching auf Netflix? Oder hast du Sterne gesehen?«

Mein Grinsen wuchs. »Letzteres.« Die Nacht – und das gesamte Wochenende – lief noch einmal im Schnelldurchlauf vor meinem inneren Auge ab. »Es war wundervoll, Nikki. Einfach ... wundervoll. Ich bin froh, dass wir gewartet haben. Und ich bin froh, dass ich deinen Rat befolgt und ihn an mich herangelassen habe. Er ist das Risiko wert.«

Ich hob eine Augenbraue, um diskret anzudeuten, dass Myles es vielleicht auch wert war. Sie wandte den Blick ab und wirkte gereizt und nachdenklich zugleich. Dann atmete sie tief ein und sah mich wieder an. »Ich freu mich für dich, Kenzie. Du und Hayden habt es verdient, glücklich zu sein.«

»Du auch, Nik«, erklärte ich.

Die Verzweiflung stand ihr ins Gesicht geschrieben. »Ich kann nicht aufhören, an ihn zu denken, Kenzie. Ständig geht mir diese Nacht im Kopf rum. Ich hatte ein paar ziemlich verrückte Träume deshalb.« Sie lächelte zurückhaltend. »Wahrscheinlich ist es gut, dass Hayden nicht da war.« Ihr Lächeln erstarb, und sie schüttelte den Kopf. »Es war sogar noch besser als beim ersten Mal.«

Neugierig fragte ich: »Hast du seither noch mal mit Myles gesprochen?« Sofort senkte sie den Blick auf ihren Schoß. »Oh, mein Gott, Nik, ihr zwei seid schrecklich. Habt ihr aus dem ersten Mal denn gar nichts gelernt?«

Sie hob den Blick und sah mich gereizt an. »Doch, diesmal haben wir verhütet.«

Fast wäre ich vor Lachen geplatzt, und Nikki lächelte. Dann seufzte sie. »Es ist einfach seltsam, mit ihm darüber zu reden. Ich habe Angst, dass er ...«

Sie verstummte und blickte zur Seite. »Dass er was?«, hakte ich nach.

Sie sah mich wieder an und zuckte die Schultern. »Ehrlich gesagt habe ich Angst, dass er mir einen Korb gibt, und zugleich habe ich Angst, dass er sagt, wir sollten es versuchen. Für mich ist das eine Lose-lose-Situation, darum tue ich einfach so, als würde er nicht existieren.«

»Aber wenn du so tust, als existierte er nicht, hast du deinen besten Freund ja schon verloren.«

Sie starrte mich einen Moment an, dann schüttelte sie den Kopf. »Wow – der Sex hat eine Philosophin aus dir gemacht.«

Ich grinste und zeigte ihr den Mittelfinger. Nikki lachte, dann wurde ihre Miene ernst. »Zieht Hayden jetzt bei dir ein, nachdem ihr nun in *jeder Hinsicht* wieder zusammen seid?«

Der Ausdruck auf ihrem Gesicht wühlte mich auf – Panik, gemischt mit schlechtem Gewissen. Hayden war bei ihr eingezogen, um sie bei der Miete zu entlasten. Auch wenn es toll für unsere Beziehung wäre, wenn er bei mir einzog, für Nikki wäre es Mist. Doch zum Glück waren Hayden und ich noch nicht so weit. Wir hatten das Tempo angezogen, aber wir ließen uns nach wie vor Zeit. »Noch nicht, Nik. So weit sind wir noch nicht. Und womöglich dauert das auch noch eine ganze Weile.«

Sie wirkte sichtlich erleichtert. »Gott sei Dank. Ich meine, ich bin ein totaler Hayden-und-Kenzie-Fan, aber er ist eine wirklich große Hilfe.« Sie zögerte. »Finanziell betrachtet. Als Mitbewohner ist er ein ganz schöner Chaot. Wusstest du, dass er Milch direkt aus der Packung trinkt?« Sie machte ein angewidertes Gesicht. »Wer tut denn so etwas?«

Ich lachte über ihre Grimasse, dann nickte ich. »Ja, ich weiß … das ist eklig. Ich versuche, es ihm abzugewöhnen.«

Als Nikki mir dabei viel Glück wünschte, klopfte jemand an die Bürotür. Nikki verspannte sich sofort. Ich amüsierte mich über sie und sagte: »Herein.«

Doch es war nicht Myles. Ich kannte den Mann nicht, der in der Tür erschien.

Der Fremde war groß, hatte pechschwarzes Haar, durchdringende blaue Augen und einen fast schwarzen Bartschatten, der auf beeindruckende Weise seine Männlichkeit unterstrich. Er hatte eine autoritäre Ausstrahlung und sah auf eine sinnliche Art gut aus. Sicher träumten die Frauen davon, Tag und Nacht mit ihm im Bett zu verbringen. Die meisten Frauen, ich nicht. Mein Blick war fest auf einen blonden, gottgleichen Mann mit grünen Augen fixiert. Nikki war jedoch bestimmt fasziniert von ihm.

Sie sprang auf und streckte ihm die Hand hin. »Nikki Ramirez. Wie kann ich helfen, großer, dunkler, gutaussehender Mann?«

Ich ermahnte sie mit meinem Blick, sich professionell zu verhalten, doch sie beachtete mich nicht. Der Fremde musterte auf liebenswerte Art seine Schuhspitzen. Dann ergriff er ihre Hand und lächelte sie charmant an. »Dex Covington. Ich suche Mackenzie Cox?«

Er richtete die hellen Augen auf mich, und ich erschrak. »Du bist der neue Mechaniker.«

Sofort ließ Nick seine Hand los. Das schien Dex zu überraschen, doch sein Lächeln kehrte schnell zurück. Er trat vor meinen Schreibtisch und reichte mir die Hand. »Du musst Mackenzie sein.«

Ich stand auf und schüttelte ihm die Hand. »Ja – hallo, willkommen im Team.«

Dex schüttelte mir strahlend die Hand. »Ich freu mich.« Nikki schnaubte hinter ihm, und ich zeigte auf sie. »Nikki ist die Mechanikerin, die du ersetzen sollst.« Nikki bekam schmale Augen, und sofort korrigierte ich mich. »Die du *vorübergehend ersetzen* sollst, solange sie wegen des Babys ausfällt.«

Dex nickte ihr zu, sein Blick sprang kurz zu ihrem Bauch, dann kehrte er wieder zu ihrem Gesicht zurück. »Glückwunsch. Babys sind toll, du wirst viel Freude an dem Kleinen haben.«

Nikki legte eine Hand auf den Bauch, und ich hörte, wie sie »Hoffentlich« murmelte.

Dex schien nicht zu wissen, wie er darauf reagieren sollte, darum ging ich um den Schreibtisch herum und zeigte auf die Tür. »Möchtest du alles sehen? Den Rest des Teams kennenlernen?«

Dex lächelte mich dankbar an. »Sehr gern, danke.« Fast wäre es mir entgangen, doch als ich an ihm vorbeiging, glitt sein Blick an meinem Körper hinunter. Hmmm. Einmal konnte ich es wohl ignorieren, aber wenn ihm das zur Gewohnheit wurde, musste ich mit ihm ein Gespräch über angemessenes Verhalten am Arbeitsplatz führen.

Nikki folgte uns aus dem Büro, wahrscheinlich um sicherzustellen, dass Dex keines ihrer Werkzeuge anfasste. Da wir schon oben waren, zeigte ich Dex alles, was hier von Interesse war. Den Pausenraum, das Lager, Johns Büro und den Fitnessraum. Dex sah sich im Raum um und staunte über die Auswahl an Cardio- und Kraftmaschinen. Er stieß einen anerkennenden Pfiff aus. »Ziemlich beeindruckend«, sagte er. »Das muss es wohl auch sein, damit die Sportler in Topform sind.«

Ich nickte und tastete unbewusst nach meinem Bauch. Ich musste hier öfter trainieren. »Wir bemühen uns. Einige von uns trainieren mehr als andere.«

Nikki lächelte. »Hör auf, Kenzie. Deine Arme und Beine sind wie aus Stahl. Auch wenn du ein bisschen weniger gemacht hast, bist du immer noch in Topform. Ich hingegen ...«

Sie seufzte und strich sich über den Bauch. Ich kicherte über ihre traurige Miene. Überrascht drehte sich Dex zu mir um. »Du bist Rennfahrerin? John hat nur erwähnt, dass du die Eigentümerin bist.«

Jetzt war es an mir zu seufzen. »Wahrscheinlich weil ich nicht annähernd so oft auf die Trainingsstrecke komme, wie ich sollte.« Kopfschüttelnd erklärte ich: »Tatsächlich kümmerst du dich hauptsächlich um meine Maschine. Nun ja, um meine und Haydens.«

Dex lächelte, und das Interesse in seinen Augen war nicht zu übersehen. »Schön, ehrgeizig und talentiert. Eine umwerfende Mischung.«

Seine Bemerkung stimmte mich skeptisch. Sah aus, als *müsste* ich mit ihm ein Wörtchen reden. Ich öffnete den Mund, doch leider hatte noch jemand anders seine Worte gehört. »Was ist hier los?«

Ich drehte mich um und sah Hayden in Trainingskleidung auf uns zu kommen. »Hallo, Hayden. Das ist Dex –

unser neuer Mechaniker. Ich führe ihn gerade herum. Dex, das ist Hayden Hayes.«

Hayden stellte sich neben mich und legte mir den Arm um die Schultern. Genauso gut hätte er mir *Sie gehört mir* auf die Stirn sprühen können. Dex streckte ihm die Hand hin, doch Hayden nahm sie nicht. Mit wissendem Lächeln ließ Dex die Hand wieder sinken. Er zeigte auf uns und sagte: »Verstehe, ihr zwei seid ein Paar.«

Hayden nickte. »Ganz genau.«

Seufzend duckte ich mich, um mich aus Haydens Umarmung zu winden. »Ja, doch auch wenn Hayden und ich ein Paar sind ... und Myles und Nikki ...«

»Freunde«, unterbrach Nikki schnell.

»Was auch immer, ... erwarte ich dennoch einen gewissen Anstand von meinen Angestellten, solange sie sich auf dem Firmengelände bewegen.«

Dex schürzte die Lippen. »Ich soll dir also nicht mehr sagen, dass du schön bist, stimmt's?«

Ich musste unwillkürlich lächeln. »Dafür wäre ich dir dankbar.«

»Ich auch«, murmelte Hayden.

Dex hob die Hände. »Sorry, Flirten ist für mich wie Atmen. Ich kann nichts dafür.« Ich zog eine Augenbraue hoch, und er fügte hinzu: »Aber ich gebe mir Mühe. Versprochen. Mir ist klar, dass ich nicht mehr in der Schule bin. Das ist ein Job. Ein professioneller Job. Verstanden.«

Seine Ernsthaftigkeit brachte mich zum Schmunzeln, dann zuckte sein Blick über mein Gesicht. »Ich habe nur nicht erwartet, dass meine neue Chefin so ...« Er räusperte sich und schüttelte den Kopf. »Ich bin vollkommen professionell. Keine Sorge.«

»Komm, sehen wir uns an, was Spaß macht – die Maschinen«, sagte ich und zeigte nach unten.

Ich führte Dex zur Treppe. Nikki folgte uns. Ebenso Hayden. Am liebsten hätte ich beiden gesagt, sie sollten wieder an die Arbeit gehen, aber irgendwie verstand ich sie auch. Veränderung war schwer.

Auf der Treppe kam uns Myles entgegen. Er blieb stehen und musterte uns alle. Nikki duckte sich hinter mich, als wäre sie auf diese Weise unsichtbar. »Was ist … denn hier los?«, fragte Myles. Sein Blick glitt immer wieder zu Nikki, und eine merkwürdige Spannung entstand.

»Das ist Dex, unser neuer Mechaniker. Ich führe ihn herum.« Ich blickte mich nach meinen Schatten um. »Warum Nikki und Hayden mitgekommen sind, ist mir nicht ganz klar.« Hayden sah mich finster an, und Nikki bohrte mir einen Finger in den Rücken. *Tut mir leid, aber ihr zwei reagiert über.*

Myles' Miene blieb unverändert. »Oh …« Er legte den Kopf schief und versuchte, Nikkis Aufmerksamkeit auf sich zu ziehen. »Hallo, Nik, kann ich dich mal sprechen? Allein?«

Hinter mir hörte ich Nikki sagen: »Sorry, Myles, keine Zeit. Ich bin mitgekommen, weil Dex meinen Job übernehmen wird, und wer könnte ihm besser alles erklären als ich?«

Sie beugte sich etwas zur Seite, sodass sie mir einen wütenden Blick zuwerfen konnte. Dex verfolgte den Austausch mit verwirrter Miene. Dann schnippte er mit den Fingern und zeigte auf Myles. »Das Baby ist von dir!«

Alle drehten sich zu ihm um, und er verzog schuldbewusst das Gesicht. »Sorry, ich platze gern mal mit dem Offensichtlichen heraus, auch wenn meine Beobachtung überflüssig und nicht erwünscht ist.« Er imitierte einen Reißverschluss und verschloss seine Lippen.

Ich drehte mich wieder zu Nikki um. »Heute führe ich ihn nur herum und zeige ihm alles. Du darfst ihn morgen einarbeiten. Rede mit Myles. Mit deinem *Freund*.«

Offensichtlich killte mich Nikki im Geiste, aber es war nur zu ihrem Besten. Nach dem ersten Mal waren sich Nikki und Myles viel zu lange aus dem Weg gegangen, und Myles schien bereit zu einem Gespräch zu sein, ja, es sogar zu suchen. Nikki konnte sich zumindest anhören, was er zu sagen hatte.

Nikki versuchte, die Diskussion mit einem Blickduell zu gewinnen, doch das würde diesmal nicht funktionieren. Schnaufend gab sie schließlich auf und sagte: »Okay.« Dann machte sie kehrt und ging die Treppe wieder nach oben. Oder genauer gesagt *stapfte* sie wieder nach oben.

Myles lächelte mir dankbar zu, dann bahnte er sich einen Weg durch unsere Gruppe und folgte ihr. Dex sah ihnen amüsiert hinterher. »Hier wird es ja nicht langweilig«, bemerkte er.

Ich drehte mich zu ihm um und schüttelte den Kopf. »So ist das nicht immer. Eigentlich sind wir hier ziemlich entspannt.«

Plötzlich fasste Hayden meine Hand und zog mich zu

sich hin, und Dex' Grinsen wuchs. »Aha«, sagte er, und seine Augen funkelten amüsiert.

»Komm«, sagte ich und zeigte nach unten.

Als wir die Werkstatt erreichten, stellte ich Dex Eli, Reiher und Kevin vor. Während er Kevin darüber ausfragte, wie es war, während eines Rennens in der Box zu arbeiten, wandte ich mich an Hayden. »Du kannst meine Hand jetzt loslassen«, erklärte ich ihm leise. »Dex weiß, dass ich schon vergeben bin. Du hast erreicht, was du wolltest.«

Hayden blickte wütend zu Dex. »Ich weiß nicht, Kenzie. Etwas an ihm gefällt mir nicht.«

Ich legte ihm eine Hand auf die Wange. »Dir gefällt nicht, dass ein anderer Mann ein bisschen mit mir flirtet. Aber Hayden, soll er so viel flirten, wie er will, das ändert doch nichts an meinen Gefühlen für dich.«

Hayden musterte mich besorgt. »Bist du dir sicher, Kenzie? Ich kann nicht anders, ich muss ständig denken, dass ...«

»Dass was?«, bohrte ich nach und sah ihn an.

»Dass er ... neu ist. Keine Kränkung, keine Geschichte. Er hat dich nie verletzt.« Sein Blick glitt auf den Boden.

»Das stimmt.« Haydens Blick zuckte nach oben, und aus seinen Augen sprach Wut. Wut, die sagte: Kampflos überlasse ich dich ihm nicht. Woraufhin mir das Herz aufging. Am liebsten hätte ich Feierabend gemacht und wäre mit ihm nach Hause gefahren. Lächelnd strich ich mit den Fingern über seine Lippen. »Aber du vergisst, dass ich nichts Neues will. Ich will dich. Mit Narben und allem ...«

Flüchtig berührte ich die Narbe an seiner Augenbraue, dann beugte ich mich vor und küsste ihn. Ein amüsierter Dex räusperte sich und unterbrach uns. »Ich würde jetzt sehr gern die Motorräder sehen – wenn ihr Zeit habt.«

Hayden kratzte sich am Kopf, dann warf er mir einen gequälten Blick zu. »Ich gehe nach oben ... trainieren. Bis später.«

Es widerstrebte ihm ganz offensichtlich, mich mit einem anderen Mann zurückzulassen. Was ich verstand. Aber genau wie ich ihm vertrauen musste, musste er auch mir vertrauen. Und indem er fortging, bewies er mir sein Vertrauen. Ich war stolz auf ihn.

Nachdem ich Dex ganz Cox Racing gezeigt hatte, einschließlich der Trainingsstrecke, mit der er eigentlich nichts zu tun hatte, schickte ich ihn zu John, um den Papierkram zu erledigen. Anschließend schlenderte ich zurück ins Büro, um heute wenigstens noch etwas zu schaffen.

Als ich dort eintraf, wartete Myles schon auf mich, und fast wäre ich vor Verzweiflung in Tränen ausgebrochen. *Ich habe so viel zu tun.* »Hallo, Myles«, zwang ich mich zu sagen. »Wie ist es mit Nikki gelaufen?«

Er strich sich durch das dicke Haar. »Sie hat dir doch bestimmt erzählt, was Silvester passiert ist?«

Ich zog die Nase kraus und nickte. »Ja, sie hat mir erzählt, dass ihr zwei ... ja, sie hat es erwähnt.«

Er ließ sich auf den Stuhl vor meinem Schreibtisch fallen. Allmählich kam er mir wie die Couch eines Therapeuten vor. »Sie wollte nicht darüber reden. Sie sagt die ganze Zeit, es wäre nicht von Belang und es gäbe nichts zu besprechen. *Nichts.*« Ungläubig schüttelte er den Kopf, während ich zu meinem Stuhl ging und mich ebenfalls setzte. »Ich verstehe sie einfach nicht«, sagte er entmutigt.

Ein äußerst seltsames Gefühl befiel mich. Ich wusste genau, warum Nikki die Sache abtun wollte, und *könnte* es Myles sagen, damit er sie besser verstand. Doch wenn ich das tat, verriet ich meine beste Freundin. Ich war der Esel in der Mitte, und das nervte.

»Myles, ich kann nicht …« Ich faltete die Hände im Schoß und erklärte: »Ich möchte dir helfen, euch beiden, aber das steht mir nicht zu. Ich bin ihre Freundin, und deine, und – ich bin deine Chefin, euer beider Chefin.«

Myles nickte, dann senkte er den Blick. Er wirkte so verloren, dass ich ihn wirklich gern etwas aufgemuntert hätte. »Darf ich dich was fragen?«, sagte ich.

Mit schiefem Grinsen linste er zu mir hoch. »Verstößt das nicht gegen das, was du gerade gesagt hast?«

Ich zuckte die Schultern. »Ja, aber darf ich dich trotzdem fragen?« Er senkte erneut den Blick, dann nickte er. »Magst du sie?«, fragte ich.

Er schloss die Augen, dann blickte er zu mir auf. »Natürlich mag ich sie. Wir sind beste Freunde.«

Ich schürzte die Lippen über seine ausweichende Antwort. »Du weißt genau, was ich meine, Myles. Ist sie mehr für dich als nur eine gute Freundin?«

Er sah mich an, ohne eine Miene zu verziehen. Dann nickte er schließlich. »Ja. Aber das ist nicht wichtig.«

Jetzt war ich verwirrt. »Mir scheint es das einzig Wichtige zu sein.«

Traurig schüttelte er den Kopf. »Sie will nicht mit mir zusammen sein. Darum geht sie mir aus dem Weg. Sie will unsere Freundschaft nicht für etwas aufs Spiel setzen, das so oder so enden könnte. Darum ist es egal, was ich empfinde. Das ist dir doch klar, oder?«

Ihn so leiden zu sehen überforderte mich. Mir kamen die Tränen und verrieten, was mir tatsächlich klar war. Myles grinste, dann nickte er. »Ja. Hab ich mir gedacht.«

»Es tut mir so leid, Myles. Wirklich.«

Er stand auf und nickte mir zu. »Ich weiß. Aber hey, es könnte schlimmer sein. Sie könnte mit diesem scharfen neuen Mechaniker ausgehen wollen, den du angestellt hast.« Er sah mich mit hochgezogener Augenbraue an, seine Stimme triefte vor Sarkasmus. »Danke übrigens. Das hat mir gerade noch gefehlt ... Konkurrenz.«

Ich grub die Fingernägel in die Handflächen und schloss die Augen. Ich dachte, Myles hätte Dex überhaupt nicht wahrgenommen. Doch anscheinend hatte er den fremden Kerl, der jeden Tag in der Werkstatt auftauchen würde, sehr wohl bemerkt, auch wenn er ganz auf Nikki konzentriert gewesen war. Vielleicht stärkte es Myles' Beziehung zu Hayden, wenn die zwei zusammen über ihn herzogen.

»Das war keine Absicht, Myles, und theoretisch habe *ich* ihn auch gar nicht angestellt. Sondern John.« Ich öffnete die Augen, um meine Aussage zu unterstreichen, doch das war nicht mehr nötig. Myles war schon weg. Stöhnend ließ ich den Kopf auf den Schreibtisch fallen. Von wegen das neue Jahr würde weniger anstrengend werden!

Kapitel 10

Dass Dex ab jetzt zum Team gehörte, war Segen und Fluch zugleich. Es war toll, weil wir ihn brauchten. So gern Nikki ihre Situation auch leugnen wollte, sie wurde mit jedem Tag dicker – ob es ihr gefiel oder nicht, das Baby wuchs heran. Und es war schlecht, weil Dex mir noch mehr Arbeit machte, anstatt mich zu entlasten, wie ich eigentlich gehofft hatte.

Dex war nicht schlecht in seinem Job – keineswegs. Er war kompetent und begabt. Nein, das Problem war das Team, das sich entweder grundsätzlich schwer mit einem neuen Mitglied tat oder etwas gegen Dex hatte, weil er Nikkis Platz einnahm. Keiner schien zu glauben, dass Dex nur vorübergehend da war. Und natürlich führte sein gutes Aussehen dazu, dass sich alle aufplusterten und sich als Platzhirsch aufspielten. Insbesondere Hayden und Myles. Die zwei trieben mich noch in den Wahnsinn.

»Was machst du?«, zischte ich und nahm Myles eine Flasche Rasierschaum aus der Hand.

Er lächelte mich unschuldig an. »Wonach sieht es denn aus? Ich rasiere mich. Man soll doch nicht denken, dass sich die Mitarbeiter von Cox Racing nicht um ihr Aussehen kümmern.« Sein Lächeln erstarb. »Wie du weißt, spielt das Aussehen eine große Rolle.«

Er war immer noch sauer, dass ich einen Mann angestellt hatte, der wie ein Model aussah und in den nächsten Monaten eng mit Nikki zusammenarbeiten würde. Es war auch nicht gerade hilfreich, dass Nikki sich als Einzige aus dem Team an Dex gewöhnt zu haben schien. Ständig erzählte sie mir, dass der Anblick seines Hinterns ihr den Abschied erträglicher machte. Jedes Mal, wenn sie das sagte, schalt ich sie dafür, doch tief im Inneren musste ich ihr recht geben. Dex hatte ein hübsches Hinterteil. Nicht so hübsch wie Haydens natürlich, aber trotzdem …

Ich setzte ein kleines Lächeln auf, sah ihn jedoch ernst an. »Ich hab dir schon tausendmal gesagt, dass ich Dex nicht eingestellt habe. Das war John. Darum kannst du aufhören, mir zu unterstellen, ich hätte ihn wegen seines Aussehens genommen. Das stimmt nicht und ist respektlos meiner Beziehung zu Hayden gegenüber – meinem *Freund*.«

Myles verzog das Gesicht und wirkte ernsthaft zerknirscht. Dex gehörte jetzt seit zwei Monaten zum Team, und ich hatte diese Bemerkung seither fast täglich von Myles gehört. Es war Zeit, dass das aufhörte. Und einiges andere auch.

Ich nahm die Flasche mit dem Rasierschaum und erklärte streng: »Und was deine Geschichte angeht. Erstens stehst du hier in der Umkleide, nicht im Bad. Zweitens ist das hier Dexters Spind und nicht deiner. Und drittens hältst du die Düse in die falsche Richtung und hast den Schaum überall im Spind verteilt und kein bisschen auf dir.« Ich deutete auf Dex' Spind, der voll mit nach Minze duftendem Schaum war. »Was ist daran rasieren?«

Myles schniefte, dann zuckte er die Schultern. »Ich bin ungeschickt. Entschuldige.«

Ich stöhnte verzweifelt auf und warf ihm ein Handtuch zu. »Mach das sauber, bevor Dex kommt.« Ich hatte keine Zeit, den Babysitter für meine Angestellten zu spielen. Daytona stand kurz bevor.

Myles fing das Handtuch auf und rollte mit den Augen. »Und wann *kommt* er? Er ist fast jeden Tag zu spät.«

Ich kaute auf meiner Lippe und blickte auf die Wanduhr. »Ja, ich weiß. Vermutlich ersetzt er Nikki auch in dieser Hinsicht.« Bis Hayden bei Nikki eingezogen war, war sie ständig zu spät gekommen. Es hatte meinen Vater verrückt gemacht, jetzt verstand ich, warum. Ich hatte Besseres zu tun, als auf die Uhr zu achten.

Hinter mir hörte ich Myles grummeln: »Wenn du mich fragst, sollte man den Typ feuern. Er ist doch noch in der Probezeit, oder? Drei Monate, um zu sehen, ob er gut ins Team passt, stimmt's?«

Einerseits war ich seiner Meinung, andererseits auch wieder nicht. Ich rieb mir die Augen und wünschte, ich könnte zurück ins Bett gehen. Der Schlafmangel aufgrund meiner nächtlichen Rennen mit Hayden machte sich allmählich bemerkbar. »Vielleicht, aber in zwei Wochen ist Daytona. Wir haben keine Zeit, um …«

Genau in dem Moment betrat Dex die Umkleide.

»Sorry, sorry«, sagte er und hob gleich beschwichtigend die Hände, als er mich sah.

Mit müdem Lächeln erklärte ich: »Das wird allmählich zur Gewohnheit. Sieh zu, dass das aufhört, okay?«

Er beschrieb ein X über seinem Herzen. »Ich tue mein Bestes.« Sein reumütiger Ausdruck machte Misstrauen Platz, als er bemerkte, was Myles mit seinem Spind angestellt hatte. »Was ist das denn?«

Myles zuckte mit den Schultern. »Total komisch. Die Flasche ist einfach explodiert, als ich vorbeigekommen bin.«

Dex verschränkte die Arme über der Brust. »Ach was? Die Flasche ist einfach so explodiert, und der Rasierschaum hat es geschafft, *nur* in meinem Spind zu landen? Warum war mein Spind überhaupt offen?«

Mit todernster Miene antwortete Myles: »Ich habe dir ja gesagt, es war total komisch. Und was deinen Spind angeht, tja, du musst dafür sorgen, dass es fest verschlossen ist. Hast es wohl vergessen.«

Dex schenkte ihm ein humorloses Lächeln. »Ja ... hab ich wohl.«

Myles seufzte, dann reichte er Dex kopfschüttelnd das Handtuch. »Ich habe getan, was ich konnte, aber ich muss jetzt arbeiten.«

Schon machte er sich aus dem Staub, ich sah allerdings noch, wie ein Lächeln seine Lippen umspielte. »Myles«, warnte ich.

Ohne stehen zu bleiben, wandte er sich zu mir um. »Tut mir leid, Kenzie. Ich muss auf die Trainingsstrecke. An meinen Zeiten arbeiten und so.« Er hatte tatsächlich die Nerven, anschließend auch noch zu lachen. *Kelley, dafür wirst du büßen.*

Ich nahm noch ein Handtuch und wandte mich an Dex. »Tut mir leid. Ich helfe dir beim Saubermachen.«

Dex strahlte mich gutgelaunt an. »Danke. Das ist nett, und ich verspreche, ich *werde* pünktlicher sein. Vielleicht passiert so etwas dann ja nicht mehr. Und mein Werkzeug ist nicht irgendwo in der Werkstatt versteckt, mein Mittagessen nicht durch Müll ersetzt und meine Notizen nicht von Peniskritzeleien übersät.«

Als ich hörte, was meine Angestellten alles mit ihm machten, bekam ich große Augen. »Oh, mein Gott, das tut mir furchtbar leid. Damit ist jetzt Schluss. Versprochen.«

Dex wischte meine Sorge mit einer Handbewegung fort. »Kein Problem, Kenzie. Man kann nicht in ein Team kommen und erwarten, dass es nicht ein bisschen Schikane gibt. Die stellen mich nur auf die Probe. Sie wollen sehen, ob ich deshalb einen Rückzieher mache. Mach ich aber nicht«, sagte er und zwinkerte mir zu.

»Vielleicht, aber das solltest du nicht ertragen müssen. Ich spreche mit Myles.« Schon wieder.

Dex schüttelte den Kopf. »Wenn sie Ärger mit Mama bekommen, hilft mir das kein bisschen. Das wird schon. Mach dir meinetwegen keine Sorgen.«

Ich wollte ihm sagen, dass ich mir keine Sorgen machte, doch ich hielt den Mund. Vielleicht machte ich mir doch Sorgen. Nur ein bisschen. Ja. Und zwar, weil wir ihn brauchten. John hatte monatelang nach einem Mechaniker gesucht – wir konnten es uns nicht leisten, dass Dex kündigte, weil er die Nase voll hatte.

Ich zwang mich zu lächeln und sagte: »Gut, okay. *Mama* mischt sich nicht ein.« Darüber musste ich lachen. Ich hatte mich im Laufe der Jahre in einigen Rollen gesehen, eine Mama hatte allerdings nicht dazugehört.

Dex betrachtete mich mit schief gelegtem Kopf, und der Blick aus seinen hellen Augen schien bis in meine Seele vorzudringen. »Du hast ein herrliches Lachen, du solltest öfter lachen.«

Es stimmte, dass mir in letzter Zeit der Humor ein bisschen abhandengekommen war. Doch – so durfte er nicht mit mir reden. Als könnte er von meinem Gesicht ablesen, was ich sagen wollte, hob er erneut die Hände. »Ich flirte nicht, war nur so eine Beobachtung. Du wirkst ... ziemlich angespannt für jemanden in deinem Alter.«

Ich atmete langsam auf. »Die meisten Leute in meinem Alter versuchen nicht, ein extrem teures Geschäft auf die Beine zu stellen. Die meisten Leute in meinem Alter versuchen nicht, dabei gegen den Strom zu schwimmen, während sie bei jeder Gelegenheit Gefahr laufen, von Stromschnellen, Felsen und Whirlpools heruntergezogen zu werden.«

Bei meinem dramatischen Kommentar zog er die Brauen zusammen. Ich wedelte seine Sorge mit dem Handtuch fort. »Mein Problem kann warten. Erst kümmern wir uns um deins.«

»Es ist alles in Ordnung«, beharrte er.

Ich strich mit dem Handtuch über den klebrigen Schaum an seinem Spind. »Nein, ist es nicht. Aber ich glaube, es gibt einen Weg, die Lage zu verbessern, ohne jemanden in Schwierigkeiten zu bringen.« Lächelnd erklärte ich ihm: »Ich glaube, es würde den anderen helfen, sich an die neue Situation zu gewöhnen, wenn wir alle zusammen ausgehen. Etwas Lustiges unternehmen, etwas ... Harmloses. Hast du heute Abend Zeit?«

Er lächelte ungewöhnlich warm. »Ja, ich bin frei ...«

Ich hatte das Gefühl, dass seine Antwort zweideutig gemeint war, doch er wusste, dass ich gebunden war. Dass er um mich herumscharwenzelte, konnte ich überhaupt nicht gebrauchen. Hoffentlich freute er sich nur, dass ich der Schikane tatsächlich ein Ende bereiten wollte. In meinem Kopf reifte ein Plan heran, und ich nickte. »Schön. Ich sage allen Bescheid, dass um sechs ein Pflichttermin im Oysters stattfindet. Komm nicht zu spät«, mahnte ich lächelnd.

In dem Moment kam Hayden in die Umkleide. Mit eisigem Blick sah er von Dex zu mir. Ich lächelte ihn an, um ihm zu signalisieren, dass er sich keine Sorgen zu machen brauchte. Sein Blick wanderte weiter zwischen uns hin und her. »Alles ... in Ordnung?«, fragte er misstrauisch.

Mein warmes Lächeln wich einer skeptischen Miene. »Ich habe Dex nur geholfen, seinen Spind zu säubern. Myles meinte, es mit Rasierschaum einseifen zu müssen.«

Hayden schmunzelte kaum merklich. »Ach ja? So was!«

Die Belustigung in seinen Augen war nicht zu übersehen. Er war beeindruckt von Myles' Aktion, was bedeutete, dass ich mit beiden ein ernstes Wörtchen reden musste. Schon wieder. Egal, was Dex sagte, ich konnte mich nicht einfach zurücklehnen und alles so weiterlaufen lassen. Das hier war ein Unternehmen, kein Verbindungshaus.

Dex reagierte argwöhnisch auf Haydens Bemerkung. Ich sagte: »Bestimmt sucht Nikki schon nach dir, Dex. Warum gehst du nicht zu ihr, und ich beseitige hier den Rest. Ach, und kannst du Nikki wegen des Treffens heute Abend Bescheid sagen?«

Als er den Blick auf mich richtete, änderte sich sein Gesichtsausdruck. »Klar, Boss.« Er sah noch einmal kurz zu Hayden, dann wandte er sich zu mir um und zwinkerte mir unverhohlen zu. Ich spürte geradezu, wie sich Haydens Anspannung verdreifachte.

Kaum war Dex aus der Tür, drehte er sich zu mir um. »Was zum Teufel war das?«

Ich seufzte. »Dex, der versucht, dich zu ärgern – und Erfolg damit hat.« Mit zusammengekniffenen Augen fügte ich hinzu: »Du weißt nicht zufällig, wo Dex' Werkzeug versteckt ist oder wer sein Mittagessen geklaut hat, oder?«

Haydens Miene genügte mir als Bestätigung. »Verdammt, Hayden, du weißt, wie schwer es ist, in einem eingespielten Team seinen Platz zu finden. Ich dachte, dass ausgerechnet du es ihm nicht so schwermachen würdest. Ganz im Gegenteil.«

Hayden wandte den Blick ab. Als er mich wieder ansah, wirkte er bedrückt. »Ich weiß, und es tut mir leid. Ich … es gefällt mir immer noch nicht, wenn er in deiner Nähe ist. Und ich weiß, dass ich mich wie ein Neandertaler aufführe, aber na ja, vielleicht bin ich wirklich einer.« Er zögerte. »Es fällt mir schwerer, als ich dachte.«

Ich trat zu ihm und legte die Arme um seinen Hals. »Mit Eifersucht kenne ich mich aus. Ganz bestimmt. Aber wenn es mit uns klappen soll, musst du loslassen. Oder ... es zumindest versuchen. Und glaub mir, ich weiß, wie schwer das ist.«

Er lächelte mich unsicher an. »Und ich weiß, wie sehr du dich bemühst. Dass du einverstanden bist, etwas mit Rodney und Felicia zu unternehmen ... haut mich um.« Er schloss die Augen und schüttelte den Kopf. »Und ich benehme mich wie ein Idiot, obwohl der Typ gar nichts mit dir zu tun hat, nur weil ich ...« Er öffnete die Augen und sah mich liebevoll an. »Nur weil ich Angst habe. Es tut mir leid, Kenzie. Ich werde mich bessern.«

Ich lächelte und gab ihm einen zärtlichen Kuss. »Danke. Ich gehöre dir, Hayden, und daran wird sich nichts ändern.« Ich löste mich von ihm, sah ihn strahlend an. »Ich könnte mit drei Dutzend Männern wie Dex in Playgirl Mansion wohnen, und das würde nichts ändern. Mein Herz gehört dir. Und mein Körper auch.«

Hayden grinste schief. »Ich glaube, es gibt kein Playgirl Mansion.«

»Tja, sollte es aber geben«, sagte ich und grinste ebenfalls.

Hayden schüttelte den Kopf, dann drückte er mich fest. »Also – was hat es mit dem Treffen heute Abend auf sich?«

Ich erinnerte mich an meinen Plan und nickte. »Ja, heute Abend im Oysters. Um sechs. Das ist ein Pflichttermin, also sollte ich es wohl allen sagen.«

»Worum geht's?«, fragte er.

»Es ist ein Wir-hören-auf-arschig-zu-Dex-zu-sein-Treffen.« Hayden lachte, und ich schmunzelte. »Es ist einfach eine Gelegenheit für alle, sich kennenzulernen. Bis Daytona müssen wir zu einem Team zusammenwachsen. Uns läuft die Zeit davon.« Und ich hatte noch so viel zu tun …

Hayden wirkte einen Moment nachdenklich, dann nickte er. »Ja, okay, ich helfe dir, es allen zu sagen.«

»Danke«, erwiderte ich und küsste ihn zum Abschied.

Nach der Arbeit – und nachdem ich dafür gesorgt hatte, dass alle über das Treffen Bescheid wussten – fuhr ich zum Oysters. Hayden und ich gingen Hand in Hand. Eli, Reiher und Kevin kamen als Nächste, gefolgt von Nikki und Myles. John und meinen Vater hatte ich von der Teilnahme an dem abendlichen Treffen befreit. Sie hatten mit den Augen gerollt und sich über unsere Unreife lustig gemacht. Und das zu Recht. Zum Teil widerstrebte es mir, die ganze Arbeit auf meinem Schreibtisch zurückzulassen und herzukommen, damit alle nett zueinander waren. Andererseits war ich dankbar für die Ausrede, alles liegen lassen zu dürfen und mich mit meinen Freunden zu amüsieren.

Wir sicherten uns einen Tisch und warteten darauf, dass das letzte Teammitglied von Cox Racing erschien: Dex. Nikki zappelte ungeduldig auf ihrem Stuhl umher.

»Er kommt ständig zu spät. Genau wie du«, bemerkte ich.

Sie lächelte, dann erstarb ihr Lächeln kurz, und schließlich kehrte es zurück. »Ist alles in Ordnung?«, fragte ich.

Ihr Blick zuckte zu Myles, der zu Glenn gegangen war, um Getränke zu bestellen. Sie sah mich an und kräuselte die Lippen. »Schon okay. Mir geht's gut.«

War noch etwas zwischen ihr und Myles vorgefallen? Sollte sie etwa ihre Meinung geändert haben und die Freundschaft für die Liebe riskieren wollen? Ich drückte ihr die Hand und flüsterte: »Erzählst du es mir später?«

Sie nickte und ließ Myles keinen Moment aus den Augen, als er an den Tisch zurückkehrte. Er setzte sich zu ihr und lächelte ihr kurz zu, doch ich spürte den Graben zwischen den beiden. Es brach *mir* ja schon das Herz, sodass ich mir vorstellen konnte, wie aufgewühlt die zwei erst sein mussten.

Kurz darauf erschien Dex. Ich winkte ihm zu, und er setzte sich auf den freien Stuhl rechts von mir. Hayden blickte ihn an, atmete tief durch und lächelte. Dankbar, dass er sich ernsthaft bemühte, stand ich auf, damit mir alle zuhörten.

Die einzelnen Gespräche verstummten, und alle sahen zu mir. Als ich gerade beginnen wollte, hob Kevin schüchtern die Hand. »Hey, Kenz … du hast uns aber nicht zusammengetrommelt, um uns allen zu kündigen, oder? Ich arbeite nämlich wirklich gern für dich.«

Lächelnd schüttelte ich den Kopf. »Nein – wir sind hier, um zu trinken.«

Sofort schlug Myles die Hände auf den Tisch. »Ja!« Er stand auf und rief: »Glenn! Mach einfach alles Doppelte!«

Die Runde lachte. Nikki lächelte ebenfalls und sah Myles voller Zuneigung an. Ich hingegen warf Myles einen gereizten Blick zu und wandte mich dann dem Frischling der Gruppe zu. »Wir sind hier, um Dex als Mitglied von Cox Racing anständig willkommen zu heißen. Um ihn in die *Familie* aufzunehmen. Denn so sehr ihr Veränderungen auch verabscheut, die schmerzhafte Wahrheit ist, dass eine Veränderung bevorsteht. Damit müssen wir uns abfinden. Wir müssen sie sogar begrüßen.«

Alle blickten zu Nikki. Sie errötete, und Myles klopfte ihr auf die Schulter, die Augen voller Mitgefühl ... und noch viel mehr.

Ich hob die Hand, um die Aufmerksamkeit wieder auf mich zu lenken. »Nachdem das nun klar ist ... Wenn die Schikane gegen Dex nicht aufhört, *werde* ich Leute entlassen.« Ganz bewusst zeigte ich auf Myles ... dann auf Hayden. Sie tauschten einen Blick. *Ist das ihr Ernst?* Und ich ließ sie sofort wissen, dass ich es todernst meinte.

Ich beugte mich zu Myles und sagte so drohend wie möglich: »Stell mich nicht auf die Probe, Kelley. Amtierender Champion hin oder her, ich schmeiß dich raus.«

Myles schüttelte den Kopf, dann blickte er zu Kevin. »Arbeitest du immer noch gern für sie?«

Kevin lachte, dann schlug er sich die Hand vor den Mund.

Ich blickte mich am Tisch um. »Wenn der Kinderkram vorbei ist, können wir trinken.«

Die Jungs blickten erst sich an, dann zu Myles – er war zweifellos der Anführer. Widerstrebend murmelte er: »Okay. Wir hören auf.«

»Gut«, sagte ich, als die Kellnerin gerade ein Tablett mit diversen Cocktails auf dem Tisch abstellte.

Nachdem weitere Drinks geflossen waren, wurden die Gespräche lockerer. Myles ging kein einziges Mal zu Dex, die anderen schon. Sogar Hayden bemühte sich, ihn kennenzulernen. Am Ende des Abends unterhielten sich alle und lachten. Alle, außer Myles. Er stand am Rand und beobachtete Nikki und Dex dermaßen aufmerksam, als wollte er von ihren Lippen ablesen. »Hey, Myles. Wie läuft's?«

Er sah mich nachdenklich an. »Würdest du mich wirklich wegen ein paar Streichen entlassen?«

Ich presste die Lippen zu einem schmalen Strich zusammen. In dieser Situation war es schwer, Freundin *und* Chefin gleichzeitig zu sein. »Es würde mir furchtbar leidtun, aber ja. Wenn du es immer noch tun würdest, nachdem ich dich gewarnt habe, bliebe mir keine andere Wahl. Darum zwing mich nicht dazu, denn ich will dich ganz bestimmt nicht entlassen. Du bist mein bester Fahrer.« Ich blickte mich um und flüsterte: »Sag Hayden nicht, dass ich das gesagt habe.«

Myles grinste, dann nahm er einen Schluck von seinem Drink. »Ich ärgere ihn nicht mehr. Versprochen.« Sein Blick ruhte weiterhin auf Nikki und Dex, misstrauisch schüttelte er den Kopf. »Worüber lachen die nur? Die lachen ständig. *Das* solltest du mal unterbinden«, sagte er und sah mich an.

»Sie ist nicht in ihn verliebt, Myles. Wenn du aufgepasst hättest, hättest du gesehen, dass sie dich den ganzen Abend nicht aus den Augen gelassen hat.«

Mit ungläubiger, gequälter Miene drehte er sich zu mir um. »Und was hab ich davon, Kenzie? Sie ... sie verschanzt sich trotzdem hinter einer Schutzmauer.«

Mitfühlend nickte ich. Dann besann ich mich. Sie hatte mir vorhin etwas gezeigt. Einen kleinen Riss. »Vielleicht nicht, Myles. Gib sie nicht auf. Manchmal muss man nur Geduld haben, die Zeit erledigt den Rest.« Unwillkürlich glitt mein Blick zu Hayden. Die Geduld hatte uns zusammengeschweißt. Geduld, Verständnis und eine große Portion Entschlossenheit auf beiden Seiten.

Myles wirkte weniger überzeugt als ich, aber er nickte.

Bald darauf ging er. Nikki schien hin- und hergerissen zu sein, als wollte sie mit ihm reden, aber zugleich auch wieder nicht. Eli, Kevin und Reiher brachen zusammen auf und erzählten etwas von Bar-Hopping. Nikki verabschiedete sich ebenfalls, und ich eilte zu ihr, bevor sie mir entkommen konnte. »Hey, wollen wir jetzt reden?«, fragte ich.

Sie wirkte so verletzlich, dass ich mir sicher war, sie davon überzeugen zu können, Ja zu Myles zu sagen. Doch dann schüttelte sie den Kopf, ihre Miene versteinerte, und sie machte die Schotten wieder dicht. »Mir geht's wirklich gut, Kenzie. Keine Sorge. Alles bestens.« Sie lächelte, doch sie wirkte nicht glücklich. Irgendwie ... leer.

»Komm schon, Nik – wir machen einen Mädelsabend. Nur du und ich.«

Sie schüttelte den Kopf. »Ich bin wirklich müde, ich will nur nach Hause.«

»Filmabend?«, fragte ich, ich wollte noch nicht aufgeben.

Wieder schüttelte sie den Kopf. »Bis Montag, Kenzie.«

Wenn ich ihr meine Gegenwart nicht aufdrängen wollte – woraufhin sie sich nur noch mehr verschließen würde –, konnte ich sie nur gehen lassen. Schweren Herzens kehrte ich an den Tisch zu Hayden und Dex zurück.

Hayden musterte mich skeptisch. »Alles okay bei ihr?«

Ich zuckte die Schultern. »Sie redet mit niemandem, also wer weiß?«

Hayden starrte nachdenklich auf die Tischplatte. »Vielleicht sollte ich heute Abend zu Hause bleiben und ein Auge auf sie haben.«

Das widerstrebte mir zutiefst – ich wollte zu gern mit ihm ins Bett gehen –, doch ich machte mir Sorgen um meine beste Freundin. »Ja, das ist eine gute Idee.«

Er nickte, dann stand er auf. »Aber erst hole ich uns noch was zu trinken.«

Ich ließ ihn den ganzen Weg zur Bar nicht aus den Augen. Dex riss mich aus meinem Bann. »Er wohnt mit einer anderen Frau zusammen?«

Ich lächelte zugleich amüsiert und gereizt. *Warum hängte sich jeder daran auf?* Ich sah ihn an und sagte: »Ja, und das ist gut.«

Dex zuckte verständnislos die Schultern, doch das ging ihn nichts an. Er beobachtete mich mit nachdenklicher

Miene. »Du hast heute Morgen gesagt, dass du geschäftliche Probleme hast.«

Ich zuckte innerlich zusammen und schüttelte den Kopf. »Du musst dir keine Sorgen um deinen Job machen. Dieses Jahr überstehe ich.« Und wenn ich einen Kredit aufnehmen musste, ich würde zumindest eine Saison als Eigentümerin von Cox Racing fahren.

Ein amüsiertes Grinsen erhellte sein Gesicht. »Ich mache mir keine Sorgen um meinen Job. Ich mache mir Sorgen um *dich*.« Ich sah ihn skeptisch an, und er fügte an: »Um Cox Racing. Mir gefällt der Laden. Mir gefällt ... die Atmosphäre. Und ich glaube, dass er echt Potenzial hat. Ich mag es nicht, wenn Dinge mit Potenzial verschwendet werden.«

Ich sah ihn ungläubig an. »Du magst die Atmosphäre? Trotz der ganzen Schikane?«

Er lachte. »Trotz der ganzen Schikane.«

Nachdenklich taxierte ich ihn. Meinte er das wohl ernst, oder war das eine merkwürdige Art zu flirten? »Nichts für ungut, aber was verstehst du vom Geschäft? Woher weißt du, dass Cox Racing Potenzial besitzt?«

Ehe er antwortete, biss er sich auf die Lippe. »Ich kenne das von zu Hause. Ich habe von klein auf mitbekommen und gelernt, wie Firmen funktionieren.«

Ich blinzelte verwirrt. »Von zu Hause? Wieso?«

Dex drehte sein Glas. »Mein Vater leitet eine Firma ... nein, einen Konzern. Einen sehr erfolgreichen Konzern.«

Vor Überraschung machte ich große Augen, und mein Herz raste. War das womöglich die gute Nachricht, auf die ich gewartet hatte? »Was für einen Konzern? Würden die gern ihren Namen auf einem meiner Bikes sehen? Denn wenn du mir sagst, dass dein Dad das Team sponsern würde, würde ich dich küssen.« Als mir klar wurde, was ich da gerade gesagt hatte, fügte ich rasch hinzu: »Im übertragenen Sinn. Ich meinte, ich wäre überaus dankbar und erleichtert, und ... und Gott ... das ist genau, was Cox Racing jetzt braucht.«

Dex verzog bedauernd das Gesicht. »So ein Konzern ist das nicht, Kenzie. Tut mir leid.« Ich hatte das Gefühl, er hätte mir gerade einen Schlag in den Magen versetzt, dann war ich wütend auf mich selbst, weil ich derlei Mutmaßungen überhaupt angestellt hatte. Ich hätte mir keine voreiligen Hoffnungen machen dürfen. Als Dex meinen Gesichtsausdruck sah, streckte er die Hand aus und berührte meine Finger. »Lass dich nicht entmutigen. Vielleicht ist mein Vater nicht der passende Sponsor, aber die Firmen, für die er arbeitet, sind es.«

Wieder stieg Hoffnung in mir auf. Unauffällig entzog ich ihm meine Hand. Ich wollte ihn nicht vor den Kopf stoßen, ihn aber auch nicht ermutigen. »Ich höre ...«, sagte ich.

Als Dex die Situation zu erklären begann, kehrte Hayden an den Tisch zurück. Fasziniert, neugierig und ein wenig verwirrt lauschten wir seinen Ausführungen. Als Dex fertig war, schwirrte mir der Kopf vor lauter Informationen. Dex' Familie besaß Geld – sehr viel Geld. Sein Vater war eine große Nummer in der Geschäftswelt und verfügte über zahlreiche Verbindungen. Dex musste noch nicht einmal für

Cox Racing arbeiten. Er könnte den ganzen Tag irgendwo am Strand liegen, überteuerte Cocktails schlürfen und sich massieren lassen. Diese Art sorgloser Freiheit schien mir absurd. Warum verbrachte er dann so viel Zeit damit, für mich zu arbeiten, wo er so gut wie nichts verdiente?

Als er unsere Sprachlosigkeit bemerkte, lächelte Dex. »Offensichtlich müsst ihr das alles erst einmal verdauen. Ich mache mich auf den Weg und lasse euch … Zeit zum Nachdenken.« Wir nickten, und er stand auf. »Wenn ich ein Treffen mit meinem Vater organisieren soll, sag mir einfach Bescheid, Kenzie.«

»Danke, Dex«, antwortete ich leise.

Dex nickte, dann beugte er sich mit ernstem Gesicht vor. »Also – ich wäre euch dankbar, wenn ihr dem Rest des Teams nicht erzählt, dass ich aus einer reichen Familie stamme und ein Typ mit Treuhandfonds bin. Ich mache den Job, weil ich ihn gern mache. Ich will nicht, dass sie mich anders behandeln, weil ich nicht auf das Geld angewiesen bin.«

Ich nickte, noch immer baff von allem, was er mir gerade erzählt hatte. »Ja … nein, das verstehe ich. Wir behalten das für uns. Versprochen.«

Er lächelte mich eine Spur zu liebevoll an. »Gute Nacht.« Als wäre ihm plötzlich wieder eingefallen, dass er nicht allein war, fügte er hinzu. »Euch beiden.«

Hayden schwieg, bis Dex die Bar verlassen hatte. Dann wandte er sich zu mir um. Ich dachte, er würde eine Bemerkung zu dem Lächeln fallen lassen, doch er sagte: »Dir ist schon klar, was sein Vater macht, oder?«

Ich biss mir auf die Lippe und nickte. »Er sucht marode Unternehmen und baut sie wieder auf.«

Seufzend legte Hayden eine Hand auf meine. »Nein, Kenzie. Er sucht marode Unternehmen und *kauft* sie auf.«

Kopfschüttelnd sagte ich: »Das hat mir Dex aber nicht angeboten. Sein Vater sitzt im Vorstand aller Unternehmen, die er aufgekauft hat. Er könnte jedes einzelne Unternehmen autorisieren, uns zu sponsern. Jedes.«

Hayden nickte und strich mir über die Hand. »Das könnte er. Und dann wäre Cox Racing in Sicherheit und hätte keine Sorgen mehr. Oder ... er könnte beschließen, Cox Racing zu einer seiner Übernahmen zu machen. Zu einer weiteren Eroberung auf seiner Liste. Und du, dein Team, ich – unser Schicksal läge ganz und gar in *seinen* Händen.« Er lächelte traurig. »Und ich für meinen Teil wüsste mein Leben lieber in deinen Händen als in denen von irgendeinem Wirtschaftsboss.«

Ich atmete tief ein und sah ihn schweigend an. Alles, was er gerade gesagt hatte, stimmte, doch ich konnte nur daran denken, wie anstrengend es war, den Betrieb am Laufen zu halten. Dafür zu sorgen, dass alles glattlief, oder überhaupt lief. Meine Kraft schien irgendwie nicht zu reichen, und ich war von Zweifel und Angst erfüllt. *Wenn ich das nicht schaffe ... ist deine Karriere zu Ende.* Wenn es tatsächlich dazu käme und ich an Dex' Vater verkaufte, hätte Hayden immerhin noch einen Job. *Hoffentlich.*

Kapitel 11

Einige Wochen später saß das gesamte Cox-Racing-Team im Flugzeug auf dem Weg zum ersten Rennen der Saison: nach Daytona. Alle, bis auf Nikki. Sie hatte im letzten Moment entschieden, dass sie zu schwanger zum Fliegen war. Es hatte mich ehrlich überrascht, dass sie ganz allein zu diesem Entschluss gekommen war, ohne dass sich irgendjemand eingemischt hatte. Und ich fürchtete, dass sie es nur getan hatte, um etwas Ruhe vor Myles zu haben. Gott, hoffentlich war das nicht der Grund!

Myles saß auf der gegenüberliegenden Seite des Flugzeugs, einige Reihen hinter mir. Er wirkte bedrückt, niedergeschlagen.

Es war merkwürdig, ihn so zu sehen. So deprimiert war er nicht gewesen, seit er sich das Schlüsselbein gebrochen hatte und eine Saison hatte aussetzen müssen. Und wie damals hatte ich keine Ahnung, wie ich ihm helfen konnte.

Dex saß direkt auf der anderen Gangseite. Er kaute nervös an den Nägeln, und ich musste lächeln. »Fliegst du nicht gern?«, fragte ich.

Sofort nahm er die Finger aus dem Mund. »Schlechte

Angewohnheit. Sorry.« Kopfschüttelnd sah er sich im Flugzeug um. »Fliegen macht mir nichts aus, ich bin nur ... schrecklich nervös wegen des Rennens. Ich wünschte, Nikki wäre mitgekommen. Aber schon klar. Dass sie nicht da ist, ist ja der Grund, warum ich diesen Job überhaupt habe.«

Ich lächelte ihm beruhigend zu. »Das wird schon. Stress dich nicht.«

Er sah mich neugierig an. »Und du? Wie steht es um dein Stresslevel?«

Ich wusste genau, was er eigentlich wissen wollte. Wurde mir das Geschäftliche zu viel? Sollte er seinen Vater fragen? Ich wusste noch nicht, ob ich diese Form der Unterstützung haben wollte. Aber ein Treffen konnte ja schließlich nicht schaden, oder? »Ich habe überlegt, dass ich vielleicht mit deinem Vater sprechen sollte.«

Dex lächelte. »Na, dann passt es ja, dass er nach Daytona kommt.«

Als ich das hörte, bekam ich große Augen. »Hast du ihn eingeladen, weil du wusstest, ich würde Ja sagen?«

Jetzt wirkte er amüsiert. »Es schmeichelt mir zwar, dass du glaubst, ich würde dich schon so gut kennen ... Aber nein, ich habe ihn meinetwegen eingeladen. Damit er sieht, was ich mache, und vielleicht versteht, was mir daran so gut gefällt.«

Dex runzelte die Stirn, und ich sah ihn forschend an. »Akzeptiert er nicht, womit du dein Geld verdienst?«

Dex zupfte an einer Serviette auf seinem Tablett. »Das nicht, aber er will einfach, dass ich dasselbe mache wie er.

Dass ich *ihm* helfe, anstatt mir selbst. Aber dieses Businessleben im Anzug ist nichts für mich. War es noch nie.«

Er lächelte mich charmant an, und ich lächelte zurück. Dann spürte ich, wie mir jemand in die Rippen stieß. Ich drehte mich um. Hayden hatte die Kopfhörer abgenommen und starrte mich an. »Alles in Ordnung?«, fragte er und zeigte auf Dex.

Ich nickte und sagte: »Dex' Vater kommt nach Daytona. Wir treffen ihn dort.«

Hayden sah Dex misstrauisch an, dann lehnte er sich zu mir herüber. »Bist du dir sicher, Kenzie? Wenn wir in Daytona gut fahren, kommt bestimmt jemand auf uns zu und will uns sponsern. Geld ist stärker als Politik.«

Das hatte ich auch schon überlegt, aber was, wenn das nicht passierte? Wie lange konnten wir ohne einen großen Player im Rücken überleben? »Es ist nur ein Treffen«, erwiderte ich. »Damit stimme ich noch keiner Vereinbarung zu.«

Seufzend nickte er. »Ich kann nicht glauben, dass ich das sage, aber vielleicht sollten wir mit Jordan reden? Ihn fragen, was er von der Idee hält?«

Nachdenklich nagte ich an meiner Lippe. Doch auch wenn ich ab und an mit Fragen oder Sorgen zu meinem Dad ging, im Allgemeinen mied ich es. Ich wollte es allein schaffen, allein *Erfolg* haben, ohne dass Jordan Cox etwas von diesem Erfolg für sich beanspruchen konnte. Vielleicht hatte ich einen Komplex wegen meines Vaters. Er hatte mich derart verletzt, dass die Wunde nur äußerst langsam heilte. Und außerdem meinte ich ziemlich sicher zu wissen, was er sagen würde – lass es. Bei Sponsoren war Dad ein bisschen altmodisch.

Da ich nicht wusste, wie ich das alles Hayden vermitteln sollte, ohne albern zu klingen, sagte ich nur: »Vielleicht.«

Als ich am Samstagmorgen aufwachte, fühlte ich mich so lebendig wie lange nicht mehr. Es war Renntag! Gott, wie ich Daytona liebte. Unfassbar, dass ich hier war. Es fühlte sich so ähnlich an, als würde ich wieder mein erstes Rennen fahren, als wäre ich irgendwie wieder zum Rookie geworden – zur Anfängerin, zur Jungfrau. In jedem Atemzug schwang aufgeregte Vorfreude mit. Mein gesamter Körper vibrierte vor Energie, und plötzlich schien es der Stress mit dem geschäftlichen Teil ganz und gar wert zu sein. Heute würde ein großartiger Tag werden.

Hayden und ich fuhren früh zur Garage, weil ich noch niemals zuvor bei einem Rennen so viel zu tun gehabt hatte. Doch ich war bereit. Wie üblich war mein Vater vor mir da und begrüßte mich mit den Worten: »Du warst ja wohl hoffentlich gestern Abend nicht aus. Ich habe deine Zeiten gesehen – wenn du es überhaupt mal auf die Trainingsstrecke geschafft hast. Bevor du das Geschäft übernommen hast, bist du deutlich besser gefahren. Du musst so ausgeruht wie möglich sein. Hoffentlich genügt das, um den Leistungsabfall auszugleichen.«

Ich lächelte ihn angespannt an. Nein. Ich würde ihn ganz bestimmt nicht fragen, was er davon hielt, mit Dex' Vater Geschäfte zu machen. »Es wird dich freuen zu hören, dass Hayden und ich um neun Uhr im Bett waren.« Es gefiel Dad mit Sicherheit nicht, dass Hayden und ich in einem Bett schliefen – und genau deshalb hatte ich es gesagt.

Kurz lächelte er verlegen, dann entschuldigte er sich, weil er mit John sprechen musste. Hayden sah mich mit hochgezogener Augenbraue an, und ich lachte. Ich fand allmählich Gefallen daran, meinen Dad in Verlegenheit zu bringen.

Der Rest der Jungs trudelte deutlich früher ein als üblich. An diesem Tag waren alle aufgeregt. Sogar Myles lächelte ein bisschen. Ich hätte ihn gern gefragt, wie es ihm ging, aber wenn er ein bisschen Frieden gefunden hatte, wollte ich das vor dem Rennen nicht kaputtmachen. Ich konnte anschließend mit ihm reden.

Dex traf als Letzter ein. Er war ziemlich grün im Gesicht, als müsste er sich übergeben – oder als hätte er es schon getan. »Wie geht's?«, fragte ich und strich ihm über den Arm.

Als er meine Hand betrachtete, schien etwas Farbe in sein Gesicht zurückzukehren. Sofort nahm ich sie fort. Er nickte. »Gut. Mir geht's gut. Alles in Ordnung.«

Ich musste unwillkürlich grinsen. »Wenn jemand so oft sagt, dass es ihm gut geht, geht es ihm normalerweise alles andere als gut.«

»Erwischt.« Er atmete tief ein. »Ich habe Angst.«

Schulterzuckend erwiderte ich. »Wenn du es heute versaust, heißt das nur, dass wir dich nicht gut genug vorbereitet haben. Was immer heute geschieht, ist ein Spiegel für uns, nicht für dich.«

Daraufhin entspannte sich seine ganze Haltung. »Danke. Es geht mir gleich viel besser.«

»Gern geschehen. Also ... wann kommt dein Dad vorbei?«

»Jeden Moment. Er sagte, er wolle mir Glück wünschen.« Er lachte, nachdem er das gesagt hatte, und musterte mich voller Bewunderung.

Es war mir unangenehm, und ich wich einen Schritt zurück. »Also, sag mir Bescheid, wenn er da ist, okay?«

Dex nickte, und als ich ging, spürte ich unentwegt seinen Blick auf mir.

Als ich wieder zu Hayden kam, grinste er von einem Ohr zum anderen. »Gleich geht's los«, sagte er. Seine Freude war ansteckend, und ich fühlte mich allein dadurch unbeschwerter, dass ich in seiner Nähe war. Gerade hatte die Qualifizierungsrunde begonnen. Sobald jeder, der die Anforderungen erfüllte, seine Startposition kannte, würde das Rennen beginnen. Ich konnte es nicht erwarten.

Kurz darauf ließ John mich wissen, dass ich meine Qualifizierungsrunde fahren musste. Da alles von diesen ersten Runden abhing, kribbelte mein Magen vor Aufregung. *Ein- und ausatmen.* Ja, ich musste auf diesen Runden gut fahren, damit ich im Rennen vorn dabei war. Dort draußen würde jedoch niemand außer mir sein – keine Hindernisse. Nur die Straße und ich. Ich hatte es schon früher gemacht, und ich konnte es auch wieder tun.

Nachdem ich Helm und Handschuh genommen hatte, ging ich zu Dex, um meine Ducati zu holen. »Ist sie fertig?«, fragte ich.

Dex wirkte unsicher. »Ja, ich glaube schon …« Er holte tief Luft und entspannte seine Gesichtszüge. »Ja, sie ist fertig.«

Ich nahm ihm die Maschine ab und sah sie kurz durch. Mir schien sie auch fertig zu sein. »Bis gleich«, sagte ich. Er hob den Daumen und lächelte mir geradezu liebevoll zu. Vielleicht hätte ich ihn nicht ganz so stark aufmuntern sollen.

Als ich mit dem Bike zum Start ging, wanderten meine Gedanken von Dex zu Nikki. Es war so seltsam, dass sie nicht hier war. Nicht ihre Zuversicht zu sehen. Sie war ganz und gar von ihren Fähigkeiten überzeugt, ebenso wie von meinen. Nikki dachte jedes Mal, ich würde als Erste durchs Ziel fahren – und erst jetzt, als sie nicht da war, merkte ich, wie wichtig ihre unerschütterliche Zuversicht für mich war. Zu wissen, dass sie jetzt litt und uns und diese Welt hier vermisste, warf einen Schatten auf meine Freude. *Ich hoffe, es geht dir gut, Nik. Du fehlst mir.*

Doch hier zu sein und meinen Traum zu leben ließ das Gefühl rasch in den Hintergrund treten. Draußen auf der Rennstrecke zu sein erfüllte mich mit einer so überragenden Energie, dass ich mir sicher war, die Luft um mich herum müsse leuchten. Und einen Augenblick, während ich die Ampel beobachtete, vergaß ich alles, was mir heute Sorgen bereitete – den Stress und die Anstrengung, die es bedeutete, zugleich ein Team zu leiten und für es zu fahren. Keith Bennetis unübersehbaren Hohn, wann immer er einen meiner Fahrer sah. Und die Tatsache, dass dieses Rennen das erste sein würde, in dem Felicia und ich gegeneinander antraten. All das vergaß ich, und als die Ampel auf Grün umsprang, spürte ich nur noch die Freude am Fahren. Dieses Gefühl, dass es ums Ganze ging, ohne das ich nicht leben konnte, wog alles andere auf.

Ich startete nicht zu schnell und nicht zu langsam. Meine Haltung war makellos, ich senkte und richtete mich genau im richtigen Moment ab und wieder auf. Alles auf dem Asphalt lief, wie ich es wollte, und am Ende der letzten Runde grinste ich über das ganze Gesicht.

Sobald es ging, blickte ich zur Anzeigetafel, die die Platzierung anzeigte. Mit unbeschreiblicher Freude stellte ich fest, dass mein Name über Felicias' stand. *So hätte es letztes Jahr sein sollen.* Aber es war müßig, noch über dieses Unglück zu grübeln, denn meine Zukunft war strahlend. Leuchtend, glänzend. Ich brauchte eine Sonnenbrille, so hell leuchtete sie. Vorausgesetzt, es gelang mir, Cox Racing zu unterhalten, versteht sich.

Ich schob diesen unliebsamen Gedanken beiseite und suchte auf der Tafel Haydens Namen. Auch er hatte sehr gut abgeschnitten – als Dritter, wenn er den Platz halten konnte. Eli und Reiher waren ebenfalls gut gefahren, beide waren bislang im Rennen. Myles hatte sich an die Spitze gesetzt. Gut. Das hatte er auch verdient.

Dex strahlte, als ich mit der Maschine zur Cox-Racing-Garage zurückkehrte. »Das war großartig!«, rief er. Er stand neben einem älteren Mann mit glatt zurückgekämmtem schwarzem Haar und grauem Anzug, der hier vollkommen fehl am Platz wirkte. Seinem Vater.

Ich ignorierte das nervöse Magenflattern, das mich

plötzlich befiel, und erklärte Dex: »Danke. Es lief fantastisch.«

Dex grinste, dann zeigte er auf seinen Vater. »Dad, das ist meine Chefin, Mackenzie Cox. Kenzie, das ist mein Vater, Richard Covington.«

Ich zog den Handschuh aus und streckte ihm die Hand hin. »Freut mich sehr, Sie kennenzulernen, Richard. Ihr Sohn ist überaus begabt.«

Nun strahlte Dex mich an, und mir war klar, dass ich das wahrscheinlich nicht vor ihm hätte sagen dürfen. Er schien Lob als Aufmunterung zu verstehen. Richard schüttelte mir gerade die Hand, als Hayden zu uns stieß. »Freut mich, Sie kennenzulernen, Mackenzie. Dex hat mir nur Gutes über Sie erzählt.«

Haydens Kiefermuskeln traten für einen Moment hervor, entspannten sich jedoch sogleich wieder. Ich stellte ihn Richard vor. »Mein Freund und Fahrerkollege bei Cox, Hayden Hayes.«

Die zwei Männer tauschten Höflichkeiten aus und schüttelten sich die Hand, dann wandte sich Richard an mich. »Zugegeben, ich verstehe nicht viel vom Rennsport. Das Interesse meines Sohnes war mir immer ein Rätsel. Aber ich freue mich, mehr über Ihr ... Geschäft zu erfahren.«

Ein merkwürdiges Schaudern überlief meinen Rücken, aber ich schüttelte es mit einem unauffälligen Schulterrollen ab. »Nun ja, wenn Sie Fragen haben, sagen Sie Bescheid.«

Er hob eine dunkle Braue. Seine Augen hatten dasselbe eindrucksvolle Blau wie Dex'. »Mein Sohn erwähnte, dass Sie Investoren suchen?«

»Wir nennen sie Sponsoren, aber … ja. Wir sind sehr an Partnerschaften interessiert, von denen beide Seiten profitieren.« Ich konnte mich gerade noch beherrschen, die Daumen zu drücken.

Richards Lächeln wirkte berechnend und charmant zugleich. »Das merke ich mir. Viel Glück da draußen, Miss Cox.«

»Danke«, erwiderte ich und spürte eine Mischung aus Zuversicht und Unsicherheit in meinem Bauch. War das ein gutes Treffen gewesen, das zu etwas Großartigem führte – oder genau das Gegenteil? Die Zeit würde es zeigen.

Das Warten auf den Beginn des Rennens war eine Geduldsprobe. Nachdem ich nun hier war, nachdem ich in der Qualifizierungsrunde einen Vorgeschmack auf das Rennen bekommen hatte, wollte ich nur noch fahren. Darauf fußte *alles*, was ich in meinem Leben tat – das war der Gipfel. Als es an der Zeit war, schafften wir das wichtigste Equipment in die Box. John und mein Vater sorgten dafür, dass alles an den richtigen Platz kam und jeder wusste, was er zu tun hatte. Dex hüpfte auf und ab, als hätte er Sprungfedern in den Schuhsohlen. Sein blau-weißer Cox-Racing-Overall war ölverschmiert, genau wie es bei Nikki stets der Fall war. »Das ist verrückt«, sagte er. »So aufregend – ein Traum. Ein wunderbarer Traum.«

Ich lachte über seinen Eifer und riet ihm: »Hör auf John und meinen Vater. Die wissen, wo du gebraucht wirst, und sorgen dafür, dass du das Richtige tust.« Er nickte und klatschte in die Hände.

Die Fahrer wurden gebeten, ihre Startpositionen einzunehmen. Hayden schnappte sich seine Maschine und grinste mir zu, als wollte er sagen: *Na, dann los.* Ich grinste ebenso fröhlich zurück und nahm mir mein Bike – *Endlich ist es so weit.*

Es war ein wunderschöner Tag – sonnig und klar –, ein perfekter Renntag. Als ich mich auf den mir zugewiesenen Platz begab – auf die unglaubliche Fünf –, blickte ich mich nach meinen Mitstreitern um. Hayden war vor mir auf der Drei, Eli und Reiher weiter hinten, Myles ganz vorne. Sein gesamter Körper stand unter Spannung und war auf das Ziel vor ihm gerichtet. Zwei Plätze hinter mir, auf der Sieben, saß Felicia vornübergebeugt auf ihrem Bike, das Visier nach unten geklappt. Als ich zu ihr hinübersah, schaute sie ebenfalls zu mir herüber. Obwohl ich ihre Augen nicht sehen konnte, war ich mir sicher, dass sich unsere Blicke trafen.

Nachdem ich Felicia in der letzten Saison als meine Feindin betrachtet hatte, sah ich sie dieses Jahr nur als würdige Konkurrentin, gegen die ich gern antrat.

Ich nickte ihr zu, und sie erwiderte meine Geste. Dann drehte sie sich um und blickte hinter sich. Zu Rodney. Felicia stützte sich auf ihrem Bike hoch und schlug sich auf den Hintern. Daraufhin zeigte ihr Rodney den Mittelfinger, und ich musste lachen – sie erinnerten mich so sehr an Hayden und mich in unseren Anfängen. Als ich mich wieder nach vorn wandte, sah ich, dass Hayden in meine Richtung schaute. Sein Visier war hochgeklappt, und ich las Aufregung und Liebe in seinen Augen –

diesen Augen, die nur mir gehörten. Er war ebenfalls bereit.

Als spürte er, dass es gleich losging, klappte Hayden das Visier herunter und blickte nach vorn. Kurz darauf sprang die Ampel auf Grün um, und es ging los. Adrenalin strömte durch meinen Körper, kaum dass mein Motorrad losschoss. Ich beschleunigte schnell. Die Euphorie des Fahrens vertrieb sofort all den Stress, alle meine Sorgen. Die Geschwindigkeit bedeutete Freiheit für mich, und in der Gefahr fand ich Ruhe. Gott, wie ich das liebte.

Ich hielt den Blick auf Hayden gerichtet. Wie zuvor konzentrierte ich mich ganz auf ihn, auch jetzt, nachdem wir für dasselbe Team fuhren. Lächelnd jagte ich ihm hinterher, ich empfand eine kindliche Freude, überholte andere Fahrer und rückte immer weiter zu ihm auf. Die Welt um uns herum wich zurück, und es gab nur noch uns zwei. Bis ich merkte, dass jemand neben mich zog.

Als ich einen Blick nach links warf, sah ich, dass Felicia versuchte, an mir vorbeizukommen. Sofort sprang meine Aufmerksamkeit von Hayden zu ihr, und ein neues Gefühl von Entschlossenheit ergriff mich. *Oh, nein, du schlägst mich nicht.* Nicht heute.

Ich beschleunigte noch mehr und trieb mein Bike an seine Grenzen. *Komm schon, zeig mir, was Dex aus dir rausgeholt hat, Baby.* In jeder Kurve blieb ich vor Felicia, hielt sie in Schach und behauptete meine Position. Baute meinen Vorsprung sogar ein wenig aus. Es kam mir vor, als wären nur Sekunden vergangen, doch ehe ich michs versah, wurde die weiße Fahne geschwungen – nur noch eine Runde.

Felicia war immer noch hinter mir. Mein Herz hämmerte. Das war es. Ich musste nur die Spur halten und genau so weitermachen, dann konnte ich sie schlagen. Und obwohl das hier erst das erste Rennen war, wäre es für mich der Höhepunkt der Saison. Ein Zeichen für alle noch kommenden Rennen. Und ich war so nah dran.

Kontrolle behalten, konzentrieren. Entspannen, atmen. Ich kramte jeden Ratschlag aus meinem Gedächtnis hervor, jede Trainingssekunde, und formte sie zu einer Rüstung. Zu meinem Sieg. Und irgendwie schaffte ich es, das Bike noch stärker zu beschleunigen.

Ich zog davon, als würde sie stillstehen, und fuhr Sekunden vor ihr über die Ziellinie. Oh, Gott – ich hatte es geschafft. Ich hatte sie besiegt. Vielmehr ... *alle*. Ich suchte die Strecke vor mir nach einem anderen Fahrer ab, aber da war niemand. Als ich mich umdrehte, sah ich Hayden, der die Faust in die Luft stieß, einen Finger hob – und auf mich zeigte. Nummer eins ... ich war die Nummer eins, heilige Scheiße.

Da ich ganz auf Felicia konzentriert gewesen war, hatte ich überhaupt nicht bemerkt, wie ich die letzten Fahrer, einschließlich Hayden und Myles, überholt hatte. Oh, mein Gott ... oh, mein Gott! Ich hatte es geschafft! Ich war fassungslos, überwältigt und vollkommen aufgewühlt. Tränen liefen mir über die Wangen, und ein Schluchzen erschütterte meinen Körper. Ich hatte es geschafft – ohne jede Hilfe, ohne dass irgendein Dritter mir den Weg geebnet hätte. Ich hatte es mit Geschick und Training, mit meinem Bike und meinem Team geschafft. *Wir* hatten es geschafft.

Die Fahrer drosselten das Tempo, dann wurden die ersten drei an die Seite gedrängt, um Interviews zu geben und sich in ihrem Erfolg zu sonnen. Sobald wir von den Maschinen gestiegen waren und die Helme abgesetzt hatten, fasste Hayden meine Hand. »Genieß diesen Moment, Kenzie. Du hast es dir verdient.«

Seine grünen Augen strahlten Stolz und Glück aus, und ich holte tief Luft und kostete jede Sekunde aus. Felicia ging ein kleines Stück hinter uns und lächelte vor sich hin. Sie war als Dritte ins Ziel gekommen, direkt hinter Hayden. Ich blieb stehen und wartete auf sie. Um uns herum hielten Fotografen und Kameras alles fest, und irgendwie fühlte sich das richtig an.

Felicia trat neben mich und sah mich unsicher an. Freundinnen waren wir nun einmal nicht. Ich schenkte ihr ein Lächeln. Dann reichte ich ihr kameradschaftlich die Hand, um den Triumph mit ihr zu teilen. »Super gefahren, Felicia.«

Ihr Lächeln gewann an Sicherheit, und sie ergriff meine Hand. »Du auch, Kenzie.« Sie blickte nicht ein einziges Mal zu Hayden, nicht weil sie ihn absichtlich ignorierte, sondern weil ihm einfach nicht mehr ihre ganze Aufmerksamkeit galt.

Zwei Fahrerinnen auf den ersten drei Plätzen, das versetzte die Medien in Ekstase. Die Journalisten stürzten sich auf uns, bevor wir überhaupt die Chance hatten, in den ausgewiesenen Bereich zu gelangen. Der arme Hayden ging in dem Rummel vollkommen unter, alle wollten nur mit Felicia und mir sprechen. »Kenzie! Felicia! Wie fühlt es sich an, den ersten und den dritten Platz zu belegen?«

In dem Blitzlichtgewitter konnte ich kaum etwas erkennen, und bei den ganzen Menschen, die sich um mich scharten, fühlte ich mich etwas beengt. Ich hob eine Hand und zog alle Aufmerksamkeit auf mich. »Ich glaube, da kann ich für uns beide sprechen – es fühlt sich verdammt großartig an!« Die Reporter lachten, und Felicia nickte und strahlte.

Einer der Journalisten wandte sich an mich und hielt mir ein Mikrofon vor die Nase. »Kenzie Cox, Sie wirkten da draußen konzentrierter als je zuvor. Was ging Ihnen durch den Kopf?«

Trotz allem, was mir heute durch den Kopf gegangen war, hatte ich, als ich über die Ziellinie gefahren war, nur an eines gedacht. Und ich wusste, die Reporter würden es lieben. Darum antwortete ich lachend: »Felicia zu schlagen. Das war eigentlich alles.«

Wieder lachten alle, einschließlich Felicia. »Nun, herzlichen Glückwunsch zum ersten Platz, ein Rekord hier in Daytona. Den Sie Felicia mit ihrem vierten Platz im letzten Jahr streitig gemacht haben«, fügte der Reporter hinzu und zwinkerte Felicia zu. »Sie müssen sehr stolz auf Ihre Leistung sein, Kenzie.«

Ja, ja, ich war stolz. Stolz auf mich, auf mich als Frau und auf den Sport. Und ich empfand frische Zuversicht, dass mein Team Erfolg haben würde. Wir schafften das. Wir alle. Egal wie.

Sobald Hayden und ich aus dem Siegerkreis entlassen waren, liefen wir zurück zur Cox-Racing-Garage. Als wir dort eintrafen, flippten alle aus. Ausgelassener Jubel, Fußgetrampel und das Knallen von Champagnerkorken drang an mein Ohr. Das Erstaunlichste war jedoch, meinen Vater lächeln zu sehen. Ein echtes strahlendes Lächeln. Ein so breites Grinsen kannte ich von ihm überhaupt nicht.

Dex war fassungslos. »Ich habe es geschafft«, murmelte er. Dann schüttelte er den Kopf. »Ich meine, du hast es geschafft. Ihr beide.« Doch er strahlte von einem Ohr zum anderen, und aus seinem Gesicht sprach Stolz auf seine Leistung.

»Siehst du«, sagte ich. »Ich hab dir doch gesagt, das wird schon.«

Er lachte, dann nahm er mich in die Arme und hob mich hoch. Sofort schritt Hayden ein und zog mich von ihm fort. Mit steifem Lächeln sagte er: »Das eine Mal lasse ich durchgehen, denn du hast einen großartigen Job gemacht, aber in Zukunft gilt: Hände weg!«

Ich warf Hayden einen amüsierten Blick zu, und Dex zog sich kleinlaut zurück. Dann sah ich mich suchend nach Myles um. Das Rennen hatte so gut für ihn begonnen, doch am Ende war er nur auf dem sechsten Platz gelandet. Kein schlechtes Ergebnis, aber ehrlich gesagt hatte ich mit seinem Sieg gerechnet. Etwas – oder jemand – hatte ihn abgelenkt. Gott, hoffentlich würde er die Sache mit Nikki bald regeln können, damit seine Karriere nicht darunter litt.

Ich konnte Myles nirgends finden, stattdessen entdeckte ich jemanden, mit dem ich nicht gerechnet hatte – Dex' Vater. Mit strahlendem Lächeln und ausgebreiteten Armen kam Richard auf mich zu. »Herzlichen Glückwunsch, Mackenzie. Ich muss sagen, das war eine ziemlich spektakuläre Demonstration von Geschick und Durchhaltevermögen. Sie – und Ihr Team – sind äußerst bemerkenswert.« Seine Stimme triefte vor Charme.

»Danke«, antwortete ich, ich konnte es noch immer nicht fassen.

Richard presste die Lippen zusammen, dann nickte er. »Sie hören bald von mir, Mackenzie Cox. Sehr bald.«

Dann schenkte er mir ein Lächeln, das mich irgendwie an die Grinsekatze aus *Alice im Wunderland* erinnerte. Doch es spielte keine Rolle, ob ich mich ein bisschen vor ihm gruselte, oder ob mein Bauch mir sagte, dass ich ihm nicht vertrauen sollte. Richard Covington konnte die Rettung für Cox Racing bedeuten. Und ich würde mir nicht die Chance entgehen lassen, meine Firma zu retten. Hayden zu retten.

Kapitel 12

Der Sieg von Daytona veränderte mich. Mit jedem Tag wuchs meine Sehnsucht nach der Trainingsstrecke. Ich wollte fahren, trainieren, so gut wie möglich in Form bleiben und nicht den ganzen Tag im Büro hocken. Aber ich hatte ein Geschäft zu führen, das allmählich ernsthaft ins Schlingern geriet, und wenn nicht schnell etwas passierte, würde ich gar keine Rennen mehr fahren. Jedenfalls nicht für Cox Racing. Meine ganze Hoffnung ruhte auf Dex' Vater, aber ich hatte noch nichts von ihm gehört.

Ich war mit meinen Nerven am Ende und wartete darauf, dass er mich anrief. Und als aus Tagen Wochen wurden, war ich überzeugt, dass er seine Meinung geändert hatte und mein Geschäft nicht unterstützen wollte. Vielleicht hatte er das ohnehin gar nicht gemeint. Vielleicht hatte er nur sagen wollen, dass er sich darauf freute, ein weiteres Rennen anzuschauen und »Sie hören bald von mir« bezog sich nicht auf das Sponsoring. Vielleicht hatte ich mir völlig grundlos Hoffnungen gemacht. Ich betete, dass das nicht der Fall war, denn nachdem wir in Daytona einen Großteil unserer Ressourcen verbraucht hatten, war Cox Racing am Limit.

»Kenzie, wahrscheinlich steht es mir nicht zu, das zu sagen, aber ... wir haben fast kein Material mehr. Bestellst du bald nach?«

Ich sah von meinem Schreibtisch auf, dankbar, dass ich eine Entschuldigung hatte, nicht länger auf die Mahnungen vor mir starren zu müssen. »Ja«, antwortete ich Dex. »Ich arbeite daran. Versprochen.«

Besorgt kam Dex um den Schreibtisch herum und setzte sich dicht vor mich auf die Kante. »Ist alles in Ordnung?«

Sein Blick glitt zu den Rechnungen in meiner Hand, und ich drehte sie diskret um. »Ja, alles in Ordnung. Ich hänge nur mit einigen Sachen hinterher. Aber das habe ich bald aufgeholt. Keine Sorge.«

Dex ließ nicht nach. »Du bist knapp bei Kasse, stimmt's?« Knapp war gar kein Ausdruck. Das konnte ich ihm allerdings nicht sagen, darum lächelte ich bloß angespannt. Er nickte verständnisvoll. »Vielleicht kann ich dir helfen. Auf meinem Bankkonto liegt ein Haufen Geld sinnlos herum.«

Sofort schüttelte ich den Kopf. »Nein, das kann ich nicht annehmen. Und außerdem ist es nur vorübergehend. Cox Racing hatte in Daytona drei Fahrer unter den ersten zehn. Ganz bestimmt bekommen wir bald eine Anfrage von einem möglichen Partner.« Bislang hatte sich zwar noch niemand gemeldet, aber das würde sich sicher bald ändern.

Dex wirkte nicht überzeugt. Um weitere Versuche, mir Geld anzubieten, zu unterbinden, stand ich auf und sortierte hastig einige der willkürlich zusammengeschobenen Haufen auf meinem Schreibtisch. »Ich bemühe mich, Nachschub zu besorgen, aber nicht jetzt. Jetzt muss ich zu Nikkis Babyparty.«

Dex nickte und erhob sich von meinem Schreibtisch. »Okay, Kenzie«, sagte er sanft. Dann fasste er meine Hand. Ich war so überrascht, dass ich sie nicht fortzog, und er drückte sie fest. »Du kannst immer zu mir kommen, wenn du etwas brauchst. Sei es Geld oder einen Rat … Auch wenn ich mich entschieden habe, nicht in die Fußstapfen meines Vaters zu treten, kenne ich mich mit diesem Kram ziemlich gut aus.« Er deutete mit dem Kopf auf den Schreibtisch.

Ich versuchte, ihm meine Hand zu entziehen, doch er hielt sie fest. »Das ist nett und vielleicht komme ich darauf zurück. Um ehrlich zu sein, wäre ich viel lieber auf der Trainingsstrecke als hier oben. Aber …«, ich hob unsere Hände hoch, »… das muss aufhören. Ich bin mit Hayden zusammen. Das hier geht gar nicht.«

Sofort ließ er meine Hand los, seine hellen Augen weiteten sich. »Sorry, mir war gar nicht bewusst, dass ich …« Er verstummte und schüttelte den Kopf. »Ich … ich mag dich, Kenzie. Du bist klug, begabt, schön, willensstark …« Ich öffnete den Mund, um zu widersprechen, doch er hob eine Hand, um mich davon abzuhalten. »Und vergeben und mein Boss. Das verstehe ich. Ich will nur, dass du weißt … dass es schwer für mich ist, … mich von dir fernzuhalten.«

Seine Ehrlichkeit war erfrischend. Und problematisch. »Wenn es dir so schwerfällt, ist es vielleicht ... vielleicht keine gute Idee, dass du hier arbeitest.« Bei dem Gedanken, dass er gehen könnte, pochte mein Herz. Den Sieg in Daytona hatte ich zum Teil seinem Geschick zu verdanken. Nikki konnte jeden Tag niederkommen, und die Road America stand kurz bevor. Es wäre unmöglich, rechtzeitig Ersatz für ihn zu finden.

Dex richtete sich auf, und in sein Gesicht trat ein entschlossener Ausdruck. »Nein. Ich weiß, dass du mich brauchst, und ich will hier arbeiten. Ich kann ein hübsches Gesicht auch ignorieren und meinen Job machen. Allerdings kann ich das gelegentliche Flirten nur schwer lassen. Alles andere ist ... okay.«

Wie gern hätte ich das geglaubt, doch sein Blick war ein bisschen zu sanft, zu zärtlich. Daran konnte ich jetzt aber nichts ändern. Ich brauchte ihn. »Tu einfach dein Bestes.«

Auf seinem Gesicht erschien ein warmes Lächeln, und ich seufzte. Er erinnerte mich an ein schwärmerisches junges Mädchen. Und ich hatte das Gefühl, egal wie oft ich ihm erklärte, dass ich nicht interessiert war, es änderte nichts. Wenn ich nicht regelrecht gemein zu ihm wäre, blieb er in mich verknallt. Das konnte ich ihm nicht ausreden.

Ich schenkte ihm ein flüchtiges Lächeln, nahm meine Sachen und ging zur Tür. Er folgte dicht hinter mir. Ich wartete, bis er den Raum verlassen hatte, dann schloss ich ab. Als ich mich zu ihm umdrehte, lächelte Dex noch immer. »Viel Spaß bei Nikki. Bis morgen.«

Ich nickte, dann fragte ich: »Hast du etwas von deinem Dad gehört? Ich dachte irgendwie, er würde mich anrufen.«

Dex runzelte die Stirn, dann schüttelte er den Kopf. »Nein, aber das ist nicht ungewöhnlich. Dad tanzt auf vielen Hochzeiten und ist ziemlich beschäftigt. Ich bin mir aber ganz sicher, dass er dich bald anruft. Ich habe ihm deine Nummer gegeben.«

Ich nickte und dankte ihm, und er lief mit federnden Schritten zurück zur Werkstatt. Ich schüttelte noch den Kopf über ihn, als Hayden kam. »Was ist los?«, fragte er, als er meine Miene sah.

»Nichts. Bist du bereit zum Aufbruch?« Hayden nickte und nahm meine Hand – *seine* Berührung genoss ich.

Eine halbe Stunde später parkten wir vor der Wohnung, die Hayden mit Nikki teilte. Der Gedanke war ein bisschen seltsam, da er meist bei mir übernachtete. Im Grunde war sein Zimmer nur eine Art besserer Kleiderschrank. Nikki nutzte es sogar, um den ganzen Babykram zu lagern, den sie von ihrer großen Familie erhalten hatte, die heute vollständig hier versammelt war.

Hayden und ich kamen kaum noch ins Wohnzimmer, so voll war es mit Mitgliedern der Familie Ramirez – Nikkis Mom, Dad, Grandma, Grandpa, Tanten, Onkels, Cousinen und ihre sechs Brüder samt Frauen und Kindern. Nikki hatte ihnen ein paarmal erklärt, dass sie ihr nicht *alle* beim Geschenkeauspacken zusehen mussten, doch sie bestanden darauf, dabei zu sein. Ein derartiger Zusammenhalt als Familie war mir fremd. Meine Familie gab sich Mühe, aber mit mäßigem Erfolg. Hayden schien ebenfalls fasziniert zu sein, schließlich war seine Familie ... fort. Seine leiblichen Eltern sowieso.

Nikki wirkte nervös und erschöpft, als sie mich umarmte. »Danke, dass du gekommen bist«, sagte sie. »Ich weiß, wie viel du zu tun hast.« Sie wirkte bedrückt. Seit Daytona war sie kaum noch bei der Arbeit gewesen, und das lag nicht nur an dem kurz bevorstehenden Geburtstermin. Weil wir mit Dex so erfolgreich gewesen waren, fühlte sie sich womöglich ausgeschlossen. Doch das Gegenteil war der Fall. Solange Cox Racing existierte, würde Nikki dazugehören.

»Natürlich bin ich gekommen«, sagte ich und drückte sie fest. »Ich will den Moment mit dir feiern. Und es ist einsam an der Strecke ohne dich.«

Wir lösten uns voneinander, und sie lächelte mich traurig an. »Niemand vermisst mich dort, Kenzie. Du brauchst mich auch gar nicht mehr.« Ihre Augen füllten sich mit Tränen, und sofort nahm ich sie wieder in den Arm.

»Natürlich brauchen wir dich. Ohne dich ist Cox Racing nicht dasselbe.« Ich schob sie von mir und sah ihr durchdringend in die Augen. »Dein Platz ist frei und wartet auf dich. Den nimmt dir niemand weg.«

Ich sah sie eindringlich an, damit sie verstand und mir glaubte. Sie schniefte, dann nickte sie. Und stöhnte. »Ich hab dir doch zum Sieg gratuliert, oder?«

Lachend nickte ich. »Ja, das hast du. Du hast zwar geweint, aber du hast mir gratuliert.«

Sie wischte sich eine einsame Träne fort, schüttelte den

Kopf und sagte: »Okay, ich bin unmöglich. Es tut mir leid, dass ich mich in letzter Zeit wie eine selbstsüchtige Primadonna aufführe. Ich bin wirklich stolz auf dich, Kenzie. Auch wenn es mir Angst macht, dass du mich nicht mehr brauchst, platze ich vor Stolz. Das weißt du hoffentlich.«

»Also, nachdem jetzt klar ist, dass ich dich sehr wohl brauche, musst du keine Angst mehr haben. Das weißt *du* ja wohl hoffentlich.«

Sie verzog das Gesicht und hielt sich den Rücken. »Ja. Danke, Kenzie.«

»Ist alles in Ordnung?«, fragte ich.

Sie nickte. »Ja, ich habe heute nur Rückenschmerzen. Nichts Beunruhigendes.«

Ich zuckte die Schultern, dann blickte ich mich in dem vollen Zimmer um. Es waren ungefähr zwanzig Unterhaltungen im Gange. Hayden sprach mit Carlos, Nikkis ältestem Bruder. Nikkis Mom Marie winkte mich zu sich herüber. Ihr Dad Juan schien ein Nickerchen zu machen. Und dann entdeckte ich am anderen Ende des Raums, teilweise von Nikkis Schwägerinnen verdeckt, Myles, der in seinen Becher starrte. Er wirkte frustriert. Ich war ziemlich überrascht, ihn hier zu sehen. Er hatte sich in letzter Zeit rar gemacht.

»Myles ist ja da«, murmelte ich, hatte es aber eigentlich nicht laut sagen wollen.

Nikki seufzte. »Ja, und er läuft die ganze Zeit mit Trauermiene herum. Er hat kaum mit jemandem gesprochen.«

Sie biss sich auf die Unterlippe und wirkte besorgt, aber auch gereizt.

»Hast du in letzter Zeit mit ihm gesprochen? Hat er dir erzählt, was in Daytona passiert ist?«

Wieder füllten sich ihre dunklen Augen mit Tränen. »Das war nicht meine Schuld. Das kann er mir nicht anhängen, oder?«

Ich kniff die Augen zusammen und versuchte zu verstehen. »Er hat mir nur erzählt, dass er die Konzentration verloren hat. Was hat er dir gesagt?«

Schniefend schüttelte sie den Kopf. »Er hat gesagt, er hätte die ganze Zeit an mich denken müssen und dass ihm das Rennen einfach nicht mehr wichtig zu sein schien. Er hat gesagt ...« Sie schloss die Augen und schüttelte den Kopf. »Er hat mir gesagt, dass er mich liebt.«

Mir blieb der Mund offen stehen. »Oh, mein Gott, Nikki, das ist ...«

Sie brachte mich mit einem wütenden Blick zum Schweigen. »Das ändert gar nichts. Wir können nicht ... Wir sind nicht ... Wir zwei ...« Sie seufzte und brachte keinen Gedanken zu Ende.

Ich legte ihr eine Hand auf den Arm und sagte leise: »Mach es dir nicht so schwer. Liebst du ihn?«

Zwei Tränen liefen ihr über die Wangen. »Ja – als Freund.«

Mir entfuhr ein schwerer Seufzer. Sie log, aber sie belog sich auch selbst, darum konnte ich nichts dagegen tun.

Nikki wischte sich über die Wangen, dann verzog sie erneut das Gesicht. »Gott, das fängt allmählich an zu nerven«, sagte sie und rieb sich wieder über den Rücken. »Das geht schon den ganzen verdammten Tag so.«

»Soll ich dir eine Wärmflasche bringen?«, fragte ich und strich ihr über den Arm.

Nikki schüttelte den Kopf, dann verzog sie das Gesicht vor Schmerz. Sie atmete tief durch, und als der Schmerz offenbar nachließ, riss sie die Augen auf. »Oh, mein Gott, Kenzie, ich glaube, das sind gar keine Rückenschmerzen. Ich glaube, ich habe Wehen.«

Sofort begann mein Herz, wie wild zu schlagen. »Oh, mein Gott, oh, mein Gott ... okay ... wir müssen ...« Ich blickte auf und rief in den vollen Raum: »Alle mal herhören, wir müssen ins Krankenhaus. Nikki glaubt, sie hat Wehen.«

Sofort drängte sich Myles durch die Menge zu ihr. Nikkis Mom folgte dicht hinter ihm. Myles nahm meinen Platz ein und legte die Arme um Nikki. Sie klammerte sich an ihn, als wäre er das Einzige, was sie davon abhielt durchzudrehen. »Schon okay, Nik. Ich hab dich.«

Ängstlich und liebevoll zugleich blickte sie zu ihm hoch. Widerstand und Verwirrung waren ganz aus ihrem Gesicht verschwunden. »Ich habe Angst«, flüsterte sie.

Myles strich ihr Haar zurück und führte sie in Richtung Tür. »Ich weiß, aber es wird alles gut. Versprochen.« Entschieden drehte er sich zu mir um und sagte mit fester Stimme: »Ihre Tasche ist in ihrem Zimmer. Hol sie bitte und komm mit uns.«

Ich nickte, dann sauste ich den Flur hinunter. Hinter mir hörte ich Nikkis Mom kreischen. »Wage es ja nicht, ohne mich zu fahren, Myles Kelley!«

Als ich zurück ins Wohnzimmer kam, eilten die Leute

aus der Tür und schwärmten zu ihren Wagen. Nikkis Vater schlief immer noch. Ich weckte ihn schnell auf, dann rannte ich zu Hayden. Mit pochendem Herzen nahm ich die Tasche und sagte: »Fahren wir.«

Ich bat Carlos zu bleiben, bis alle weg waren, damit er die Wohnung abschließen konnte, dann sprangen Hayden und ich auf unsere Maschinen und fuhren zum Krankenhaus. Auf dem ganzen Weg hatte ich das Gefühl, ich müsste mich beeilen. Als wir jedoch dort waren und ich meine Pflicht erfüllt und der Schwester Nikkis Tasche gegeben hatte, konnten wir nur noch warten. Es war schrecklich langweilig.

Ich vertrieb mir die Zeit damit, mit Nikkis Riesenverwandtschaft zu plaudern. Die meisten waren aufgeregt, nur ihre Mom war sauer, weil Nikki sie nicht ins Zimmer ließ.

»Sie hat gesagt, dass sie nur Myles bei sich haben will. Kannst du dir das vorstellen?« Sie sah mich aus schmalen braunen Augen an. »Myles, ein Mann, von dem sie behauptet, er sei nur ein Freund, anstatt ihre Mutter. Das ist doch nicht richtig!«

Lächelnd erklärte ich ihr: »Du weißt doch, dass die zwei mehr als nur Freunde sind, oder Marie?«

Mit einem scheuen Lächeln antwortete sie: »Natürlich weiß ich das, ich bin ja nicht dumm. Ich warte nur darauf, dass meine Tochter es auch begreift. Mann, sie ist so stur. War sie schon immer.«

Lachend nickte ich. »Ja, das stimmt.« Seufzend blickte ich in den Flur, der zu dem Raum führte, in dem Nikki vermutlich gerade schreckliche Schmerzen litt. »Hoffentlich geht alles gut.«

Marie berührte mein Knie. »Ganz bestimmt, Liebes. Nikki ... ist zäh. Bei sechs älteren Brüdern blieb ihr gar nichts anderes übrig.« Ich grinste. Obwohl ich selbst keine Erfahrung mit Brüdern hatte, glaubte ich ihr das sofort.

Es kam mir vor, als würden wir dort Tage warten, doch in Wahrheit trat Myles nach einigen Stunden mit entrückter Miene ins Wartezimmer. »Es ist ein Mädchen«, flüsterte er. Dann fing er an zu lachen. »Nikki hatte recht, es ist ein Mädchen.«

Ich sah, wie einige von Nikkis Brüdern Geld tauschten – sie wetteten noch häufiger als Nikki –, dann konnte ich nichts mehr sehen, weil Tränen meinen Blick verschleierten. Ich ging zu Myles und schlang so fest die Arme um ihn, dass er aufstöhnte und einen Schritt zurückwich. »Oh, mein Gott, Myles! Herzlichen Glückwunsch!«

Als er mich ebenfalls umarmte, stieß er die Luft aus und erschauderte. »Danke, Kenzie. Ich glaube, ich stehe noch unter Schock.«

Ich rückte von ihm ab und fasste seine Arme. »Wie geht es Nikki?«

Sein Blick wurde weich, und Tränen traten in seine dunklen Augen. »Gut. Sie ist nur müde. Sie war großartig, Kenzie. Einfach ... toll ...« Er schien voller Ehrfurcht zu sein und kurz vor einem emotionalen Zusammenbruch zu stehen. Da ich nicht wusste, was ich sonst tun sollte, strich ich ihm beruhigend über den Arm.

Alle anderen gratulierten Myles. Nachdem die ganze

Truppe ihre Anerkennung zum Ausdruck gebracht hatte, stellte Marie die Frage, die mir ebenfalls unter den Nägeln brannte. »Können wir sie sehen? Sie und das Baby?«

»Du meinst Maria?«, fragte Myles und sah mit sanftem Lächeln zu Marie.

Ihr fiel die Kinnlade herunter, und Tränen stiegen ihr in die Augen. »Das Baby heißt Maria? Nach mir?«

Myles nickte, dann wanderte sein Blick zu mir. »Maria Louise Kelley. Nikki hat ihr meinen Nachnamen gegeben.« Seine Stimme bebte, als würde sie gleich brechen. Ich war sprachlos.

Tränen liefen mir über das Gesicht, und ich wiederholte Maries Frage: »Können wir zu ihr, Myles?«

Er nickte und wischte sich über die Augen. »Ja, aber immer nur zwei auf einmal. Nik ist total erledigt.«

Sofort eilte Marie den Flur hinunter, um ihre Tochter zu sehen. Keiner von uns hielt sie zurück.

Hayden und ich ließen den Rest der Familie zuerst zu Nikki gehen. Als wir schließlich in ihr Zimmer schlenderten, war es schon spät. Wir würden nicht lange bleiben dürfen, aber das war okay. Nikki sollte nur wissen, dass ich da war.

Als ich eintrat, schien Nikki fast schon eingeschlafen zu sein. Myles saß neben ihr am Kopfende und hielt sie. Ihr Kopf lehnte an seiner Brust, seine Wange ruhte auf ihrem Haar, und er streichelte sanft ihren Arm. Sie sahen beide vollkommen entspannt aus. Maria war in eine rosa Decke gewickelt und schlief in den Armen ihrer Mama. Ich blieb im Eingang stehen, nahm das Smartphone und machte ein Bild von ihnen. Wenn mir jemals noch einer von ihnen erzählen wollte, dass sie nicht zusammengehörten, würde ich ihnen genau dieses Foto an die Stirn kleben. Oder tackern. Was immer es am deutlichsten machte. Sie sahen in diesem Moment wie eine vollkommene Familie aus.

Als Hayden und ich ans Bett traten, blickten beide auf. Nikki strahlte mich an, aber ich sah ihr an, wie erschöpft sie war. Sie streckte die Arme aus und zeigte mir Marias hinreißendes, kleines, zerknautschtes Gesicht. »Ist sie nicht wunderschön, Kenzie?«, sagte sie und klang genauso müde, wie sie aussah.

Da ich das Gefühl hatte, ich müsste gleich wieder weinen, nickte ich. »Genau wie ihre Mom.« Myles' Blick glitt zu Nikki, und ich sah, dass er mir zustimmte.

Nikki streckte mir Maria entgegen. »Willst du sie mal nehmen?«

Zugegeben, es flößte mir einen Heidenrespekt ein, dieses winzige, zierlich aussehende Paket zu nehmen, aber ich sehnte mich zu sehr danach, als dass ich mich davon abhalten ließ. Ich nickte und nahm sie Nikki vorsichtig aus den Armen. Sie war so warm wie eine Wärmflasche und so winzig. Ihre Haut war ganz weich, als ich ihre unglaublich kleinen Finger berührte, aber was mich wirklich umhaute, war, wie gut sie roch.

Strahlend blickte ich zu Hayden, der dicht neben mir stand. »Jetzt möchtest du es noch mehr, stimmt's?«, fragte er und strahlte genauso wie ich.

Ich musterte seine jadegrünen Augen und nickte. Gott,

ich konnte mir nichts Wundervolleres vorstellen, als mit Hayden Babys zu haben. Aber alles zu seiner Zeit. Jetzt hatte ich zu viel zu tun. »Zum richtigen Zeitpunkt«, antwortete ich.

Er nickte und strich ihr über den Arm. »Wie weich die Neugeborenen immer sind«, murmelte er.

Nikki kicherte, und ich sah zu ihr hinüber. »Ihr zwei – es würde mich überraschen, wenn ihr es zum Altar schafft, *bevor* du schwanger bist, Kenzie.«

Myles hatte die Arme über ihrer Brust verschränkt, und sie drückte sie an sich. Drückte *ihn* an sich. Fast hätte ich gesagt, wenn sie nicht zur Vernunft käme und den Mann neben ihr heiratete, würde ich sie nicht wieder ins Team zurücklassen, aber das kam mir dann doch etwas zu drastisch vor. Da ich ihr nicht den Mittelfinger zeigen konnte, streckte ich ihr die Zunge heraus. Myles lachte, dann küsste er Nikki aufs Haar. Gott, es machte mich fertig, wie gut sie zusammenpassten. Hoffentlich änderte das endlich ihre verfahrene Beziehung.

Mein Blick glitt zurück zu Maria. Ihre Augen waren fest geschlossen, sie schlief. Unter ihrem rosa Mützchen lugten pechschwarze Haare hervor, es schienen ziemlich viele zu sein. Wann immer sie gähnte, kicherte ich. Ich wollte sie nicht mehr hergeben, aber mir war klar, dass alle im Zimmer Ruhe brauchten, einschließlich ich selbst.

Ich wollte sie Nikki gerade zurückgeben, als mein Telefon klingelte. Obwohl die Klingel leise gestellt war, wirkte sie in dieser anrührenden Situation aufdringlich laut. Schnell gab ich Hayden Maria, da er gleich neben mir stand. Er hielt sie deutlich weniger ungelenk als ich. Hayden hatte ein bisschen Erfahrung mit Babys.

Ich entschuldigte mich bei Nikki und schlüpfte in den Flur, um das Gespräch anzunehmen. »Hallo?«, sagte ich leise.

»Mackenzie Cox – Richard Covington hier, ist es gerade ungünstig?«

Sofort beschleunigte sich mein Herzschlag. »Nein, überhaupt nicht. Schön, Sie zu hören, Mr Covington.« Ich biss mir auf die Lippe und wartete, ob er mir helfen oder mich abweisen würde.

»Es tut mir leid, dass ich mich erst jetzt melde. Ich musste zunächst mit ein paar Leuten sprechen.«

Ich hielt die Luft an. Das klang gut, oder? »Kein Problem. Ich hatte auch ziemlich viel um die Ohren.« Stress, Sorgen um den drohenden finanziellen Ruin, doch das behielt ich für mich.

Ein leises Lachen drang an mein Ohr. »Ich kann nur erahnen, was Sie zu tun haben bei dem Level, auf dem Sie fahren. Aber vielleicht kann ich Sie etwas entlasten.«

In meinem Bauch wallte Hoffnung auf. »Ach ja?«

»Ja, ich habe mit den Vorständen von einem meiner Unternehmen gesprochen. Von Burger Barn. Vielleicht haben Sie schon mal von denen gehört?«

Mir schnürte sich die Kehle zu. Natürlich hatte ich das. Burger Barn war eine der fünf größten Fast-Food-Ketten der *Welt*. »Ja, natürlich.«

Ich konnte Richard lächeln hören. »Gut. Denn sie würden Sie gerne sponsern.«

Gut, dass ein Stuhl im Flur stand, denn ich konnte mich nicht länger auf den Beinen halten. »Oh, mein Gott. Also, ja, das wäre toll. Das wäre großartig für uns, ich kann es gar nicht ...« Als ich merkte, wie unprofessionell ich mich anhörte, holte ich schnell Luft. »Richten Sie ihnen bitte meinen Dank aus.«

Richard lachte. »Natürlich. Und ich spreche noch mit ein paar anderen Firmen, die gut zu Ihnen passen könnten. Leisten Sie weiter so gute Arbeit, Mackenzie, dann tue ich das auch.«

»Danke, Mr Covington.«

»Bitte, wir sind doch jetzt praktisch eine Familie. Nennen Sie mich Richard.«

Wieder lief mir ein seltsamer Schauder über den Rücken. Und wieder verdrängte ich das unangenehme Gefühl. *Das ist die Rettung für Cox Racing.* »Nennen Sie mich Kenzie.«

»Noch einen schönen Abend, Kenzie. Sie hören bald wieder von mir.«

Ehe ich noch etwas sagen konnte, hatte er aufgelegt. Einen Augenblick starrte ich fassungslos auf mein Telefon, dann sprang ich auf, tanzte über den Flur und stieß einen stummen Schrei aus. Wir hatten es geschafft!

Kapitel 13

Es blieb nicht mehr viel Zeit, um das Logo des neuen Sponsors bis zur Road America überall zu platzieren. Es dauerte eine Woche, bis die Verträge unterzeichnet waren und wir das offizielle Zeichen von Burger Barn erhielten, dann musste ich eiligst Aufnäher für die Uniformen, Folien für die Motorräder und Marketingartikel für die Autogrammstunde bestellen.

Dex' Hilfe war von unschätzbarem Wert, ohne ihn hätte ich das alles nicht geschafft. Er regelte sogar die Sache mit dem Reifenlieferanten – er drohte ihm einfach, die Rechnung zu kürzen, wenn die Lieferung nicht korrekt war. Seither kamen die richtigen Reifen.

Ich fühlte mich erleichtert, weil endlich wieder Geld reinkam und mir jemand Kompetentes und Zuverlässiges im Büro half. Jemand, der nicht insgeheim Bedingungen stellte oder herablassende Bemerkungen machte. Jemand, der nur hin und wieder mit mir flirtete. Doch das war okay, denn dadurch, dass ich Dex Teile des Geschäfts überließ, konnte ich so oft trainieren, wie ich wollte. Endlich! Und als es an der Zeit war, zur Road America aufzubrechen, fühlte ich mich fit und bereit, die Welt zu erobern.

Myles machte wieder einmal ein betrübtes Gesicht, doch diesmal aus einem anderen Grund. Auf seinem Smartphone zeigte er mir ein Bild von der hinreißend lächelnden Maria und stieß ein wehmütiges Seufzen aus. »Ich bin erst einen Tag weg und vermisse sie schon, Kenzie. Es zerreißt mir richtiggehend das Herz.«

Lächelnd fragte ich. »Maria? Oder Nikki?«

Er grinste entrückt und sah sehr verliebt aus. »Beide.«

Ich lachte über den Ausdruck auf seinem Gesicht, dann nagte ich an meiner Lippe. »Ist es okay für dich, in ihrer Nähe zu sein? In Nikkis, meine ich? Weil sie doch immer noch nicht will …« Ich stieß die Luft aus. Nachdem ich Nikki und Myles zusammen im Krankenhaus gesehen hatte, war ich felsenfest davon überzeugt gewesen, dass Nikki sich mit Hingabe auf eine Beziehung mit ihm einlassen würde. Sie bestand jedoch noch immer darauf, dass sie besser nur Freunde blieben. Ich für meinen Teil glaubte, dass das nur der Erschöpfung geschuldet war.

Myles' Lächeln erstarb, und er steckte das Smartphone wieder ein. »Nein. Ich versuche, nicht daran zu denken. Ich konzentriere mich auf Maria.« Sein Blick glitt zum Boden. »Aber ja – es nervt, und es tut höllisch weh, dass sie mich nicht will.« Er sah mich an. »Aber zumindest sind wir noch Freunde. Das ist ja immerhin etwas, oder?«

Ich tätschelte ihm den Arm und nickte. »Auf jeden Fall.« Nikki würde schon noch zur Besinnung kommen, wenn sie sich erst an die Situation gewöhnt hatte. Davon war ich überzeugt. Doch das wollte ich ihm lieber nicht sagen, nur für alle Fälle.

Ich drückte ein letztes Mal seinen Arm, dann überzeugte ich mich davon, dass der Rest meines Teams für das Rennen bereit war. Eli war aufgekratzt, Reiher übergab sich wie üblich, und Kevin überprüfte alles dreimal. John und mein Vater unterhielten sich leise, und Dex sprach mit ... seinem Vater. Was machte Richard hier?

Während ich Dex und seinen Vater beobachtete, trat Hayden zu mir. Richard steckte wieder im maßgeschneiderten Anzug, der in dieser Umgebung völlig deplatziert wirkte. Vermutlich trug er nie etwas anderes. »Er ist wieder da«, sagte Hayden.

»Ja ... Ich frage mich, warum.«

»Vielleicht will er sich nur davon überzeugen, dass sein Sponsor auch angemessen gewürdigt wird«, erwiderte er schulterzuckend.

Ich lehnte mich an ihn und blickte zu ihm hoch. »Wenn das der Fall ist, müsste er zufrieden sein. Es sieht beinahe so aus, als hätte sich Burger Barn auf unsere Maschinen übergeben. Und auf uns«, fügte ich hinzu und deutete mit dem Kopf auf meinen Rücken, wo kaum ein Fleck nicht von dem Logo bedeckt war.

Hayden lächelte. »Schön, dass du wieder unbeschwerter bist.«

Es folgte eine kaum merkliche, aber doch unüberhörbare Pause. »Aber ...?«

Hayden seufzte, dann blickte er zu Dex. »Ich finde nur,

dass du ... Dex vielleicht zu sehr in deine geschäftlichen Angelegenheiten einbeziehst.«

Ich rückte von ihm ab und sah ihn mit gerunzelten Brauen an. »Eigentlich nicht. Er hat mir nur mit einigen Lieferanten geholfen, dafür gesorgt, dass die Sponsorenlogos bestellt und angebracht werden und ein paar Flüge gebucht. Und ... sich für mich um ein paar Rechnungen gekümmert.«

»Eben – ist ja so gut wie nichts«, bemerkte er sarkastisch.

Kopfschüttelnd versicherte ich ihm, dass alles in Ordnung war. »Er kennt sich nun mal mit diesem Kram aus, Hayden. Er weiß, wie man mit den Leuten reden muss, wie man Verträge aushandelt. Mann, mit dem Typen von der Stickerei hat er zwanzig Prozent Preisnachlass ausgehandelt. Auf eine *Eil*bestellung. Er besitzt Fähigkeiten, die ich definitiv nicht habe.«

Haydens Blick war noch immer auf Dex gerichtet, er kniff die Augen zusammen. »Er hat auch Absichten, die du nicht hast.«

Ich folgte seinem Blick und beobachtete, wie Richard Dex anerkennend auf die Schulter klopfte und ihn ganz offenbar für etwas lobte. »Wie meinst du das? Wenn du auf das Flirten anspielst, da habe ich schon ...«

Haydens Blick sprang zu mir, seine Augen funkelten. »Wenn er damit nicht aufhört, wird meine Faust mal ein ernstes Wörtchen mit ihm reden.« Ich sah ihn missbilligend an, und er seufzte. »Aber nein, das habe ich nicht gemeint.« Er richtete seinen Raubtierblick erneut auf Dex.

»Ich meinte nur, dass sein Vater ihn nach seinem Vorbild erzogen hat, und sein Dad ist ein Hai. Er schmeckt Blut und greift an. Ich mache mir nur Sorgen, dass du meinst, Dex würde dir helfen, und am Ende verschlimmert er deine Probleme nur noch.« Voller Sorge sah er mich an. »Ich will nicht, dass du alles verlierst, weil du den falschen Menschen vertraut hast.«

Seine Sorge rührte mich. Haydens Argument war nachvollziehbar, aber mein Bauch sagte mir, dass Dex anders als sein Vater war und dass ich ihm vertrauen konnte. Allerdings nicht blind. »Ich behalte ihn im Auge, Hayden, und wenn er etwas Hinterhältiges tut, ist er weg. So einfach ist das.«

Hayden machte ein schiefes Gesicht. »Nein, das stimmt nicht, Kenzie. Du brauchst ihn. Und jetzt brauchst du auch noch seinen Vater. Und meinst du wirklich, dass Richard Covington Cox Racing weiter sponsert, wenn du seinen Sohn feuerst? Du bist abhängig von ihnen, von *beiden*.« Sein Blick verhärtete sich. »Und der Gedanke, dass du von jemandem abhängig bist, ist mir zuwider.« Ein zartes Lächeln hellte seine Miene auf. »Außer von mir natürlich.«

Ich hätte gern über seine Bemerkung gelacht, aber plötzlich hämmerte mein Herz, und mir wurde eiskalt. Hayden hatte recht. Ich brauchte Dex, *und* ich brauchte seinen Vater, und wenn einer von beiden mich übers Ohr haute, war ich machtlos.

Das ungute Gefühl in meinem Magen verdreifachte sich, als ich sah, dass mein Vater auf Dex und Richard zuging. Ich hatte Dad nicht die ganze Wahrheit über den Burger-Barn-Deal erzählt, sondern ihn in dem Glauben gelassen, ich hätte das Unternehmen mit meinem Charme gewonnen. Allerdings glaubte ich nicht wirklich, dass ich ihm etwas vormachen konnte.

»Mist«, murmelte ich und eilte davon, um einzugreifen. Zu spät. Als ich dort eintraf, schüttelte Dad bereits Richard die Hand.

»*Der* Richard Covington«, sagte mein Vater mit großen Augen. Mist. Er hatte schon von ihm gehört.

Das schien Richard wiederum zu beeindrucken. »Höchstpersönlich.« Sein Blick glitt zu mir. »Mackenzie, ich bin ja so froh, dass ich Sie vor dem Rennen noch erwische. Ich habe großartige Neuigkeiten.«

Er hatte wieder dieses beängstigende Grinsen im Gesicht, doch ehe ich etwas erwidern konnte, fasste mein Dad mich am Arm. »Entschuldigen Sie, Richard. Ich muss meine Tochter kurz entführen.«

Er zog mich derart energisch fort, dass der Griff um meinen Arm schmerzte. »Mann, Dad, lass los«, zischte ich und riss mich los.

Hayden starrte meinen Vater wütend an, und Dad blickte zu Dex und Richard. Als er sicher war, dass sie uns nicht hören konnten, drehte er sich mit funkelnden Augen zu mir um. »Was hast du getan, Mackenzie?«

Die Wut in seinen Augen überraschte mich, aber ich war auch sauer. Ich war kein Kind, das er umherzerren konnte, wie es ihm passte. »Ich habe Cox Racing gerettet. Du hast gesagt, wir brauchen einen größeren Sponsor, also habe ich uns einen besorgt.« Zur Bekräftigung zeigte ich ihm das Logo auf meinem Rücken.

Dad deutete mit dem Daumen hinter sich. »Indem du mit Richard Covington zusammenarbeitest? Weißt du eigentlich, wer das ist?«

Ich biss die Zähne zusammen und nickte. »Ja. Aber er hat kein Interesse, die Firma zu kaufen. Er will uns nur helfen, Sponsoren zu gewinnen.«

Dad strich sich durchs Gesicht. »Ich fasse es nicht, dass du dich mit diesem Mann einlässt. Er wird die Firma verschlingen, Mackenzie, und du wirst es nicht einmal merken.« Er setzte eine entschlossene Miene auf und straffte den Rücken. »Kommt nicht in Frage. Das *erlaube* ich nicht. Geh zu ihm und erklär ihm, dass wir sein schmutziges Geld nicht wollen. Sag ihm, dass wir mit ihm fertig sind.«

Ich sah ihn mit großen Augen an. »Du willst es mir verbieten?« Ich musste ziemlich wütend aussehen, denn Hayden legte mir beruhigend eine Hand auf die Schulter. »Da hast du dich geschnitten, Dad. Das ist nicht mehr deine Firma. Ich höre mir zwar deine Ratschläge an, aber du hast nicht mehr das Sagen. Das Sagen habe *ich*. Und ich kann mit Richard Covington umgehen.«

Dads Miene versteinerte, dann stieß er einen erschöpften Seufzer aus. »Um deinetwillen und den deiner Angestellten hoffe ich, dass du recht hast, Mackenzie.«

Wortlos ging er fort, und erst da merkte ich, dass ich zitterte. Gott – ich hoffte auch, dass ich recht hatte.

»Das ist ja gut gelaufen«, murmelte Hayden.

Ich drehte mich zu ihm um. »Mann, Hayden, was, wenn er recht hat? Wenn ich Cox Racing gerade aufs Spiel setze? Wenn mir das alles um die Ohren fliegt? Was, wenn ich gerade alles kaputtmache?«

Hayden fasste meine Schultern und zwang mich, ihn anzusehen. »Denk dran, was du eben gesagt hast, Kenzie. Du hast das Sagen. *Du*. Nicht dein Dad, nicht Richard, du. Sie sind alle nur Ratgeber, ohne deine Zustimmung passiert gar nichts.«

Ich entspannte mich, aber meine schwelende Sorge war noch da. »Ich könnte trotzdem alles vermasseln, Hayden.«

Er legte mir eine Hand auf die Wange und nickte. »Könntest du, wirst du aber nicht.«

»Woher willst du das wissen?«, fragte ich verwundert. »Du hast doch eben noch gesagt, ich sollte Dex bloß nicht zu sehr vertrauen.«

Hayden zuckte die Schultern. »Ja, ich weiß. Aber ich weiß auch, dass du zehnmal härter um das Geschäft kämpfen wirst als die.« Er zeigte auf Richard, der Dex stehen ließ und zu uns kam. »Für ihn ist Cox Racing nur eine Gelegenheit. Aber für dich ist es deine Seele. Und das ist am Ende entscheidend.«

Lächelnd nahm ich seine Hand und drehte mich zu Richard um. Bevor er zu sprechen begann, blickte er in die Richtung, in die mein Vater verschwunden war. »Ist alles in Ordnung?«, fragte er langsam.

»Ja«, erklärte ich. »Mein Vater musste nur kurz etwas mit mir klären, um das er sich kümmern soll. Sie sagten, Sie hätten Neuigkeiten für mich?«

Auf Richards Gesicht machte sich aalglatte Verbindlichkeit breit. »Ja, noch eine meiner Firmen möchte mit Ihnen zusammenarbeiten. Unter einer kleinen Bedingung.«

»Welcher Bedingung?«, fragte ich, augenblicklich misstrauisch.

Sein Lächeln wuchs. »Nichts Wildes, keine Sorge. Die Einzelheiten besprechen wir, sobald Sie wieder in Oceanside sind. Ich wünsche Ihnen ein tolles Rennen, Mackenzie.«

Das wünschte ich mir auch, aber mein Magen fühlte sich auf einmal bleischwer an.

Der Ärger über meinen Vater, die Verunsicherung durch Richard – alle meine Sorgen waren verflogen, sobald ich auf der Rennstrecke war. Es gab nur noch mein Bike, die Straße, meine Teamkollegen und Konkurrenten. Und für einen kurzen Moment empfand ich pures Glück.

Das Rennen war deutlich schneller vorbei, als mir lieb war. Am Ende fand ich mich unter den ersten drei wieder und hatte Hayden und Felicia überholt. Obwohl ich gern wieder den ersten Platz belegt hätte, freute ich mich riesig für den Sieger – Myles. Er strahlte vor Stolz, als er zu den Journalisten ging, um sich interviewen zu lassen. Das Erste, was er sagte, war: »Ich bin für meine kleine Tochter gefahren, für Maria. Daddy vermisst dich, Süße. Dich und deine Mom.«

Doch so glücklich er auch in diesem Augenblick wirkte, noch glücklicher schien er im Flugzeug zu sein, als er zurück zu seinem Baby und seiner besten Freundin flog.

Als ich mich gerade über Myles' zufriedenes Gesicht amüsierte, stupste Hayden mich an. »Rodney will heute Abend ausgehen, wenn wir zurück sind. Um zu feiern.«

Dex, der auf der anderen Seite des Gangs saß, hatte ihn gehört und sagte: »Ihr wollt heute Abend feiern? Habt ihr was dagegen, wenn ich mitkomme? Irgendwie will ich nicht in mein großes, leeres Haus zurück. Ich bin viel zu aufgedreht.«

Als ich mich zu Hayden umdrehte, stieß er die Luft aus und verdrehte die Augen, doch dann nickte er. Schulterzuckend antwortete ich: »Klar. Ich habe morgen zwar jede Menge zu tun, aber heute Abend darf ich mich entspannen.« Und seltsamerweise war die Vorstellung, mit Rodney und Felicia auszugehen, gar nicht mehr so unangenehm. Als wir wieder in Oceanside ankamen, freute ich mich fast darauf. Fast.

Schließlich verabredeten wir uns im Oysters. Als wir eintrafen, waren Rodney und Felicia schon da und nippten an ihren Drinks. Als ich sah, dass Rodney einen Myles trank, musste ich lachen. »Ich dachte, das wäre ein Mädchengetränk?«

Er nahm noch einen großen Schluck, dann sagte er: »Ist es auch. Aber verdammt lecker.« Er stand auf und nahm mich kurz auf freundschaftliche Art in den Arm. »Herzlichen Glückwunsch zum dritten Platz, Kenzie.« Er stieß einen leisen Pfiff aus, dann grinste er und sagte: »Ich hätte nie gedacht, dass ich mal einer Cox gratulieren würde. Keith bekäme einen Herzinfarkt, wenn er das gehört hätte.«

Felicia lächelte. »Wahrscheinlich würde er uns feuern, wenn er wüsste, dass wir hier mit denen zusammen sind.«

Rodney sah sie mit hochgezogener Augenbraue an. »Mich würde er sofort feuern. *Dich* vergöttert er.«

Sie zuckte mit den Schultern, dann sah sie mich an. »Herzlichen Glückwunsch, Kenzie. Das nächste Mal krieg ich dich aber.«

Ich konnte ein Grinsen nicht unterdrücken. »Das werden wir ja sehen«, entgegnete ich und ließ mich auf einem Stuhl nieder.

Hayden wollte sich gerade setzen, da betrat Dex die Bar. Als er uns entdeckte, winkte er und kam zu uns herüber. Felicia grinste schief. »Vielleicht spinne ich, Kenzie, aber ich glaube, der Typ ist in dich verknallt. Ich habe gesehen, wie tollpatschig er wird, wenn du in der Nähe bist.«

Hayden kniff die Augen zusammen, und ihr Grinsen wuchs. »Töte nicht den Überbringer der Nachricht«, sagte sie zu ihm.

»Nein, *den* nicht, aber …«, murmelte er.

Ich stieß ihm unauffällig den Ellbogen in die Rippen, als Dex an unseren Tisch trat. Er streckte die Hand aus und stellte sich als Erstes Rodney und Felicia vor. »Hallo, ich hab euch schon auf der Trainingsstrecke und bei den Rennen gesehen. Ihr fahrt für Keith Benneti, stimmt's?«

Felicia ergriff seine Hand. »Ja … Felicia Tucker, freut mich, dich kennenzulernen …«

Dex schenkte ihr ein charmantes Grinsen. »Dex. Dex Covington. Ich arbeite für Kenzie.«

»Ja, ich weiß«, sagte Felicia, und ihre dunklen Augen

funkelten amüsiert. »Ich habe dich auch schon auf der Trainingsstrecke und bei den Rennen gesehen.« Ihr Blick glitt zu mir. »Ein so hübsches Gesicht vergisst man nicht.« Sie zwinkerte mir zu, und ich unterdrückte ein Grinsen und beherrschte mich, ihr den Mittelfinger zu zeigen.

Rodney stand auf, streckte die Hand aus und unterbrach Dex' und Felicias ausgiebiges Händeschütteln. »Rodney. Hey.« Rodneys Gesicht wirkte genauso angespannt wie Haydens, wenn Dex in der Nähe war.

»Freut mich.« Dex schüttelte Rodney kurz die Hand, dann setzte er sich. Wie geplant befand sich der einzige freie Platz zwischen Hayden und Rodney. Dex schien das allerdings nichts auszumachen. Er war nur froh, dabei zu sein.

Wir bestellten Essen und weitere Getränke. Während wir warteten, sagte ich zu Dex: »Ich hab gesehen, dass du vor dem Rennen mit deinem Dad gesprochen hast. Es sah aus, als würde er dir ... gratulieren?«

Dex legte nachdenklich den Kopf schief, dann nickte er. »Oh, ja – ich habe ihm erzählt, dass ich dir ein bisschen mit dem Geschäftskram geholfen habe. Daraufhin sagte er, er wäre stolz auf mich, dass ich in gewisser Weise in seine Fußstapfen trete.« Dex lachte auf und schüttelte den Kopf. »So etwas hat er noch nie zu mir gesagt – *ich bin stolz auf dich*. Zugegeben, es hat mich etwas überrascht.«

Hayden und ich wechselten einen Blick. Dann fragte ich vorsichtig: »Du weißt nicht zufällig, von welcher Bedingung er gesprochen hat, oder? Bei dem neuen Sponsor, den er gefunden hat?«

Rodney hob die Brauen. »Dex' Dad besorgt dir Sponsoren? Mann, erzähl das bloß nicht Keith. Er ist um den Typen herumscharwenzelt, als wollte er mit ihm ins Bett.«

Felicia schlug ihm aufs Knie, und er sah sie verwirrt an. »Was ist? Das weißt du doch. Für Sponsoren tut Keith alles.«

Sie runzelte die Stirn, dann nickte sie. »Ja, das stimmt.«

Dex lachte, dann wandte er sich wieder an mich. »Sorry, Kenzie. Ich habe keine Ahnung, wovon er gesprochen hat. Mir gegenüber hat er keine Bedingungen erwähnt. Das ist sicher nichts Wildes, nur irgendwas Belangloses im Kleingedruckten.«

Ich lächelte ihn an, doch meiner Erfahrung nach war gerade das Kleingedruckte alles andere als belanglos.

Der Rest des Abends verlief überraschend ... fröhlich. Hayden und Rodney gaben sich alle Mühe, Dex ins Gespräch einzubeziehen. Da er in ihrer Mitte saß und somit sein natürlicher Flirtmodus blockiert war, sagte oder tat er nichts, womit er sie verärgerte. Vielmehr brachte er sie ein- oder zweimal sogar zum Lachen.

Als Hayden und ich zusammen nach Hause fuhren, war ich ungewöhnlich zuversichtlich gestimmt. Wenn Rodney, Felicia, Dex, Hayden und ich es irgendwie schafften, zusammen einen netten Abend zu verbringen, dann würde sich bestimmt alles andere auf der Welt auch zum Guten wenden.

Da ich so gutgelaunt war, stürzte ich mich auf Hayden, kaum dass wir mein Wohnzimmer betreten hatten. Ich sprang in seine Arme, schlang die Beine um seine Taille und raunte ihm ins Ohr: »Bring mich ins Bett.«

Hayden lachte, kam meiner Bitte jedoch bereitwillig nach und trug mich ins Schlafzimmer. Er setzte mich ab und begann, mich auszuziehen. Als er mir gerade den BH öffnen wollte, klingelte mein Telefon. »Geh nicht ran«, flehte er keuchend.

»Es könnte Nikki sein. Oder Izzy. Oder jemand anderes Wichtiges.«

Er seufzte, ließ jedoch von mir ab. Ich ging in den Flur, um das Telefon aus meiner Tasche zu holen, blickte auf das Display, stutzte und nahm das Gespräch an. »Richard … hallo. Das ist ja eine Überraschung.«

Hayden sah mich misstrauisch an, bedeutete mir, das Gespräch zu beenden, und ging zurück ins Schlafzimmer. Dann machte er eine Geste, die keinen Zweifel daran ließ, was er anschließend mit mir anstellen wollte. Ich konnte mir ein Lachen gerade noch verkneifen.

»Kenzie, tut mir leid, dass ich so spät noch anrufe. Ich war mir nicht sicher, wann Sie zu Hause sind und sich von dem anstrengenden Wochenende erholt haben.«

»Schon okay. Ich habe nur … ferngesehen.«

Hayden hob eine Braue, dann wiederholte er seine Geste. Diesmal musste ich mir eine Hand auf den Mund pressen.

»Ja, gut, ich wollte mit Ihnen über die kleine Bitte sprechen, die der neue Sponsor geäußert hat. Passt es jetzt?«

Sofort verging mir das Lachen. »Es passt wunderbar. Worum geht es?« Ich schloss die Augen und zählte bis zehn. *Bitte lass es nichts Abwegiges sein, das mich zwingt, Nein zu sagen. Das muss glattlaufen.«*

»Diese Firma, nun ja, findet, ihre Dollars wären besser investiert, wenn man ihre Beteiligung nicht nur in Form von Aufklebern auf den Motorrädern sehen würde.«

Ich öffnete ein Auge und bemerkte, dass Hayden mich durchdringend ansah, forschend. »Was soll das heißen?«

»Fernsehen. Sie würden gern Cross-Promotion-Spots mit Cox Racing machen. Um genauer zu sein – mit Ihnen.«

»Werbespots? Die wollen, dass ich … Werbespots drehe? Die wissen aber schon, dass ich keine Schauspielerin bin, oder? Ich meine, haben die meine Interviews gesehen?« Obwohl ich darin besser geworden war, war ich noch weit davon entfernt, wirklich gewandt zu sein.

Richard lachte. »Das haben sie, aber trotzdem halten die Sie für die perfekte Repräsentantin. Und zufällig bin ich ganz ihrer Meinung.«

»In Ordnung – ich glaube, das wäre … in Ordnung.« Ich zögerte und sagte: »Sie haben gar nicht erwähnt, um welche Firma es sich handelt. Wer ist der neue Sponsor?«

Es folgte eine lange Pause, dann sagte er: »Ashley Dessous.«

Ich hatte das Gefühl, er hätte mir in den Magen geboxt. »Dessous?« Nachdem ich das gesagt hatte, glühten Haydens Augen vor Wut. Es entsprach dem Aufruhr in meinem Bauch. »Nein, äh, nie im Leben. Ich habe zu hart daran gearbeitet, in diesem Sport als gleichberechtigt anerkannt zu werden. Das gebe ich nicht auf, um in Unterwäsche vor einer Kamera herumzustolzieren.« Hitze schoss mir in die Wangen, als ich an die Demütigung dachte, die es bedeutet hatte, für Keith herumzulaufen. Nie wieder.

Richard lachte bloß über meinen Ausbruch. »Die Firma hat Geschmack. Die wollen Ihre Stärke in den Vordergrund stellen, nicht Ihren Körper. Glauben Sie mir, Sie müssen nicht herumstolzieren. Und ehe Sie das Angebot ganz ablehnen, muss ich Sie daran erinnern, dass die Firma zu den bekanntesten Namen auf dem Planeten zählt. Sie kommt gleich hinter diesem Unternehmen, das Wäsche für Männer produziert. Sie wissen schon, das nur mit A-Schauspielern für ihr Zeug wirbt?«

Ich verstand – er spielte auf die Tatsache an, dass Männer ständig Sex verkauften, ohne dass es ihrer Karriere schadete. Und dennoch – das widersprach *allem*, wofür ich stand. Aber meine Güte – es war ein Riesensponsor. Ich durfte das Angebot nicht einfach so ablehnen, ohne es aus allen Blickwinkeln zu betrachten. Ich holte tief Luft und erklärte: »Ehe ich zustimme, möchte ich das Skript für den Spot sehen. Etwas *Schriftliches*, das jede einzelne Sekunde genau beschreibt.«

»Einverstanden«, sagte er. »Bekommen Sie. Bis zum Ende der Woche.«

Ich legte auf und bedauerte meine Entscheidung bereits.

Kapitel 14

Ich ließ das Telefon in meine Tasche fallen, dann drehte ich mich zu Hayden um. Seine Augen waren schmal, sein Kiefer angespannt. Was er eben gehört hatte, schien ihn nicht glücklich zu stimmen. »Er will, dass du in einem Spot für Dessous mitspielst? *Dessous*? Warum denkst du überhaupt darüber nach, Kenzie?«

Ich stieß einen tiefen Seufzer aus. »Weil es um *Ashley Dessous* geht. Das ist eine Riesensache, Hayden. Und er sagte, der Spot sei geschmackvoll, keine Fleischbeschau.«

Hayden biss die Zähne zusammen. »Klar. Genauso geschmackvoll wie der Job, den du für Keith gemacht hast? Mir hat nicht gefallen, was Keith von dir verlangt hat, und das hier gefällt mir auch nicht.«

Seine Anspielung auf Keith traf mich, aber ich verstand den Vergleich. Ich sah ihn ja auch. »Ich weiß.«

»Du weißt, dass es mir nicht gefällt. Aber du wirst es trotzdem tun.« Er taxierte mich.

Kopfschüttelnd antwortete ich: »Ich entscheide mich erst, wenn ich alle Informationen habe. Wenn es zu weit geht, lehne ich ab. Wenn der Spot stark ist und zum Nachdenken anregt, tja – dann sage ich vielleicht zu.«

Hayden verdrehte die Augen. »Wie soll denn Unterwäsche zum Nachdenken anregen?«

Ich streckte die Arme zur Seite, wackelte mit den Hüften und zeigte ihm die Dessous, die ich gerade trug. Und die zufällig von Ashley Dessous stammten. »Bringt dich das nicht auf provokante Gedanken?«, fragte ich mit tiefer Stimme.

Haydens Blick wanderte über meinen Körper. In seinen Augen blitze Lust auf, als würde ihm erst jetzt wieder einfallen, bei was Richards Anruf uns unterbrochen hatte. Seine Lippen zuckten amüsiert. »Die Gedanken sind eher ... primitiv als provokant.«

»Hmmm«, sagte ich und tippte mir mit dem Finger an die Lippe. »Vielleicht zeigst du mir den Unterschied.«

Hayden ließ ein tiefes Knurren ertönen, dann sprang er über die Couch, hob mich hoch und warf mich über seine Schulter, um mich ins Schlafzimmer zu tragen. Ich konnte mich kaum halten vor Lachen.

Am nächsten Morgen war Hayden unvermindert skeptisch. Er sagte, ich sollte es nicht tun, egal wie das Konzept aussähe. Ich ließ ihn schmorend im Haus zurück, während ich mir mein Board schnappte, um vor der Arbeit ein paar Wellen zu reiten. Es war so schön, wieder auf dem Wasser zu sein, fast so befriedigend wie Motorrad zu fahren. Nachdem ich den Geruch des Meeres und das Rauschen der Wellen viel zu lang genossen hatte, fuhr ich zurück nach Hause, um mich für die Arbeit umzuziehen.

Hayden war noch da und noch immer missmutig. »Kenzie, ich finde wirklich …«

»Können wir diese Diskussion verschieben? Zumindest, bis ich das Skript habe?«

Er machte ein düsteres Gesicht, nickte jedoch. »Okay. Aber denk nicht, du könntest mich wieder mit Sex ablenken. Von jetzt an bin ich immun gegen deinen Charme, Zweiundzwanzig.«

Gott, wie gern würde ich diese Aussage auf die Probe stellen. Leider hatte ich jedoch viel zu viel Zeit damit verbracht, meinen Druck auf dem Meer abzubauen und kam deutlich zu spät zur Arbeit. Hayden ebenfalls. Also lächelte ich nur und eilte unter die Dusche.

Hayden hätte das Thema nur allzu gern wieder aufgebracht. Jedes Mal, wenn ich ihn sah, setzte er diesen Blick auf, der sagte: *Ich finde, du solltest ablehnen.* Wann immer ich ihm bei der Arbeit über den Weg lief, wann immer er zu mir kam, wann immer wir uns auf der Trainingsstrecke begegneten. Als Reaktion hob ich spitz eine Augenbraue und antwortete stumm, er sollte das Skript abwarten. Daraufhin verdrehte er die Augen und gab Ruhe. Bis zum nächsten Mal. Es war unser neues »Ding«.

Und am Ende der Woche fiel das auch anderen auf.

»Kenzie – ich will dir ja nicht zu nahetreten, aber … ist alles okay zwischen dir und Hayden?«

Ich war mit Dex im Büro und ging mit ihm den Papierkram durch. Mit seiner Hilfe hatte ich den Stapel, der mich seit Monaten verfolgte, auf ein Minimum reduziert. Wir begannen sogar schon mit den Vorbereitungen für das nächste Jahr. Das Leben war so viel leichter, wenn man Geld hatte. In gewisser Weise. Manche Dinge änderten sich allerdings auch nicht, egal wie es auf dem Bankkonto aussah.

»Also, ja, alles okay.«

Dex machte ein langes Gesicht, als hätte er genau auf das Gegenteil gehofft.

»Warum fragst du?« *Bitte sag nicht, weil du mich liebst oder so etwas Blumiges, Gefühlvolles. Mach mich nicht zum Buhmann, du weißt, dass ich nicht zu haben bin.*

Dex kaute auf der Unterlippe, dann zuckte er mit den Schultern. »Es wirkte irgendwie … als hättet ihr Streit oder so. Das ist alles.«

»Haben wir nicht. Hayden ist nur … nicht begeistert von der Bitte des neuen Sponsors.«

»Ashley Dessous«, sagte Dex leise. Er wurde rot und mied meinen Blick. Was er *jetzt* dachte, war genau der Grund, warum Hayden so entschieden dagegen war.

Seufzend nickte ich. »Die wollen, dass ich einen Werbespot drehe, aber Hayden meint, das wäre keine gute Idee.«

Dex sah mich überrascht an. »Oh – das wusste ich gar nicht. Ich glaube … ich glaube, du würdest das toll machen.« Kurz glitt sein Blick über meinen Körper. Ja, ganz bestimmt.

Mit angespanntem Lächeln erklärte ich: »Ich habe noch nicht zugestimmt. Ich warte auf das Konzept. Ich lasse mich nicht zu einem … nichtssagenden Sexobjekt machen.« Ich hatte zu hart dafür gearbeitet, ernst genommen zu werden. In diesem Fall war es das Geld nicht wert.

In Dex' Augen trat ein zärtlicher Ausdruck. »Ich glaube nicht, dass du so wirken würdest, Kenzie. Ich glaube … ich glaube, dass sogar noch mehr Leute zu dir aufblicken würden. Dich bewundern …« Ein sanftes Lächeln umspielte seine Lippen, und ein verträumter Ausdruck trat in seine Augen.

Stirnrunzelnd sagte ich: »Ich will nicht bewundert werden. Nicht wegen meines Körpers. Das Einzige, was die Leute bewerten sollen, ist meine Leistung auf der Rennstrecke.«

Dex zog die Brauen zusammen. »So habe ich das nicht gemeint. Ein Werbespot ist wie ein Fenster, und egal, wofür du Werbung machst, es zeigt den Leuten dein Feuer, deine Leidenschaft, deine … Seele. *Das* würden die Leute bewundern. Deinen *Geist*.«

Wieder lag dieser ganz und gar hingebungsvolle Ausdruck in seinen Augen, und ich hatte das Gefühl, dass ich das nicht unkommentiert lassen durfte. »Dex, das ist wirklich lieb von dir, und irgendwie gibt es mir ein besseres Gefühl, sollte ich mich darauf einlassen. Aber du weißt doch, dass ich … dass Hayden und ich …«

Dex wandte mir sein Gesicht zu und nickte. »Ja, ich weiß. Glücklich, verliebt, füreinander bestimmt seid. Ist bei mir angekommen.« Er lächelte zurückhaltend.

Ich musste lachen, dann atmete ich tief durch. »Okay. Das wollte ich nur klarstellen, denn manchmal …

»Manchmal was?«, flüsterte er.

»Manchmal wirkt es, als …« *Wärst du hoffnungslos in*

mich verliebt. Kopfschüttelnd zwang ich mich zu lächeln. »Ach, nichts, vergiss es.«

Dex nickte, wirkte jedoch nachdenklich, und eine merkwürdige Spannung breitete sich im Raum aus. Zum Glück wurde sie von einem Klopfen an der Tür unterbrochen. »Ja?«, rief ich.

Myles steckte den Kopf herein. »Hey, Kenzie … Dex.« Er kam auf mich zu und legte mir einen wattierten Umschlag auf den Schreibtisch. »Das ist gerade per Kurier gekommen.«

Ich starrte auf den Umschlag, ich wusste, was er enthielt: das gefürchtete Skript für den Spot. »Danke, Myles.« Als er gerade gehen wollte, blickte ich zu ihm hoch. »Hey, Myles, gib der Kleinen einen Kuss von mir, ja?«

Er schenkte mir ein seliges Grinsen, als wäre er in die ganze Welt verliebt. »Ja, klar. Ich fahre heute Abend nach der Arbeit vorbei.« Das hatte ich mir gedacht. Nikki sagte, er sei jeden Abend da. Er blieb sogar manchmal über Nacht und schlief in Haydens Bett. Hayden war schließlich ohnehin kaum da. Myles sollte bei ihr einziehen und Hayden bei mir. Waren wir schon so weit? Ja – mir kam es endlich so vor.

Das hing natürlich auch davon ab, was sich in diesem Umschlag befand. Beherzt riss ich ihn auf und zog einen Stapel Papiere heraus. Dex stand neben mir und versuchte mitzulesen. »Und? Bekleidet oder nackt?«, fragte er.

Ich sah ihn finster an, dann las ich das Skript. »Mensch«, sagte ich. »Dein Dad hatte recht. Das ist tatsächlich geschmackvoll. Sogar irgendwie stark …« Überrascht blickte ich zu Dex hoch. »Ich glaube, das könnte funktionieren.«

Er grinste, dann schob er mir eine Haarsträhne hinters Ohr. »Natürlich funktioniert das«, sagte er zärtlich.

Sofort wich ich ein Stück zurück und hob drohend einen Finger. Er seufzte und hielt die Hände hoch. »Ich bin nur zuvorkommend, du warst kurz davor, deine Haare zu verschlucken.«

Ich nahm die Papiere, grinste ihn schief an und erklärte: »Das nächste Mal lass mich sie verschlucken, okay? Ich gehe. Schließt du für mich ab?«

Er nickte und sah sowohl sehnsüchtig *als auch* amüsiert aus.

Später an jenem Abend zeigte ich Hayden das Skript. Mit skeptischer Miene las er es und legte es dann auf den Couchtisch. »Ach, komm«, sagte ich. »Was ist daran falsch? Ich trage ja noch nicht einmal Dessous. Ich sitze auf einem Motorrad, Hayden. Vollständig bekleidet. Das ist doch toll.«

Unvermindert skeptisch sagte er: »Ich weiß.«

Ich setzte mich rittlings auf seinen Schoß. »Warum machst du dann so ein Gesicht?«

Seufzend sah er mir in die Augen. »Weil ich dich jetzt zu diesem Dreh fahren lassen muss. Und das stört mich. Falls es dir entgangen sein sollte, ich bin gern mit dir zusammen.«

»Und ich gern mit dir. Am liebsten die ganze Zeit.« Ich biss mir auf die Lippe. Ob jetzt ein guter Zeitpunkt war, über das offizielle Zusammenziehen zu sprechen?

Hayden betrachtete mein Gesicht, dann ließ er den Blick zu meinen Lippen gleiten. Als Lust in mir erwachte, beschloss ich, dass die Unterhaltung vielleicht noch etwas warten konnte …

Zwei Wochen später fuhr ich zum Dreh des Werbespots nach L. A.. Ich würde eine ganze Woche fort sein, was ich beunruhigend fand. So lange hatte ich die Firma noch nie allein gelassen, und ich machte mir ein bisschen Sorgen, ob alles seinen geordneten Gang gehen würde. Doch ich hatte ein tolles Team, das in meiner Abwesenheit die Stellung hielt. Für kurze Zeit.

John hatte in der Werkstatt alles im Griff und würde dafür sorgen, dass meine Jungs weiter trainierten. Nicht, dass sie das nicht tun würden – jeder Fahrer wollte sich verbessern. Normalerweise war es eher schwierig, sie von der Trainingsstrecke herunterzubekommen. Sich selbst überlassen fuhren die Fahrer jeden Reifen durch und jeden Benzintank leer. Ich bildete da keine Ausnahme.

Dex kümmerte sich in meiner Abwesenheit um den alltäglichen Kram. Was Hayden – und meinen Vater – nervte. Beide schienen zu meinen, dass er mein Bankkonto plünderte und aus der Stadt floh oder Ähnliches. Nun ja, das dachte Hayden. Mein Vater dachte, Dex würde die Schlösser austauschen und den Schlüssel seinem Vater übergeben. Okay. Das dachte Hayden auch.

Aber ich hatte Dex jetzt über Wochen beobachtet, und – abgesehen von der Bewunderung für mich – sah ich bei ihm nur den Wunsch, Cox Racing zu helfen.

Nachdem ich in dem Hotel eingecheckt hatte, in dem Ashley Dessous mich untergebracht hatte – einem eleganten Laden mit Marmorböden und Kristalllüstern in jeder Ecke –, fuhr ich zu dem Studio, in dem der Spot gedreht wurde. Es war ein beeindruckender Ort – Reihen riesiger Lagerhäuser, überall geschäftig umhereilende Menschen und bewaffnete Wachen am Eingang. Ich hatte das Gefühl, überhaupt nicht hierherzupassen, doch ich verdrängte es. Die Menschen hier taten nur ihren Job, genau wie ich.

Am ersten Drehtag lernte ich diverse Leute kennen und wurde vorbereitet. Nachdem man mich dem gesamten Werbeteam von Ashley Dessous vorgestellt hatte, lernte ich den Regisseur, den Stylisten und den Kaffee kochenden Praktikanten kennen – einfach alle. Dann entführte man mich in die Garderobe und in die Maske. Alles wurde diskutiert – mein Outfit, das Motorrad, das Make-up, die Frisur. Alles sollte perfekt sein. Ich wusste Perfektion zu schätzen, doch während sie an mir herumfummelten, machte ich mir unablässig Sorgen wegen meiner Arbeit und des Auftritts vor der Kamera. Ich hasste es, gefilmt zu werden.

Doch der Tag endete, ohne dass wir ein einziges Bild gedreht hatten, was mich in gewisser Weise erleichterte und zugleich frustrierte – je eher wir fertig waren, desto früher konnte ich wieder trainieren. Grundlos erschöpft stapfte ich zurück ins Hotelzimmer. Ich rief Hayden an, aber er nahm nicht ab. Daraufhin versuchte ich es bei Nikki, doch auch sie meldete sich nicht. Myles genauso wenig. Ich fühlte mich einsam und erwog, Dex anzurufen. Doch das schien mir eine überaus schlechte Idee zu sein, darum schaltete ich das Licht aus und legte mich schlafen.

Am nächsten Tag begannen die Dreharbeiten. Da ich ausschließlich fahren musste, fühlte es sich nicht an, als müsste ich schauspielern. Ich sollte auf einer Rennstrecke vor einer Gruppe Typen herfahren. Meine einzige Aufgabe bestand darin, vor ihnen zu bleiben. Da die Kerle, die sie angeheuert hatten, keine professionellen Fahrer waren, war das ein Kinderspiel. Ein solches Kinderspiel, dass sie mir fast ein bisschen leidtaten.

Nach Drehschluss rief ich wieder Hayden an. Diesmal nahm er ab. »Na, du«, sagte er. »Wie läuft's?«

»Dafür, dass ich den ganzen Tag halb nackt herumlaufen muss, ist es okay.« Totenstille am anderen Ende. Ich lachte. »Das war ein Witz, Hayden. Vollständig bekleidet, schon vergessen?«

Er lachte, doch es klang hohl. »Das ist nicht lustig. Überhaupt nicht.«

Wieder kicherte ich, dann fragte ich: »Wo warst du gestern Abend? Ich hab dich angerufen, aber du bist nicht rangegangen.«

»Ich ... äh ... Rodney wollte ausgehen. Wir waren im Oysters.«

Er klang seltsam. Irgendwie angespannt. »Was ist los?«, fragte ich.

Er stieß schnaubend die Luft aus. »Ich dachte, ich würde nur Rodney treffen, aber ... Felicia ist mitgekommen. Ich wusste nicht, was ich tun sollte, und bin geblieben. Wir haben den Abend zu dritt verbracht und jetzt ... kommt mir das irgendwie ziemlich schräg vor.«

Meine Brust schnürte sich zusammen, und mein Herz schlug derart heftig, als wäre die Startampel gerade auf Grün umgesprungen. Ich hatte keine Ahnung, was ich sagen sollte. Keine Ahnung, was ich empfand. Alles, was mir durch den Kopf ging, war das Bild der drei, wie sie miteinander lachten, tranken ... kuschelten. Aber nein, so war der Abend ja gar nicht verlaufen. Es war nichts. »Oh«, sagte ich schließlich nur.

Hayden seufzte. »Alles okay, Kenzie? Wir haben nie darüber gesprochen, was ist, wenn das passiert. Ich habe aber auch nicht damit gerechnet ...«

Ich wollte cool sein, es abtun, als wäre es nichts, aber meine Brust fühlte sich noch immer an, als würde das Leben aus mir herausgequetscht. »Schon okay«, flüsterte ich.

Jetzt klang Hayden wütend. »Ich höre doch an deiner Stimme, dass es das nicht ist, Kenzie. Wenn es dich stört, dann sag es – lüg mich nicht an.«

Plötzlich stieg Wut in mir auf und löste den Druck auf meiner Brust. »Okay. Also ja, es stört mich. Es gefällt mir überhaupt nicht, dass du dich gestern Abend mit deiner Ex getroffen hast. Aber mein Kopf sagt mir, dass das Quatsch ist. Du hast dich mit *Rodney* getroffen, nicht mit ihr. Das versuche ich mir zu sagen, aber es ist nicht ... leicht.«

Hayden schwieg einen Moment, dann sagte er: »Danke. Ich wollte nur eine ehrliche Antwort, auch wenn es dir schwerfällt. Und es tut mir leid. Ich wünschte, sie wären nicht nur im Paket zu haben, aber irgendwie sind die zwei unzertrennlich.«

Darüber musste ich lächeln, und ich sah Rodney und Felicia vor mir – als Paar. »Ja, das sind sie. Es ist widerlich.«

Hayden lachte. »Nicht so widerlich wie wir zwei.«

Ich schmunzelte, und Hayden seufzte. »Was soll ich tun, Kenzie? Künftig, wenn ich was mit Rodney unternehmen will und er sie mitbringt – was soll ich dann machen?«

War das nicht die Eine-Million-Dollar-Frage? Oder vielleicht war es gar keine derart große Sache. Wir waren jetzt schon so oft alle zusammen aus gewesen, dass es sich anders anfühlte als früher. Solange die Grenzen klar waren, solange Hayden und ich zusammen waren und Rodney mit Felicia. Wenn irgendwann Hayden und Felicia zusammen waren und Rodney und ich blieben auf der Strecke, tja, dann hatten wir ein ernsthaftes Problem.

Ich sagte: »Du amüsierst dich mit deinem Freund und akzeptierst, dass er seine Freundin mitgebracht hat.«

»Bist du dir sicher, Kenzie? Ist das wirklich okay für dich? Ganz ehrlich?«

Ich überlegte eine Weile, bevor ich antwortete – ich wollte mir sicher sein. »Ja, ich verstehe, dass das passieren kann – Rodney ist dein Freund, Felicia ist seine Freundin. Ihr zwei werdet euch begegnen. Aber Hayden – könntest du es aus Respekt vor mir nicht zur Gewohnheit werden lassen? Vielleicht kannst du Rodney sagen, dass du was mit ihm allein unternehmen willst? Ein Männerabend? Bestimmt versteht er es, wenn du ihm sagst, dass ich nicht so glücklich bin, wenn ihr euch ohne mich zu einem Doppel-Date trefft.«

Ich hörte Hayden am anderen Ende lächeln. »Natürlich, Kenzie. Das ist eine absolut verständliche Bitte. Das nächste Mal, wenn wir uns verabreden, rede ich vorher mit ihm.«

Ich atmete erleichtert aus. »Danke.« An meiner Lippe nagend fügte ich hinzu: »Und Hayden, wenn er es nicht versteht und er sie trotzdem mitbringt ... musst du es mir gleich erzählen. Ich will es nicht hintenherum erfahren.«

»Klar, Kenzie. Ich liebe dich.«

»Ich dich auch«, sagte ich lächelnd. »Bis bald.«

Die nächsten zwei Tage waren äußerst produktiv. Wir drehten die Rennszenen ab, dann konzentrierten wir uns auf meine Szenen. Die waren für mich zwar sehr aufreibend, doch nach den ersten Takes entspannte ich mich und begann, Spaß daran zu finden. Es war auch nicht allzu schwer. Ich musste nur den Helm abnehmen, mich ein Stück von der Kamera entfernen, dann stehen bleiben und über meine Schulter zurückblickend sagen: »Stärke kommt von innen, Unterstützung von Ashley.

Überraschenderweise lief alles derart glatt, dass wir sogar ein bisschen früher fertig wurden. Ich konnte es kaum erwarten, nach Hause zu kommen – in die Firma, zu Hayden und meinen Freunden. Darum fuhr ich schon an jenem Abend nach Oceanside zurück, anstatt bis zum nächsten Morgen zu warten. Die ganze Rückfahrt über schwankte ich, ob ich zu mir oder zu Hayden fahren sollte oder gleich zum Trainingsgelände.

Obwohl ich wirklich gern nach der Firma sehen und mich davon überzeugen wollte, dass Dex den Laden nicht abgefackelt hatte, fuhr ich schließlich zu Hayden. Die Trennung von ihm hatte mir mehr zugesetzt als erwartet, und er fehlte mir. Vorfreude durchströmte mich, doch als ich auf den Parkplatz fuhr und feststellte, dass sein Motorrad nicht da war, erstarrte ich. Er war nicht zu Hause. Warum nicht?

Als ich überlegte, wo er sein könnte, befiel mich große Angst. Er rechnete mit mir nicht vor morgen, darum konnte er überall sein, mit jedem. Er wähnte sich in Sicherheit, weil ich meilenweit weg war und nie herausfinden würde, was er getrieben hatte. Mit Tränen in den Augen starrte ich auf Nikkis Tür. Ich könnte sie fragen, ob sie etwas wusste. Doch sie hatte einen Säugling. Ihr Schlaf war ihr jetzt heilig, und ich wollte nicht schuld daran sein, dass sie heute Nacht zu wenig davon bekam.

Ich wendete mein Bike und verließ den Parkplatz. Ich würde Hayden auch allein finden.

Doch als ich weiter in die Stadt hineinfuhr, beschlich mich ein schlechtes Gewissen. Unsere Beziehung basierte auf Vertrauen, Ehrlichkeit und Respekt. Ziellos herumzufahren und meinen Freund zu suchen entsprach nicht gerade diesem Ideal. Ich musste daran glauben, dass er – egal, wo er war und was er machte – nichts Schlimmes tat, das mich verletzte. Vielleicht war er mit Rodney unterwegs. Und – vielleicht war Felicia ebenfalls dabei, weil er keine Chance gehabt hatte, mit Rodney die Grenzen ihrer Freundschaft zu klären. Wenn das der Fall war, war es … okay. Ich hatte ihm gesagt, dass ich es verstand, wenn es ab und an vorkam. Auch wenn ich nicht begeistert war, verstand ich es tatsächlich. Ich hoffte nur, dass er Wort hielt und es mir von sich aus erzählte, und zwar sobald wie möglich.

Da es nichts mehr für mich zu tun gab, fuhr ich nach Hause. Vermutlich hätte ich einfach noch in L. A. bleiben und anständig schlafen sollen. Es gab keinen Grund, überstürzt nach Hause zu fahren. Als ich vor meinem dunklen, kleinen Haus hielt, fühlte ich mich einsam und voller Wehmut. Obwohl ich es immer genossen hatte, allein zu wohnen, kam mir das Haus jetzt zu still vor. Es war schöner, wenn Hayden da war. Irgendwie wurde es durch ihn zu einem Zuhause und nicht nur zu einem Ort, an dem ich nachts schlief.

In der Hoffnung, dass ich abschalten und noch ein kleines bisschen schlafen konnte, öffnete ich das Garagentor und schob mein Motorrad hinein. Und da entdeckte ich etwas, das mein Herz höherschlagen ließ. Bildete ich mir das nur ein, oder stand Haydens Bike tatsächlich neben meinem Truck? War er etwa hier? Hayden hatte keinen Schlüssel zum Haus, aber das war kein Problem für ihn – er konnte mühelos irgendwo einbrechen. Ich grinste von einem Ohr zum anderen, als ich das Garagentor schloss. Er war tatsächlich hier.

Ich wollte ihn überraschen und trat leise ins Haus. Alles war dunkel und still. Wenn ich sein Motorrad nicht gesehen hätte, wäre ich niemals auf die Idee gekommen, dass jemand da war. Ich tappte den Flur zu meinem Schlafzimmer hinunter und schob die Tür auf. Als ich die Umrisse seines Körpers unter der Decke sah, klopfte mir das Herz bis zum Hals. Gott – dass er zu Hause auf mich wartete, war besser als alles, was ich mir hätte vorstellen können. Er war nicht unterwegs, um etwas Anrüchiges zu tun. Er schlief in meinem Bett und vermisste mich. Der Gedanke berührte mich tief in meinem Inneren, und mein Herz floss über vor Liebe.

Vorsichtig und leise, um ihn nicht zu wecken, zog ich mir die Stiefel aus, dann die Jacke. Ohne ihn aus den Augen zu lassen, entledigte ich mich meiner restlichen Kleidung und stieg vorsichtig neben ihn ins Bett. Als ich ihn auf die Schulter küsste, drehte er mir im Dunkeln den Kopf zu. »Kenzie?«, fragte er verschlafen.

»Hallo«, sagte ich und küsste ihn. »Du bist hier? In meinem Bett?«

Er drehte sich ganz zu mir um. »Hoffentlich hast du nichts dagegen, dass ich eingebrochen bin. Ich hatte Sehnsucht nach dir.«

»Ich vergebe dir. Ausnahmsweise.«

Ich beugte mich vor, um ihn zu küssen, und er strich über meinen Körper, dann stutzte er und sagte: »Du bist ja nackt.«

Ich schmunzelte und suchte erneut seine Lippen. »Ich weiß. Du solltest unbedingt etwas unternehmen …«

Aus seiner Brust löste sich ein erotischer, amüsierter Laut, dann warf er mich auf den Rücken und ließ den

Mund auf meinem Körper nach unten wandern. Ja, genau so wollte ich jeden Tag nach Hause kommen. Ich nahm mir vor, ihm morgen früh einen Haustürschlüssel zu geben.

Kapitel 15

Der Werbespot kam ein paar Tage vor unserer Abreise nach Barber heraus. Nikki sah ihn als Erste von uns, da sie durch Maria jetzt viel zu Hause war. Ich machte mir ein bisschen Sorgen, wie sie finanziell zurechtkam, doch Myles erklärte mir, er habe alles unter Kontrolle. Was mir ein Rätsel war. Myles hatte mit Eli und Kevin einen ziemlichen Palast gemietet, sodass bei ihm nicht viel Geld übrig bleiben konnte. Doch dann hörte ich Reiher mit Eli darüber sprechen, dass er in Myles' Zimmer ziehen werde.

»Du ziehst in sein Zimmer? Und wohin zieht Myles?« Meine Güte, wohnte er jetzt etwa offiziell bei Nikki, und keiner von ihnen hatte ein Wort gesagt?

Eli eilte sofort davon, er wollte ganz offenbar nichts damit zu tun haben. Reiher schien mein forschender Blick unangenehm zu sein, darum entspannte ich meine Gesichtszüge. Schließlich sagte er: »Er wohnt noch da – aber er schläft auf dem Sofa.«

»Auf dem Sofa? Er schläft auf dem ...« Ich schloss die Augen, schüttelte den Kopf und begab mich auf die Suche nach meinem aufopferungsvollen Fahrer. Ich fand ihn im

Fitnessraum, er sah aus mehr als einem Grund erschöpft aus. Ich stieg neben ihn auf einen Crosstrainer und sagte: »Hey, Myles. Wie geht's?«

Er warf mir einen seltsamen Blick zu. »Gut ...« Mit veränderter Miene sagte er: »Hast du deinen Werbespot schon gesehen? Falls nicht, Nikki hat ihn aufgenommen. Er ist super geworden, Kenzie. Gute Arbeit!«

Ich errötete. Hayden hatte ihn mir gestern Abend gezeigt. Obwohl ich auch fand, dass er toll geworden war, war es mir unangenehm, mich selbst auf dem Bildschirm zu sehen. »Danke.« Weil mir die Situation unangenehm war, platzte ich einfach mit dem heraus, was ich wusste: »Du schläfst auf dem Sofa? Im Ernst?«

Myles taumelte kurz auf der Maschine. »Wer hat dir das erzählt? Kevin?« Er kniff die Augen zusammen. »Der sollte doch die Klappe halten.«

Ich schüttelte den Kopf. »Was machst du, Myles?«

Er blickte starr geradeaus. »Ich helfe Nikki und Maria. Sie kann nicht arbeiten. Nun, sie will jetzt nicht arbeiten. Sie will noch ein bisschen länger bei Maria bleiben, und das unterstütze ich.« Er sah mich an und lächelte warm. »Ich wäre auch am liebsten bei ihr, aber einer von uns muss ja Geld verdienen.«

Jetzt sah er traurig aus, wehmütig. »Und warum das Sofa?«, fragte ich. »Warum ziehst du nicht bei Nikki ein? Es klingt, als hätte Reiher dein Zimmer übernommen. Als wärst du frei?«

Er schüttelte den Kopf. »Nikki ist nicht ... Das ist Haydens Zimmer. Ich will ihn nicht vertreiben.«

»Hayden braucht das Zimmer nicht«, sagte ich leise. Ich hatte ihm einen Schlüssel gegeben, und wir waren bereit für den nächsten Schritt – er schlief ohnehin immer bei mir. Es wäre kein Problem, seine paar Sachen aus dem Zimmer zu mir zu bringen.

Myles Blick zuckte zu mir. »Lass, Kenzie. Es ist gut so, wie es ist. Misch dich bitte nicht ein, okay?«

Ich biss die Zähne zusammen und nickte. Ich konnte mich raushalten. Fürs Erste.

Ich sprang vom Crosstrainer und ging ins Büro. Dex war schon da und lächelte mich über die Papiere auf meinem Schreibtisch hinweg an. »Hey, Kenzie. Guten Morgen.«

»Morgen«, murmelte ich, in Gedanken noch bei Myles und Nikki.

Dex ließ liegen, womit er gerade beschäftigt war, und kam zu mir. »Ist alles in Ordnung? Machst du dir Sorgen wegen des Spots? Ich habe ihn gesehen, und du …« Er atmete langsam aus. »Du siehst toll aus.«

Sein Blick und die Tatsache, wie dicht er vor mir stand, machten mir ein schlechtes Gewissen. Ich wünschte, ich könnte seine Zuneigung zu mir abstellen. Dieser Spot schien sie sogar noch verstärkt zu haben. Ich lächelte schief und ging um ihn herum. »Danke. Nein, ich habe an etwas anderes gedacht.«

Dex folgte mir. »Ach? An was denn?«

Ich stellte mich hinter den Schreibtisch, der eine sichere Barriere bildete, und sah ihn so geduldig an wie möglich. »Etwas Persönliches.«

Er legte die Hand auf meinen Tisch, kam mir so nah, wie es ging, und sagte: »Du kannst mir persönliche Dinge erzählen. Das ist okay.«

Seufzend ließ ich mich auf den Stuhl fallen. »Dex, erinnerst du dich noch an die Grenze, über die wir schon mehrfach gesprochen haben? Du bist dabei, sie erneut zu überschreiten.«

Sofort zog er seine Hand zurück. »Sorry, das wollte ich nicht.«

Ich schloss die Augen und nickte. »Wie wäre es, wenn du John beim Packen hilfst? Wir brechen morgen nach Barber auf.«

Als ich die Augen wieder öffnete, sah ich, dass er nickte. »Ja, okay, Kenzie.«

Er verließ das Büro, und ich lehnte den Kopf an die Stuhllehne. Zu meiner großen Erleichterung hatte er in meiner Abwesenheit sehr gut die Stellung gehalten. Seine Hilfe war so angenehm, aber seine unendliche Bewunderung war ein Problem. Ich entspannte mich einen Augenblick und ließ den Stress von mir abfallen.

Ich wollte mich gerade an die Arbeit machen, als mein Handy klingelte. Ich holte es aus der Tasche, blickte auf das Display und nahm ab. »Hallo, Richard. Wie geht's?«

»Hervorragend, Kenzie. Ich rufe nur an, um Ihnen zu sagen, dass Ashley Dessous überaus glücklich mit dem Spot ist. Sogar so zufrieden, dass die noch mehr mit Ihnen machen wollen.«

In seiner Stimme klang etwas an, das mich sofort alarmierte. »Wie meinen Sie das?«

»Noch einen Spot. Etwas Verführerischeres.«

Ich schloss die Augen und spürte, wie die Entscheidungen auf mir lasteten. Irgendwie hatte ich gewusst, dass das irgendwann kommen würde, nachdem ich ihnen den kleinen Finger gereicht hatte. »Verführerisch ist genau das, was ich nicht möchte. Ich stelle denen nicht meinen Körper zur Verfügung.«

»Es gibt Gerüchte, dass Sie das nicht immer so gesehen haben. Haben Sie nicht letztes Jahr für Ihren Rivalen Benneti Motorsport gemodelt?«

Ich riss die Augen auf. »Woher wissen Sie das? Haben Sie mit Keith gesprochen?«

»Ich rede mit vielen Leuten, Kenzie. Das ist ein wichtiger Teil meiner Arbeit. Ebenso wie Recherche. Ich habe Fotos aus der Benneti-Zeit gesehen, und das Outfit war alles andere als geschmackvoll. Was man Ihnen jetzt anbietet, ist ein großer Schritt nach vorn. An Ihrer Stelle würde ich das nicht gleich ablehnen.« In seiner Stimme lag ein fast bedrohlicher Unterton, bei dem sich die Härchen in meinem Nacken aufrichteten.

»Tja, Sie sind aber nicht ich, und ich mache das nicht. Als ich mich darauf eingelassen habe, für Keith zu arbeiten, war ich verzweifelt. Das bin ich jetzt nicht, darum lautet meine Antwort Nein. Bitte richten Sie den Leuten von Ashley aus, dass ich mich geschmeichelt fühle, aber dass das nicht die Art von Partnerschaft ist, die ich suche.«

Er schwieg eine ganze Weile, und mein Herz begann zu hämmern. »Das richte ich aus, Mackenzie, aber ich muss

Ihnen leider sagen, dass die das unbedingt wollen. Wenn Sie es nicht machen, macht es eine andere.«

Ich erstarrte. »Sagen Sie mir etwa, dass die aussteigen, wenn ich nicht zustimme? Wir haben doch einen Vertrag.«

»Einen Vertrag für eine Saison. Am Ende des Jahres können die machen, was sie wollen. Genau wie Sie, wenn Sie das Gefühl haben, dass es nicht funktioniert.«

Erneut ließ ich den Kopf gegen die Lehne sinken. Musste ich im nächsten Jahr mit allem wieder von vorn beginnen? Immer wieder aufs Neue? Das konnte ich mir nicht vorstellen. Das war zu belastend, zu anstrengend. »Sagen Sie denen – dass ich darüber nachdenke.«

»Hervorragend. Das wird sie freuen.«

Schon hatte er aufgelegt und hörte nicht mehr, wie ich sagte: »Ich denke nur darüber nach. Ich habe noch nicht zugestimmt.«

Als das Team auf dem Weg nach Barber war, sah ich mich nicht in der Lage, Hayden zu erzählen, was Ashley von mir verlangte und dass ich bereits halbwegs zugesagt hatte. Irgendwie wollten mir die Worte in seiner Gegenwart einfach nicht über die Lippen kommen, und das machte mir ein schlechtes Gewissen. Wir hatten uns geschworen, ehrlich zu sein – brutal, schmerzhaft ehrlich. Ich *musste* es ihm erzählen. Aber ich war mir ja noch nicht einmal sicher, ob ich den Spot tatsächlich drehen wollte. Vielleicht machte ich einen Rückzieher, ließ den Sponsor ziehen und gab mein Bestes, ihn nächstes Jahr durch einen anderen zu ersetzen. Immerhin hatte ich noch Burger Barn. Wäre es so schlimm, Ashley zu verlieren?

Ja. Es wäre schmerzhaft. Wir hatten uns an den größeren Etat gewöhnt und verließen uns auf sie. Ich wollte mich nicht trennen, aber ich wollte auch nicht, dass ich überall in Dessous von Ashley plakatiert war. Dieser Anblick war Haydens Augen vorbehalten. Der mich, wie mir plötzlich auffiel, schon seit einer Weile durchdringend ansah.

Ich sammelte mich und suchte seinen Blick. »Da ist ja mein Mädchen«, sagte er lächelnd. »Wo warst du mit deinen Gedanken? Bist du im Geiste die Rennstrecke abgefahren?«

Es gefiel mir, wie gut er meine Gewohnheiten kannte, und hatte ein schlechtes Gewissen, dass ich an etwas anderes gedacht hatte. »Nein, ich ...« Ich musste es ihm jetzt sagen, also atmete ich tief ein und nahm die Abgase und die angespannte Atmosphäre von einem meiner Lieblingsrennen in mich auf. Das ich derzeit allerdings nicht wirklich genießen konnte. Gott, wie ich mir wünschte, ich könnte diese Sorge vergessen und einfach nur *fahren*. Das war meine Leidenschaft, nicht ... das Management.

»Es kann sein, dass wir Ashley Dessous zum Ende des Jahres verlieren«, erklärte ich Hayden schweren Herzens.

Seine grünen Augen weiteten sich vor Überraschung, dann fragte er: »Nach diesem tollen Spot? Wieso wollen die aussteigen, nach allem, was du für sie getan hast?«

»Das ist genau der Punkt. Der Spot war zu gut. Jetzt wollen sie mehr, aber das ... will ich eigentlich nicht.«

Verwirrt zog er die Brauen zusammen. »Mehr? Wie *mehr*?«

Ich seufzte, als sein Blick zu meinem Körper hinuntersprang, dann nickte ich. »Ja, mehr Haut, mehr Sexappeal, mehr von allem, was ich überhaupt nicht will. Und weil ich das nicht mache, suchen sie sich eine andere, die dazu bereit ist. Und wir sind … fertig.«

Hayden legte mir die Hände auf die Wangen und schüttelte den Kopf. »Nein, das sind wir nicht. Wir haben andere Sponsoren, wir brauchen die nicht.« Wieder seufzte ich resigniert. Mit hochgezogenen Augenbrauen wiederholte er: »Wir brauchen die nicht, Kenzie.«

Sanft nahm ich seine Hände von meinen Wangen und antwortete: »Ich habe denen gesagt, dass ich darüber nachdenke.«

Sofort versteinerte seine Miene. »Nein, das tust du nicht. Du hast selbst gesagt, dass du das nicht machen willst.« Ich öffnete den Mund, doch er ließ mich gar nicht erst zu Wort kommen. »Nein. Du tust nichts, was du nicht tun willst. Nicht noch einmal. Eher würde ich wieder Straßenrennen fahren, als mir das noch einmal anzusehen.«

Ich schürzte die Lippen, um ihm zu signalisieren, dass er nur über meine Leiche wieder Straßenrennen fahren würde. »Okay. Ich sage denen ab. Dann verlängern die den Vertrag nicht – und wir müssen sehen, wie wir zurechtkommen.«

Hayden legte mir einen Arm um die Schulter und strahlte mich an. »Genau wie immer. Und wir kommen schon klar. Versprochen.«

Ich wollte ihm sagen, dass er mir so etwas nicht versprechen konnte, aber das war nicht nötig. Er wusste genauso gut wie ich, wie unsicher die Zukunft war und dass wir alles verlieren konnten. Aber mir war klar, was er mir mit seinem Versprechen eigentlich sagen wollte – dass wir zwei klarkamen, auch wenn wir ganz unten waren, und wenn wir in meinem Truck leben mussten. Und das verlieh mir Kraft. Ich würde Richard anrufen und ihm sagen, dass ich auf keinen Fall eine rasante Dessous-Werbung machen wollte. Und dann, sobald ich aufgelegt hatte, würde ich mir keine Sekunde Gedanken darüber machen, was das für Cox Racing bedeutete.

Ja, genau so würde ich es machen – gleich nach dem Rennen.

Ich verdrängte die Sorge und wartete mit dem Rest des Teams, bis es Zeit für das Hauptrennen war. Als wir unsere Plätze einnehmen sollten, holte ich meine Maschine und begab mich zu den Startboxen.

Während ich in der Nachmittagssonne darauf wartete, dass die Ampel auf Grün sprang, trieb die Anspannung meinen Adrenalinpegel nach oben. Hayden hatte sich hinter mir qualifiziert, und als ich mich nach ihm umdrehte, genoss er schamlos die Aussicht. Obwohl er entschieden dagegen war, dass ich diese Werbung für Ashley machte, schien er mich seinem Blick nach zu urteilen den ganzen Tag in sinnlichen Dessous vor sich zu sehen. Wenn wir wieder im Hotel waren, würde er über mich herfallen. Ich konnte es kaum erwarten.

Myles war großartig in der Qualifizierung gefahren und

wieder auf der Poleposition gelandet. Doch er wartete mit gesenktem Kopf, als wäre er eingeschlafen. Ich wünschte, ich könnte etwas nach ihm werfen, um ihn aufzuwecken, doch in dem Moment richtete er den Blick gen Himmel. Er schlief also nicht. Aber er war nicht komplett bei der Sache, so viel war klar.

Wie gern hätte ich mich in irgendeiner Weise um ihn gekümmert, doch stattdessen rührte ich mich nicht vom Fleck und wartete. Sobald die Ampel umsprang, würde er sich konzentrieren. Hoffentlich.

Je näher der Start rückte, desto stärker wuchs die Anspannung um mich herum. Mein Herzschlag dröhnte laut in meinen Ohren, lauter als die Motorräder und die jubelnden Fans. Den Blick vor mich geheftet wartete ich auf den magischen Moment. Plötzlich sah ich Grün, ließ die aufgestaute Energie in mir frei und sauste mit der Meute los.

All meine Alltagssorgen lösten sich in nichts auf, während ich alles aus meinem Bike herausholte. Es gab nur noch die Strecke, die Maschine und mich. Wir drei führten eine Unterhaltung, ein intimes Gespräch, das mich an den anderen vorbeifegen ließ, als würden sie stillstehen. Die Zeit verlangsamte und beschleunigte sich zugleich auf unerklärliche Weise, und ehe ich michs versah, wurde die Fahne geschwenkt, um die letzte Runde anzuzeigen.

Ich hatte mich dermaßen darauf konzentriert, das Rennen zu genießen – einfach loszulassen –, dass ich keine Ahnung hatte, auf welcher Position ich mich befand. Es waren drei Leute vor mir – keiner von ihnen war Myles.

Befand ich mich an vierter Stelle? War Myles nicht einmal unter den ersten drei? Ich blickte rasch hinter mich und hoffte, ihn zu entdecken. Stattdessen bemerkte ich Hayden, der an meinem Hinterreifen klebte. Grinsend richtete ich den Blick wieder nach vorn. *Wenn du das willst, Hayes, musst du dich schon anstrengen.*

Ich gab noch mehr Gas, hoffte, Hayden zu entkommen, und konzentrierte mich auf die dritte Position. Die Ziellinie tauchte vor mir auf – meine letzte Chance, den Typen zu überholen. Mir war zum Lachen zumute, ich gab alles – und zog Sekunden, bevor unsere Reifen die Linie passierten, an ihm vorbei.

Euphorisch stieß ich eine Siegerfaust in die Luft. Es war nicht der erste Platz, aber ich war unter den ersten drei, und das war gut. Ich blickte mich um und sah, dass Hayden den fünften Platz gemacht hatte, gleich hinter dem Typen, den ich überholt hatte. Felicia und Rodney entdeckte ich einige Plätze hinter Hayden, nur Myles war nirgends zu sehen. Erst als ich anhielt und auf die Anzeigetafel blickte, stellte ich fest, dass er auf dem zehnten Platz gelandet war. So schlecht hatte er lange nicht mehr abgeschnitten.

Die Sorge um meinen Teamkameraden, gefolgt von der um mein Geschäft, beherrschten während der obligatorischen Interviews meine Gedanken. Als ich nicht mehr im Rampenlicht stand, ging ich zur Cox-Garage und hoffte, ein paar Antworten zu erhalten. Dex strahlte. »Kenzie! Das war fantastisch! Dir beim Fahren zuzusehen ... Gott, das könnte ich den ganzen Tag lang machen.«

»Danke, Dex«, sagte ich.

Als ich mich nach Myles umsah, fügte Dex hinzu: »Versteh mich nicht falsch, aber wenn du da draußen bist, bist du irgendwie anders. Als würde eine Last von dir abfallen.«

Seufzend hörte ich auf, nach Myles zu suchen und blickte ihm in die Augen. »Seit ich klein war, wollte ich nie etwas anderes, als Rennen fahren. All dieser Kram, der dazugehört … ist nicht meine Leidenschaft. Ich kann … ich kann ihn nicht ausstehen«, gestand ich und merkte, dass es mich erleichterte, die Wahrheit auszusprechen.

Dex nickte nachdenklich. »Das verstehe ich.«

Er sah aus, als wollte er noch etwas sagen, doch da entdeckte ich Myles und entschuldigte mich. Ich rief seinen Namen und lief zu ihm. Mit leerem Blick sah er mir entgegen. »Hey, Myles – ist alles in Ordnung? Was ist da draußen passiert?«

Er atmete erschöpft aus, dann blickte er sich unauffällig um. »Können wir reden, Kenzie?«

Angst breitete sich in meinem Magen aus. »Ja, klar. Was ist los?«

Er fuhr sich wiederholt durch die Haare. »Ich … ich mache hier bei den Rennen eine ziemlich schwere Zeit durch.« Mit trauriger Miene schüttelte er den Kopf. »Ich bin unglücklich, Kenzie. Ich will einfach nur nach Hause.«

Ich sah ihn mit großen Augen an. »Aber das letzte Rennen hast du doch gewonnen. Und du hast dich wieder für die Poleposition qualifiziert. Ich dachte … ich dachte, für Maria Rennen zu fahren würde es dir leichter machen?«

Er verzog das Gesicht und nickte. »Ja – und nein. Manchmal genügt das Fahren, um alles andere auszugleichen. Manchmal nicht. Die Reiserei, fort zu sein von Nikki und Maria.« Er sah enttäuscht aus und lachte freudlos auf. »Ich wusste ja, dass es Nikki schwerfallen würde, sich von dem Baby zu trennen, wenn es erst einmal auf der Welt ist. Aber ich hätte nie gedacht, dass es mir auch so gehen würde. Es fällt mir dermaßen schwer, dass ich überlege ...«

»Dass du was überlegst?«, fragte ich und spürte einen Stein in meinem Bauch.

»Bring mich nicht um, aber ... was, wenn dies mein letztes Rennen war? Wenn ich mich zur Ruhe setze?«

Ich hatte das Gefühl, er hätte mich in den Magen geboxt, meine Augen brannten. »Du kannst doch nicht ... du kannst dich nicht zur Ruhe setzen. Du hast selbst gesagt, dass einer von euch Geld verdienen muss.«

Er ließ sich auf einen Stuhl fallen. »Ich weiß. Und tief im Inneren ist mir klar, dass ich eigentlich nicht aufhören kann. Ich darf dir das nicht antun, darf es Nik nicht antun, und ich glaube auch nicht, dass ich überhaupt aufhören könnte. Ich würde das Fahren vermissen. Ich ... ich ertrage es nur einfach nicht, von ihnen getrennt zu sein. Von *ihr* – von Nik.«

Ich ging vor ihm in die Hocke und legte ihm eine Hand aufs Knie. »Das ist nur vorübergehend, Myles. Nikki will zurückkommen, und das wird sie auch. In der nächsten Saison.« Hoffentlich stimmte das. Sie fühlte sich überaus wohl zu Hause mit Maria. Mist. Was, wenn ich Nikki und Myles beide verlor?

Ich schüttelte diesen schrecklichen Gedanken ab und suchte verzweifelt nach etwas, womit ich Myles aufheitern konnte. »Warum ... warum laden wir Nikki nicht zum nächsten Rennen ein? Nach Monterey, das ist doch nicht allzu weit entfernt. Ihre Mom kann über Nacht auf Maria aufpassen, und wir können alle zusammen ausgehen und uns amüsieren, so wie früher.« *Bitte verlass uns jetzt noch nicht.*

Myles sah mich mit warmem Blick an. »Das hört sich schön an.«

»Gut«, sagte ich und stand auf. *Gott sei Dank.* »Also abgemacht. Du hörst nicht auf.«

Er ließ ein trockenes Lachen ertönen. »Nein – ich höre nicht auf.«

Das hätte mich beruhigen sollen, doch in seiner Stimme lag ein seltsamer Unterton, er klang bedrückt. Tat er sich leid, weil Nikki nicht da war – oder tat *ich* ihm womöglich leid, weil er im Grunde nach zu einer dauerhaften Lösung suchte?

»Ich fahre zurück ins Hotel, packe und versuche, einen früheren Rückflug zu erwischen.« Ich nickte ihm zu, und er lächelte schwach. »Bis dann, Kenzie. Und es tut mir leid, dass ich heute versagt habe.«

Als ich ihn davonschlurfen sah, musste ich einen Kloß in meinem Hals hinunterschlucken. Ich hätte nie gedacht, dass ich den Tag erleben würde, an dem die Rennen nicht mehr Myles' ganze Welt waren. Als Besitzerin eines Rennstalls machte mir das Angst. Doch als Freundin brach es mir das Herz.

Kapitel 16

Myles leidet meinetwegen, stimmt's?« Ich wiegte Maria im Arm und hielt inne, um Nikki anzusehen. Sie knabberte nervös an den Nägeln, während sie auf meine Antwort wartete. Ihre Augen waren vom Schlafmangel geschwollen, doch trotz aller Erschöpfung wirkte sie glücklich. Sie war genau dort, wo sie sein wollte – zu Hause bei ihrem kleinen Mädchen.

Ich blickte wieder auf das Baby in meinen Armen, dem bereits ein beeindruckender schwarzer Haarschopf wuchs, und zuckte die Achseln. »Nein – ihm geht's gut. Er kommt schon klar.«

Nikki schnaubte. »Ich habe das Rennen gesehen, Kenzie. Er hat sich für die Poleposition qualifiziert und ist dann auf dem zehnten Platz gelandet. Er hatte keine Probleme mit der Maschine, keinen Unfall, es war nur sein Kopf. Das wäre ihm früher nie passiert.« Sie zögerte. »Ich mach ihn fertig. Ich hab Cox Racing kaputtgemacht.«

Ich sah sie an. »Jetzt übertreibst du aber. Nichts ist kaputt. Und wenn Cox Racing untergeht, dann nicht deinetwegen.«

Sanft legte sie mir eine Hand auf den Arm. »Tut mir leid, dass du Ashley Dessous verloren hast. Ich habe den Spot von meinem Festplattenrekorder gelöscht. Diese Dreckskerle haben dich gar nicht verdient.«

»Danke«, sagte ich lächelnd. Gleich nachdem ich aus Barber zurückgekehrt war, hatte ich Richard angerufen, der mir daraufhin eine Woche später die schlechte Nachricht überbracht hatte. In der nächsten Saison würde Ashley Dessous jemand anderen unterstützen. Ich hatte sie als Sponsor verloren. Es war ein schwerer Schlag für mich, doch es überraschte mich nicht. Sie wollten mehr, als ich ihnen zu geben bereit war. Wir passten einfach nicht zusammen.

Während ich noch darüber nachdachte, überlegte ich zugleich, wie ich Nikki am besten beibrachte, was ich ihr sagen musste. Ich hatte Neuigkeiten für sie und keine Ahnung, wie sie darauf reagieren würde. Vielleicht war es ihr gleichgültig, vielleicht freute sie sich auch für mich. Beides war mir recht. Ich zögerte jedoch, weil ich fürchtete, dass es sie aufregen könnte.

Offenbar spürte sie meine Unsicherheit, denn sie fragte: »Du siehst aus, als hättest du in eine Zitrone gebissen. Was ist los?«

Ich stieß die Luft aus und legte einen Finger in Marias winzige Hand. »Hayden und ich fahren doch ein langes Wochenende weg, um uns vor Monterey ein bisschen zu erholen. Und – wenn wir zurückkommen … wollen wir sein Zeug zu mir schaffen.« Als sie schon den Mund öffnete, um etwas zu sagen, fügte ich noch rasch hinzu:

»Er zahlt noch zwei Monatsmieten und lässt die Möbel da, falls du einen neuen Mitbewohner aufnehmen willst. Vielleicht Myles? Der ist doch sowieso andauernd hier.«

Nikki lächelte angespannt. »War das deine Idee oder Myles'?«

»Meine. Ich finde es absolut lächerlich, dass er auf dem Sofa schläft, wenn du …« Ich ließ den Gedanken unausgesprochen. »Hayden und ich sind so weit. Wir wollen zusammenwohnen. Und weil Myles dich bei der Miete unterstützt und du Haydens Hilfe nicht mehr brauchst, dachten wir … jetzt wäre ein guter Zeitpunkt.«

Ihr Lächeln entspannte sich. »Ist okay, Kenzie. Ich habe schon damit gerechnet. Es hat mich ohnehin gewundert, wie lange er geblieben ist. Ich weiß, dass er es nur meinetwegen getan hat, wofür ich euch beiden dankbar bin. Aber er sollte ausziehen, damit ihr zwei glücklich sein könnt.«

Plötzlich wirkte sie völlig erschöpft, von der Freude über ihr Dasein als Mama war nichts mehr zu sehen. »Du könntest auch glücklich sein, Nik. Du und Myles.«

Sie schloss die Augen und schüttelte den Kopf. »Wir sind glücklich. Solange er vergisst, dass er in mich verliebt ist, ist alles in Ordnung. Dann verstehen wir uns blendend. Nur nicht, wenn er so ernst und wehmütig ist und wenn er beschissen Rennen fährt, weil er mit den Gedanken woanders ist.« Ihre dunklen Augen funkelten. »Wenn er das noch mal macht, trete ich ihm in den Hintern. Wenn er mit mir zusammen sein will, dann sollte er es den anderen da draußen zeigen und gewinnen. Ich will nicht mit einer Lusche zusammen sein.«

Ich konnte ein Grinsen nicht unterdrücken. »Du willst mit ihm zusammen sein?«

»Wenn du nicht gerade meine Tochter auf dem Arm hättest, würde ich ein Kissen nach dir werfen. Nein, will ich nicht. Ich sage nur, wenn er mich umstimmen will, ist Verlieren nicht der richtige Weg.«

Ich schmunzelte. »Du willst also, dass er dich umstimmt?«

»Oh, mein Gott, gib mir meine Tochter, damit ich dir endlich eine kleben kann.«

Ich drückte Maria fester an mich und benutzte sie als Schutzschild. Nikki lachte. Als ihre Miene sich entspannte, erklärte ich: »Ich freu mich riesig, dass du nach Monterey kommst. Ohne dich ist es einfach nicht dasselbe.«

Nikki wurde ernst. »Ja – ich weiß.« Sie lächelte. »Ich freu mich auch. Ich hab euch vermisst.«

Weil ich nicht widerstehen konnte, sagte ich: »Einige von uns mehr als andere?«

Nikki stöhnte und warf ein Spucktuch nach mir. »Du kannst jetzt gehen, du Bitch.«

Lachend reichte ich ihr Maria. »Hier, nimm deine Tochter, du Bitch.«

Sie lachte, und als sie mir das weiche, süße, warme Bündel abnahm, nahm ihr Gesicht einen völlig veränderten Ausdruck an. Lächelnd beobachtete ich die zufriedene Mutter mit ihrer Tochter und spürte eine Sehnsucht, die mich im Innersten meiner Seele berührte. Eines Tages würde ich das auch haben. Mit Hayden. Später, wenn ich bereit war, ein paar Jahre auszusetzen. Das würde merkwürdig werden. Doch Nikki hatte auch große Angst gehabt, ihren Job aufzugeben, und jetzt war Myles das Einzige, was sie stresste – nicht das Baby, nicht die Arbeit. Ich würde mich genauso daran gewöhnen.

Von Nikki fuhr ich zur Trainingsstrecke, um mich dort mit Hayden zu treffen. Wir wollten mit den Motorrädern die Küste hinauf zu einem reizenden Bed and Breakfast fahren, das Hayden entdeckt hatte. Auf den Fotos wirkte es ganz und gar friedlich, und nach der verrückten Hektik in diesem Jahr klang das himmlisch.

Es war Mittwochnachmittag, und auf beiden Seiten der Trainingsstrecke herrschte reges Treiben – bei Cox ebenso wie bei Benneti. Als ich zu Keiths Garagen hinüberblickte, sah ich ihn im Gespräch mit Felicia und einer weiteren Person, die mir irgendwie bekannt vorkam. Ich brauchte einen Augenblick, bis ich begriff, um wen es sich handelte. Als es mir klar wurde, umklammerte ich derart fest die Griffe des Motorrads, dass meine Finger schmerzten. Es war eine Mitarbeiterin von Ashley Dessous, die ich beim Dreh des Werbespots kennengelernt hatte.

So wie sie um die Wette strahlten, sah es aus, als würde Felicia Ashley fortan repräsentieren. Wahrscheinlich. Ich hatte das Gefühl, sie würde alles tun, wozu ich nicht bereit war. Ich wollte mich darüber ärgern, aber eigentlich konnte Felicia nichts dafür. Sie hatte mir Ashley schließlich nicht abspenstig gemacht. Ich hatte mich verweigert und ihren Wunsch abgelehnt. Wenn Felicia daraufhin die Gelegenheit ergriffen und sich denen angeboten hatte, konnte ich es ihr nicht verübeln. Solange es ihre Idee war. Wenn Keith sie dazu gezwungen hatte, hatte ich ein Problem damit.

Ich schob den Gedanken beiseite und fuhr zu unseren Garagen. Das Wochenende sollte erholsam werden, ich wollte mich nicht mit bedrückenden Gedanken belasten.

Als ich in die Werkstatt kam, unterhielt sich Hayden gerade mit Eli und Reiher. Offenbar hatten die drei Spaß. Ich blieb einen Augenblick stehen, um ihn zu beobachten. Er passte jetzt hierher, es gab keine Spannungen mehr, keinen unterschwelligen Argwohn. Er gehörte ganz und gar dazu, und ich spürte, wie sich in meinem Magen ein warmes, wohliges Gefühl ausbreitete. Mir traten sogar Freudentränen in die Augen.

»Mackenzie? Ist alles in Ordnung?«

Ich drehte mich um und sah, dass mein Vater mich besorgt musterte. »Ja, Dad, alles okay«, sagte ich und blinzelte die Spuren meiner Gefühlsanwandlung fort.

Dads Lippen bildeten eine schmale Linie. »Ich glaube, wir sollten über deinen Ausflug sprechen. Jetzt ist wirklich nicht der richtige Zeitpunkt ...«

»Um zu leben?«, fiel ich ihm ins Wort. »Jetzt ist genau der richtige Zeitpunkt, Dad.«

Ich ging nach oben, um meine To-do-Liste durchzusehen, ehe ich die Stadt verließ. Dad kam mir hinterher. »Das nächste Rennen steht bevor, Mackenzie«, sagte er und folgte mir zu meinem Schreibtisch.

Ich blätterte durch die Papiere. Auf den meisten hatte Dex etwas notiert. Er kümmerte sich bereits um alles. Ich blickte hoch zu Dad. »John und Dex haben alles im Griff. Es sind nur ein paar Tage. Das geht schon.«

Dad schüttelte den Kopf. Er vertraute Dex noch immer nicht, doch bei diesem Thema hielt er sich zurück. »Das habe ich nicht gemeint. Ich spreche davon, dass du trainieren solltest. Jetzt ist nicht der richtige Zeitpunkt, um sich zu entspannen.«

Die Worte waren mir so vertraut, dass ich lächelte. »Ja, wahrscheinlich sollte ich trainieren, aber das tue ich nicht. Stattdessen verbringe ich ein paar schöne Tage mit meinem Freund, ruhe mich aus, trinke und esse vielleicht sogar Spaghetti.«

Dads Miene verfinsterte sich noch mehr. »Ist es, weil du Ashley verloren hast? Ich glaube, wenn wir einfach …«

Ich hob eine Hand, um ihn zu unterbrechen. »Das hat nichts damit zu tun. Ich will einfach nicht mein Glück, mein Leben für eine Firma opfern. Selbst für diese nicht. Ich will ein ausgeglichenes Leben haben.«

Jetzt sah Dad mich mit einem Mal verständnisvoll an. »Du wirst mir vielleicht nicht glauben«, sagte er leise, »aber das verstehe ich.«

Ich wartete, dass ein »aber« folgte, doch zu meiner Überraschung blieb es aus. Er lächelte nur und sagte: »Genieß das Wochenende, Mackenzie.« Dann drehte er sich um und ging. Ich war so verblüfft, dass ich noch immer auf die Tür starrte, als Hayden hereinkam.

»Da ist ja meine Süße. Können wir aufbrechen?« Da ich noch immer auf die Tür blickte, drehte er sich um. »Ist was?«, fragte er.

Er wandte sich wieder zu mir, und ich sah ihm in die Augen. »Ich glaube, es ist gerade die Hölle zugefroren, aber ... ansonsten ist alles okay.«

Hayden lachte verwirrt. Lächelnd ging ich zu ihm und legte ihm die Arme um den Hals. »Ja, ich bin fertig. Lass uns fahren.«

Bevor wir endgültig aufbrachen, überprüfte ich noch ein paar Sachen, doch das wäre gar nicht nötig gewesen. Dex hatte sich schon um alles gekümmert. Beeindruckt und erleichtert verließ ich mit Hayden das Büro. Ich traf Dex in der Werkstatt, wo er mit Kevin Myles' Maschine durchsah, als wären beide davon überzeugt, dass der Vorfall in Barber technische Gründe hatte.

»Hallo, Dex, du hast da oben ja Superarbeit geleistet. Ich wollte vor meiner Abreise noch schnell ein paar Dinge erledigen, aber du hattest schon alles gemacht.«

Dex richtete den Blick von dem Motorrad auf meine Hand, die in Haydens lag, dann ließ er ihn zu meinem Gesicht gleiten. »Ach, stimmt ja, ihr fahrt ...« Kopfschüttelnd sagte er: »Nach dem, was du in Barber gesagt hast, wollte ich nur ...« Er zögerte und stieß die Luft aus. »Ich will, dass du gern herkommst und nicht, dass es dich stresst.«

Ich lächelte ihn warm, aber professionell an. »Das ist nett. Vielen Dank.«

Dex blickte wieder auf unsere Hände, und ich spürte, wie Haydens Griff sich verstärkte. Da mir klar war, dass er kurz davor war, Dex den sehnsüchtigen Blick aus dem Gesicht zu prügeln, sagte ich: »Bis Montag. Ruf an, wenn es Probleme gibt.«

Nun schaltete sich Hayden ein. »Eigentlich meinte sie: Ruf nicht an, wenn es Probleme gibt. Regel sie selbst.«

»Hayden«, sagte ich streng und sah ihn an.

Er zuckte lächelnd die Schultern und verdrehte die Augen. »Ruf mich an, wenn es Probleme gibt«, wiederholte ich, während Hayden unauffällig den Kopf schüttelte und ihm erneut bedeutete, es nicht zu tun. Ich gab auf und ging.

Zwanzig Minuten später fuhren Hayden und ich auf der Küstenstraße nach Norden. Die Fahrt am Wasser entlang war wunderschön und entspannend, auch wenn Hayden und ich im Spaß um die Führung rangen und einander immer wieder überholten, bis wir schließlich unser Ziel erreichten. Das Bed and Breakfast, das Hayden entdeckt hatte, lag versteckt in einem reizenden, malerischen Küstenort. Der Blick aus unserem Zimmer ging hinaus auf einen Hafen, in dem zahlreiche Segelboote und Yachten lagen. Das ruhige Wasser hatte dasselbe beruhigende Blau wie der Himmel, und ich merkte, wie beim Anblick der sich sanft kräuselnden Wellen die Anspannung von mir abfiel.

»An was denkst du?«, fragte Hayden. Er trat hinter mich und legte die Arme um meine Taille.

»Ich denke, dass es absolut perfekt ist.« Ich drehte mich in seinen Armen zu ihm um. »Genau das haben wir gebraucht.«

Er grinste, dann deutete er mit dem Kopf in eine Zimmerecke. »Hast du den Whirlpool gesehen?«

Ich nickte und grinste ebenfalls. »Ja. Nur deshalb hast du dieses Zimmer doch genommen, stimmt's?«

Er lächelte aufreizend und zuckte die Schultern. »Vielleicht.« Er rückte von mir ab und sagte: »Ich lasse Wasser ein. Zieh du dich schon aus.«

Ich ahnte, dass ich den Großteil des Wochenendes nackt verbringen würde. Lachend setzte ich mich aufs Bett und entledigte mich meiner Stiefel, während Hayden sich um die Wanne kümmerte. »Wollen wir Wein kommen lassen?«, fragte ich. Das wäre der perfekte Beginn meines Kurzurlaubs.

»Schon erledigt.« Hayden zeigte auf den Nachttisch, wo eine Flasche im Kühler stand.

»Toll.« Ich streifte die Stiefel ab und schlüpfte aus der Jacke.

Hayden ließ das Wasser laufen, trat zu mir und streckte mir die Hand hin. Ich ergriff sie, und er half mir auf und zog mich in die Arme, um mir einen zärtlichen Kuss zu geben. »Ich liebe dich. So sehr.«

»Ich dich auch«, murmelte ich an seinen Lippen.

Wir halfen uns gegenseitig beim Ausziehen, und als wir nackt waren, nahm Hayden die Weinflasche und ich zwei Gläser mit zur Wanne. Vorsichtig stieg ich hinein und ließ mich mit einem wohligen Stöhnen ins Wasser sinken. Hayden zog eine Augenbraue nach oben und tat es mir gleich. »Derartige Laute sollte ich dir entlocken«, sagte er grinsend.

»Du hast das Zimmer gebucht, in gewisser Weise hast du das also durchaus getan«, erwiderte ich und schmunzelte zufrieden.

Kopfschüttelnd sagte er: »Später wirst du diesen Laut meinetwegen von dir geben, und zwar nur meinetwegen.«

Auch wenn ich leise lachte, kribbelte mein Körper erwartungsvoll. Ich freute mich schon darauf. Aber jetzt genoss ich es, nichts zu tun, mich nur zu entspannen und zu trinken. Ich nahm einen Schluck Wein und sagte zu Hayden: »Danke für das hier. Mein Vater meint, es wäre ein schlechter Zeitpunkt wegzufahren, aber … ich glaube, genau das habe ich gebraucht.«

»Das wusste ich. Und gern geschehen«, antwortete er lächelnd.

Hayden stellte die Düsen der Wanne an. Ich kicherte, als ich das weiche Sprudeln in meinem Rücken spürte, dann gab ich mich der Massage hin. Hayden beobachtete mich einen Moment mit nachdenklicher Miene. »Was ist los?«, fragte ich schließlich.

Er senkte kurz den Blick, dann sagte er: »Ich habe gehört, worüber Dex und du … nach dem Rennen in Barber gesprochen habt.« Ich zog die Brauen zusammen und versuchte, mich an das Gespräch zu erinnern, wusste aber nicht, was er meinte. »Dex sagte«, fuhr Hayden fort, »dass du anders bist, wenn du fährst – irgendwie freier, weniger angestrengt. Und er hat recht. Du strahlst, wenn du fährst. Du bist völlig verändert – ganz gelöst.«

Ich seufzte und betrachtete die aufsteigenden Wasserblasen um uns herum. »Ja, ich wünschte, das wäre das Einzige, um das ich mich kümmern müsste. Ich wünschte, dieser geschäftliche Kram …« Ich verstummte und brachte den Gedanken nicht über die Lippen.

Hayden nahm unter Wasser meine Hand und sah mich besorgt an. »Was, wenn es möglich wäre?«

»Wie meinst du das?«, fragte ich.

Er presste die Lippen zusammen, als überlegte er, wie er mir seine Idee am besten beibrachte. »Dein Vater hat die Firma jahrelang allein geleitet. Warum überlässt du ihm nicht den ganzen Kram, auf den du keine Lust hast?«

Ich wünschte, das könnte ich, aber ich schüttelte den Kopf. »Weil er ein Kontrollfreak ist. Er kann nicht die Geschäfte leiten, ohne auch über mich bestimmen zu wollen. Außerdem hat er den Laden in die Pleite geritten, schon vergessen?«

Hayden nickte, sein Gesicht sagte jedoch, ich sollte es mir noch einmal überlegen. Ein recht bemerkenswerter Sinneswandel, wenn man sich klarmachte, wie Hayden über meinen Vater dachte. Doch er wollte unbedingt, dass ich wieder Freude an meiner Arbeit hatte – an allem daran.

Den Rest des Wochenendes verdrängte ich den Gedanken und genoss einfach nur die freie Zeit mit Hayden. Es war himmlisch. Das pure Glück. Ich wollte, dass es nie zu Ende ging, aber natürlich musste es das irgendwann. Schließlich war es Sonntagmorgen, und wir packten, um zurück nach Hause zu fahren. Wirklich traurig war ich jedoch nicht. Heute würden wir Haydens Sachen zu mir bringen und offiziell zusammenziehen. Zu wissen, dass wir einen großen Schritt machten, erleichterte mir den Abschied von unserem Liebesnest.

»Dieser Ort wird mir fehlen«, sagte Hayden und schloss den Reißverschluss der Tasche. Sein Blick schweifte zur Wanne und zum Bett, wo wir die meiste Zeit verbracht hatten.

»Mir auch«, pflichtete ich ihm bei. »Wir müssen unbedingt noch mal wiederkommen.«

»Vielleicht in unseren Flitterwochen?«, schlug er vor, den Blick auf die Tasche gerichtet.

Mit pochendem Herzen sah ich ihn an. Er bat mich um meine Hand – nun ja, vielmehr testete er, wie ich auf das Thema Ehe reagierte. Ich klemmte die Unterlippe zwischen die Zähne und biss fest darauf. Am liebsten hätte ich Ja gesagt, die Arme um seinen Hals geschlungen und ihn gebeten, mich auf der Stelle zum Standesamt zu schaffen. Aber so weit waren wir noch nicht. Eines Tages jedoch.

Lächelnd sagte ich: »Nein.«

Sein Blick schnellte zu mir. Mein Lächeln wuchs, und ich erklärte ihm: »In den Flitterwochen fahren wir an einen tropischen Ort.«

Als er begriff, dass ich nichts gegen das Heiraten hatte, entspannte er sich. Ich würde auf jeden Fall Ja sagen. »Tropen sind auch okay.«

»Eins nach dem anderen. Jetzt ziehst du erst mal zu mir.«

Noch nie hatten seine Augen derart geleuchtet. Er hängte sich die Tasche über die Schulter und reichte mir die Hand. Ich wollte sie gerade nehmen, als mein Telefon klingelte. Hayden bat mich stumm, es zu ignorieren. »Es könnte wichtig sein«, sagte ich.

»Die sind das ganze Wochenende ohne dich ausgekommen. Ich gebe nur ungern zu, wenn ich mich getäuscht habe, aber Dex ist tatsächlich eine große Hilfe.« Er sah aus, als wäre ihm übel, als er mir das eingestand.

Lachend holte ich das Telefon aus der Tasche. »Siehst du, ich hab dir doch gesagt …« Als ich den Namen auf dem Display las, verhallte meine Stimme: Richard. Am liebsten hätte ich ihn ignoriert, doch stattdessen nahm ich das Gespräch an. »Hallo, Richard.«

»Mackenzie, hallo. Ich hoffe, ich störe nicht.«

Mein Blick glitt zu den zerknüllten Laken. Hätte er doch nur früher angerufen, dann hätte ich einen legitimen Grund gehabt, seinem Anruf aus dem Weg zu gehen. »Nein, überhaupt nicht. Was kann ich für Sie tun?«

»Nun ja, Burger Barn ist mit einer Bitte bezüglich des nächsten Rennens an mich herangetreten.«

Sofort breitete sich ein eisiges Gefühl in meiner Brust aus. »Um was handelt es sich?«

»Also, die sind sehr beeindruckt von Ihnen und finden die Partnerschaft mit Cox Racing wunderbar. Aber was die wirklich gern sehen würden, ist, dass Sie die beste Fahrerin bei Cox Racing sind. Anscheinend gehen die Verkäufe jedes Mal durch die Decke, wenn Sie unter den ersten drei landen. Seit dem Spot für Ashley sind Sie ziemlich bekannt.«

Verwirrt zog ich die Brauen zusammen. »Okay. Nun ja, sagen Sie ihnen, dass ich das in jedem Rennen anstrebe. Ich möchte immer auf dem ersten Platz landen, aber das ist schwer, es gibt überaus talentierte Konkurrenten. Ich kann ihnen den Sieg nicht garantieren.«

Hayden sah mich mit fragender Miene an, aber ich wusste selbst noch nicht, was hier vor sich ging.

»Ach, ja«, sagte Richard. »Das verstehen sie. Aber sie

denken, dass Cox Racing ein Team ist, und vielleicht könnte das Team bei dem Sieg etwas nachhelfen.«

Mein Puls beschleunigte sich, und mein Körper spannte sich wie eine Feder. »Ein bisschen nachhelfen? Was soll das heißen?«

»Das soll heißen«, erwiderte er langsam, »dass Ihre Angestellten als Team wissen und begreifen sollten, dass es manchmal am besten ist … nicht so gut zu sein. Ihr oberstes Ziel sollte es sein, Ihnen zum Erfolg zu verhelfen.«

Mir blieb der Mund offen stehen, und die Röte schoss mir in die Wangen. »Ich hoffe, es handelt sich hier um ein Missverständnis. Es klingt, als würden Sie mir vorschlagen, dass meine Fahrer mich absichtlich vorlassen.« Hayden sagte lautlos: »Was?«, aber ich hob einen Finger und bat ihn zu warten.

»Ist das so eine furchtbare Bitte?«, fragte Richard. »Sie sind doch die Besitzerin. Sollten die Sie nicht automatisch gewinnen lassen?«

Ich konnte nicht fassen, was ich da hörte. »Auf gar keinen Fall. So läuft das nicht, und Sie können Burger Barn ausrichten, dass die sich …« Ich schloss den Mund und verkniff mir eine vulgäre Antwort. »Sie können Ihnen höflich ausrichten, dass ich meine Fahrer niemals bitten werde, mir ihren Platz zu überlassen. Das Rennen verläuft, wie es verläuft, und ich hoffe, dass sie das verstehen und akzeptieren.«

»Verstehe. Nun ja, ich muss Sie warnen, das wird die sehr enttäuschen.«

»Das ist mir egal. Bei diesem Spiel mache ich nicht mit.«
»Verstanden. Ich wünsche Ihnen noch einen schönen Tag, Mackenzie. Es tut mir leid, dass ich Ihre Zeit verschwendet habe.«

Bevor ich noch etwas erwidern konnte, war die Leitung tot, und ich blickte mit pochendem Herzen in Haydens verwirrtes Gesicht. »Was ist passiert, Kenzie?«

Kopfschüttelnd sagte ich: »Ich bin mir nicht ganz sicher, aber ich glaube, ich habe gerade unseren größten Sponsor verloren.« Niedergeschlagen ließ ich mich aufs Bett sinken. Das war also mein erholsamer Kurzurlaub gewesen.

Kapitel 17

Bedrückt brachen wir nach Monterey auf. Ein paar Tage nach meinem Telefonat mit Richard hatten wir eine Nachricht von Burger Barn erhalten – sie stiegen zum Ende des Jahres aus. Die Absage ging mir überraschend nah. Vom Kopf her sagte ich mir, dass es nur ums Geschäft ging, aber es tat schrecklich weh. Was sie forderten, passte jedoch einfach nicht zu mir. So arbeiteten wir in meinem Team nicht. Wir waren besser, wenn wir uns gegenseitig zum Erfolg drängten, wenn wir miteinander konkurrierten. Und wir sehnten uns alle nach einem Sieg.

»Wir gehen doch heute Abend aus, oder? Alle im Team sehen aus, als könnten sie ein bisschen Spaß vertragen. Sogar John und dein Dad.«

Ich lächelte Nikki zu und nickte. »Unbedingt.« Und dann umarmte ich sie, einfach nur, weil ich froh war, dass sie da war.

Sie lachte und erwiderte meine Umarmung. »Da bin ich mal bei ein paar Rennen von Cox Racing nicht dabei und schon brechen alle zusammen. Ich weiß ja, dass ihr mich lieb habt, aber Mensch – reißt euch ein bisschen zusammen.«

Lachend wischte ich mir die Augen. Vielleicht hatte sie recht. Ich blickte mich in der Garage um, ob wir bereit waren. Alles schien an seinem Platz zu sein, doch alle sahen mürrisch aus. Ja, wir konnten ein bisschen Abwechslung vertragen. »Myles«, rief ich. »Hast du was gefunden, wo wir hingehen können?«

Er hob die Hände, als wollte er sagen: Aber natürlich. »Yep, nur eine Frage – was hältst du von Käfern?«

Sofort rümpfte ich die Nase. »Wenn sie auf der Speisekarte stehen, absolut nichts.«

Myles grinste. »Tun sie nicht.« Mehr verriet er nicht, was kein gutes Zeichen war. Doch ich war so glücklich, ihn fröhlich und entspannt zu sehen, dass es mir egal war. Er war wieder ganz der Alte.

Dad und John fuhren ins Hotel, doch der Rest von uns schloss sich Myles an. Als wir in der Bar eintrafen und ich begriff, was er mit Käfern gemeint hatte, lachte ich aus vollem Hals. »Kakerlaken-Rennen. Im Ernst, Myles?«

Nikki klatschte in die Hände und hüpfte aufgeregt auf und ab. »Oh, mein Gott, auf die kann man wetten!« Mit einem breiten Grinsen im Gesicht griff sie Myles' Hand und zog ihn in die entsprechende Ecke der Bar. »Komm, wir setzen auf die Grüne.« Myles strahlte von einem Ohr zum anderen und folgte ihr.

Hayden schmunzelte. »Willst du auch wetten?«

»Auf Kakerlaken? Nein, ich glaube, ich trinke lieber was. Oder tanze vielleicht.«

Ich wackelte mit den Brauen, und er grinste. »Klingt nach einem guten Plan.«

Eli und Reiher folgten Nikki und Myles, während Kevin und Dex sich Hayden und mir anschlossen. Als wir lachten und an unseren Drinks nippten, sah ich, wie die Anspannung von allen abfiel. Jeder schien sich zu amüsieren und sich keine Sorgen um Dinge zu machen, die ihn nichts angingen. Das war mein Job, nicht ihrer.

Schließlich kehrten die Zocker zu uns zurück, und alle gemeinsam eroberten wir die Tanzfläche. Während Hayden und ich eng umschlungen tanzten, beobachtete ich, dass Dex sich mit Kevin amüsierte. Sofort sah er zu mir herüber, als hätte er gespürt, dass ich ihn beobachtete. Um ihn nicht auf falsche Gedanken zu bringen, richtete ich den Blick rasch auf Nikki und Myles.

Trotz des schnellen Rhythmus tanzten sie langsam und eng zusammen, genau wie Hayden und ich. Nikki schien sich in dem Moment zu verlieren und strich Myles durchs Haar.

Ich brauchte sie nur anzusehen und wusste, dass sie wieder zusammen im Bett landen würden. Und wenn Nikki sich an ihr übliches Muster hielt, würde sie Myles morgen früh aufs Neue ignorieren. Dann war er auf der Rennstrecke ein emotionales Wrack. Ich musste diesen Teufelskreis durchbrechen, sonst würden beide noch irgendwann zusammenbrechen.

Ich stellte mich auf die Zehenspitzen und sagte Hayden ins Ohr: »Ich bin gleich zurück.«

Ich wollte mich von ihm lösen, doch er ließ mich nicht

aus den Armen. Den Blick auf Nikki und Myles gerichtet fragte er: »Was hast du vor?«

»Etwas, das ich schon längst hätte tun sollen.«

Er grinste, dann nahm er meine Hand, und wir gingen gemeinsam zu ihnen. Nikki sah uns kommen und ging sofort auf Abstand zu Myles. Zu spät, Nik. Ich habe es gesehen. Und es wird Zeit, dass du es auch siehst.

Myles schien verwirrt und enttäuscht über Nikkis Rückzug zu sein. Dann entdeckte er Hayden und mich. »He, ihr zwei, geht ihr schon?«

Kopfschüttelnd verschränkte ich die Arme über der Brust. »Nein, ich gehe erst, wenn ihr zwei damit aufhört.«

Nikki presste die Lippen zu einer festen Linie zusammen. Sie war sauer. Myles schien noch verwirrter zu sein. »Womit? Wir machen doch … gar nichts.« Trotz des Lärms und der Musik hörte ich deutlich, wie traurig er klang.

Mein Blick begegnete Nikkis. »Doch. Ihr habt euch ineinander verliebt und quält euch, indem ihr es leugnet.«

Myles sagte nichts. Nikki schon. »Hör auf, Kenzie. Darum geht es hier nicht, und das weißt du. Wir sind nur Freunde.« Sie klang wütend, doch in ihren Augen stand die blanke Angst.

Ich legte Nikki eine Hand auf den Arm und versuchte, Wut und Angst zu lindern. »Nik, ich hab den Ausdruck in deinen Augen gesehen – das zwischen euch ist mehr als Freundschaft. Du warst kurz davor, wieder mit ihm ins Bett zu springen, weil du ihn liebst.«

»Das ist doch lächerlich«, sagte sie kopfschüttelnd. Sie

wollte gehen, doch Myles hielt sie an der Hand zurück. Hayden trat von einem Fuß auf den anderen, als fühlte er sich äußerst unwohl. Das konnte ich nachempfinden, aber Nikki brauchte jetzt eine feste Hand. Sie durfte nicht mehr davonlaufen.

»Nik? Stimmt das? Wolltest du wieder mit mir schlafen? Und mich dann sitzenlassen?«, fragte Myles und sah nun wütend aus.

»Natürlich nicht, Myles. Ich wollte nicht mit dir schlafen. Wir sind Freunde, so was machen wir nicht.« Ihre Augen flirrten, die Verwirrung war ihr deutlich anzusehen.

In Myles' Augen blitzte Entschlossenheit auf. Er hatte es satt. »Gut«, murmelte er, dann legte er ihr eine Hand um den Nacken und zog ihren Mund auf seinen. Drei Sekunden wehrte sie sich, dann schmolz sie dahin. Es war, als hätte jemand Pheromone über die beiden gekippt. Die zwei knutschten derart wild herum, dass ich mir Sorgen machte, sie könnten gleich hier miteinander schlafen.

Hayden beobachtete lachend, wie die zwei ihre lange unterdrückte Leidenschaft auslebten. Mit heißen Wangen betrachtete ich die gierigen Hände und Küsse. Ich versuchte, sie zu trennen, doch es war, als versuchte ich, zwei riesige Magneten auseinanderzuziehen – sie wollten sich einfach nicht voneinander lösen. Als sie es schließlich doch taten, funkelte Lust in ihren Augen, und sie keuchten.

Ich hielt sie auseinander und sah von einem zum anderen. »Myles, bist du in Nikki verliebt?«

Seine Antwort kam wie aus der Pistole geschossen. »Ja. Sie bedeutet mir alles.«

Ich wandte mich an Nikki und sah ihren flehenden Blick. Tut mir leid, Nik. Diesmal kommst du nicht davon. »Nikki, bist du in Myles verliebt?«

Sie presste die bebenden Lippen zusammen, Tränen traten ihr in die Augen. »Keine Lügen, Nik«, forderte ich. »Keine Halbwahrheiten. Keine Ausweichmanöver. Sag ihm einfach, was du empfindest. Denn falls es dir nicht bewusst ist, es steht dir deutlich ins Gesicht geschrieben.«

Ihr Blick wanderte zu Hayden, der ihr aufmunternd zunickte und sie anlächelte. »Manchmal ist es leichter, wenn man die Augen schließt«, sagte er augenzwinkernd.

Nikki schnaubte, folgte jedoch seinem Vorschlag. Sie schloss die Augen und flüsterte: »Ja, ich hab Myles lieb.«

Mir ging das Herz auf, doch das war nichts verglichen mit dem Ausdruck auf Myles' Gesicht. Er beugte sich vor, um sie erneut zu küssen, doch ich legte ihm eine Hand auf die Brust und hielt ihn zurück. Zu Nikki sagte ich: »Nicht nur wie einen Freund, stimmt's? Du liebst ihn. Er ist doch mehr für dich als nur ein Freund?« So war sie mir schon einmal ausgewichen, doch das ließ ich heute nicht zu.

Sie öffnete ein Auge, warf mir einen wütenden Blick zu und kniff es wieder fest zu. »Ja, ich liebe ihn mehr als nur als Freund. Viel mehr ...« Langsam öffnete sie die Augen und sah ihn an. »Ich liebe dich so sehr – und das macht mir eine verdammte Angst.«

Myles sah sie mit tränenfeuchten Augen an, sein Lächeln wuchs. »Mir auch. Aber noch mehr Angst macht es mir, wenn du sagst, wir könnten nur Freunde sein. Ich will nicht mehr nur dein Freund sein. Ich will dich lieben, ich will unsere Tochter mit dir zusammen großziehen, ich will mit dir alt werden. Und ich will wirklich gern mit dir schlafen. Eigentlich andauernd.«

Nikki lachte, dann wischte sie sich ein paar Tränen von den Wangen. »Aber was, wenn es nicht funktioniert? Was, wenn wir es nicht hinkriegen?«

Myles legte ihr die Hände auf die Wangen. »Was, wenn doch?«, entgegnete er und sah ihr in die Augen.

Nikki hielt seinen Blick fest und den Atem an. Schließlich stieß sie die Luft aus und sagte: »Ich liebe dich, und ich will mit dir zusammen sein.«

Myles grinste. »Ich auch.« Dann küsste er sie erneut.

Sie hörten nicht auf zu knutschen, und ich hatte das Gefühl, dass ich sie nicht noch einmal auseinanderdrängen konnte. Ich versuchte es erst gar nicht, sondern klopfte ihnen auf die Schultern und sagte: »Bis morgen beim Rennen. Kommt nicht zu spät. Oh, und lass ihn heil, Nikki. Er muss ein Rennen gewinnen.« Sie unterbrach den Kuss kurz, um zu lachen, dann suchte sie wieder Myles' Lippen.

Kopfschüttelnd zog ich Hayden in Richtung Ausgang. Mein Job hier war erledigt.

Der nächste Tag war sonnig und wunderschön, mein Lieblingsrennwetter. Nach unserem Abend in der Bar war das ganze Team voll frischer Energie, insbesondere Myles. Er strahlte dermaßen, als er – händchenhaltend mit Nikki – in die Garage kam, dass ich mir schützend eine Hand über die Augen hielt.

Als er es merkte, warf er einen Lappen nach mir. »Sehr witzig«, bemerkte er. Dann lächelte er Nikki zu, die genauso glücklich aussah.

»Und?«, fragte ich, »Seid ihr bereit für den Tag?«

Myles nickte. »Absolut. Es kann losgehen!«

Nikki lachte, dann deutete sie mit dem Kopf auf mich. »Was meinst du mit ihr – Plural? Was kann ich tun?«

Ich zeigte auf meine Maschine. »Ich hatte gehofft, du könntest sie vor der Qualifizierungsrunde einmal durchsehen.«

Das musste ich ihr nicht zweimal sagen. Mit breitem Grinsen ließ sie Myles' Hand los, stürzte sich auf die Ducati und schubste Dex dabei praktisch zur Seite. Ich lachte über ihren Eifer, dann blickte ich zu Myles. »Alles gut?«, fragte ich.

Sein Gesicht nahm einen verträumten Ausdruck an. »Total gut. Sie ist mit auf mein Zimmer gekommen und ...«

Sofort hielt ich ihm den Mund zu. »Ich freu mich, dass ihr zwei endlich zusammen seid, aber erspar mir die Details. Euch beim Knutschen zuzusehen war schlimm genug.«

Ich merkte, wie er unter meinen Fingern grinste, und nahm die Hand langsam weg. Immer noch grinsend ging er fort, um sein Bike zu checken. Gott, es war so schön, ihn wieder glücklich zu sehen. Während ich noch den Kopf wegen meiner zwei sturen Freunde schüttelte, kam Dex zu mir. »Hey«, sagte er. »Nikki hat mich von deiner Maschine vertrieben, ich hab also nichts zu tun.« Mit finsterer Miene drehte er sich nach ihr um. »Kommt sie schon zurück?«, fragte er wieder an mich gewandt. »Ich dachte, ich würde ein bisschen länger bleiben.« Er musterte mich mit seinen hellblauen Augen, als würde er mich zum letzten Mal sehen.

Seufzend schüttelte ich den Kopf. »Nein, wir brauchen dich noch, aber wie du weißt – ist es nur eine vorübergehende Stellung.«

Über den ersten Teil meines Satzes schien er überglücklich zu sein, dann überaus wehmütig. »Ja – ich weiß, Kenzie. Und das ist okay, aber das hier wird mir wirklich fehlen. Ich habe endlich das Gefühl, angekommen zu sein.« Er lachte. »Und es ist schon richtig lange her, dass mir jemand das Mittagessen geklaut hat.«

Ich grinste, und er seufzte leise. »Dieses Lächeln werde ich auch vermissen.« Als mein Lächeln erstarb, hob er eine Hand. »Ich weiß, unangemessen. Ich ... helfe Kevin.« Noch immer niedergeschlagen wandte er sich zum Gehen. Von wegen das gesamte Team war heute in großartiger Stimmung.

»Es gefällt ihm sehr hier. Zu schade, dass er in der nächsten Saison aufhören muss. Ich habe ihn noch nie so glücklich gesehen.«

Als ich die Stimme hinter mir erkannte, fuhr ich herum. Das Herz klopfte mir bis zum Hals. »Richard, ich wusste gar nicht, dass Sie zum Rennen kommen. Ich dachte ... dass Sie mir nicht mehr viel zu sagen haben, nachdem alle Ihre Sponsoren abgesprungen sind.«

Er lächelte traurig. »Das mag vielleicht komisch klingen, aber es tut mir ehrlich leid, dass diese Partnerschaften nicht funktioniert haben. Ich habe versucht, andere zu gewinnen, aber nachdem zwei unserer größten Firmen abgesagt haben ... Nun, am Ende haben alle Nein gesagt.«

Vorbei. Von Richard Covington würden keine Angebote mehr kommen. Tief in meinem Inneren hatte ich das gewusst, dennoch schmerzte es, das hier und jetzt zu hören. »Das hätten Sie mir auch am Telefon sagen können. Dafür hätten Sie nicht extra den ganzen Weg hierher zu machen brauchen.«

Er nickte und strich das Revers seines makellosen Anzugs glatt. »Stimmt – aber ich wollte etwas mit Ihnen besprechen, was man lieber persönlich bespricht.«

Etwas an seinem Ton und seiner Miene alarmierte mich, und die Härchen in meinem Nacken richteten sich auf. »Was?«

Er schmunzelte. »Nun, ich weiß, dass Sie Probleme haben. Und ich weiß auch, dass Ihnen der geschäftliche Teil des Sports nicht besonders viel Spaß macht. Sie wollen fahren, nicht am Schreibtisch sitzen.« Sein Blick wanderte kurz zu seinem Sohn, dann richtete er ihn wieder auf mich. Hatte Dex ihm das alles erzählt? Was wusste er noch?

»Ja, das stimmt wohl. Aber irgendjemand muss die Firma ja leiten«, antwortete ich schulterzuckend.

»Wie wahr, aber das müssen nicht unbedingt Sie sein.«

Ein Knoten bildete sich in meinem Magen. »Wer sonst?«

»Ich«, antwortete er ohne Umschweife.

Ich war so verblüfft, dass ich nur ein »Sie …« herausbekam.

Er zuckte mit den Schultern, als wäre das, was er eben gesagt hatte, nicht völlig verrückt. »Sie kennen einige der Firmen, mit denen ich mich zusammengeschlossen habe. Wissen Sie, was sie alle gemeinsam haben?«

»Nein – was?«

»Sie steckten in Schwierigkeiten, konnten sich kaum noch über Wasser halten – dann bin ich gekommen und habe sie wiederaufgebaut. Ich habe sie gerettet, und jetzt florieren sie. Dasselbe könnte ich für Cox Racing tun, ich könnte Sie retten, Kenzie. Und Sie befreien. Möchten Sie sich nicht am liebsten nur darum kümmern?« Er zeigte in Richtung Rennstrecke.

Meine Brust schnürte sich unheilvoll zusammen. Herrgott – ja. Ich hatte die Plackerei so satt, den Stress, nie zu wissen, wie wir über die Runden kommen sollten, von Tag zu Tag, von Minute zu Minute. Aber trotzdem sagte mir mein Bauch, dass Cox Racing nicht mehr dasselbe sein würde, wenn ich es Richard Covington überließ. Er würde es komplett auseinandernehmen und anschließend wieder so zusammensetzen, dass ich es nicht wiedererkennen würde.

»Ich …«

Er hob die Hand und unterbrach mich. »Lassen Sie sich Zeit mit der Antwort. Denken Sie ein paar Tage darüber nach. Ich wünsche Ihnen ein tolles Rennen, Mackenzie. Und wenn Sie da draußen sind, stellen Sie sich vor, wie gut es sich anfühlen würde, wenn Sie sich über nichts anderes mehr Gedanken machen müssten. Achten Sie darauf, wie befreiend es ist zu fahren.«

Ich versuchte zu vergessen, was Richard gesagt hatte, es aus meinem Kopf zu verbannen, doch es ließ mich den Rest des Tages nicht mehr los. Nach meiner Qualifizierungsrunde, in der ich auf dem vierten Platz landete, fragte ich mich, wie es sich wohl anfühlte, nur den Triumph zu genießen. Als ich in der Startbox stand und auf den Beginn des Rennens wartete, ging mir durch den Kopf, wie es wäre, wenn ich nichts anderes tun müsste, als mich in den Geschwindigkeitsrausch zu stürzen. Als die Ampel auf Grün sprang und die Spannung den Höhepunkt erreichte, konnte ich nur daran denken, wie es wäre, diese Euphorie ständig zu durchleben. Und als ich das Rennen mit dem zweiten Platz abschloss, direkt hinter Myles, weinte ich vor Wehmut.

Ich sehnte mich nach dieser Freiheit. Ich wollte mit dem ganzen Mist, der mich nicht interessierte, nichts mehr zu tun haben und mich ganz aufs Fahren konzentrieren. Ich wollte mir keinen Druck mehr machen, keine Sorgen mehr, und mir nicht mehr vor Verzweiflung die Haare raufen. Ich sehnte mich nach der Erlösung, die Richard mir bot. Und das gab mir das Gefühl, alles zu verraten, woran ich glaubte.

Als wir nach Oceanside zurückkamen, war ich unruhig. Hayden hingegen saß rundum zufrieden auf dem Sofa, als freute er sich auf einen Film und einen entspannten

Abend. Da ich mich dazu nicht in der Lage sah, sagte ich: »Ich fahre mit dem Board noch mal aufs Wasser raus.«

Sofort stand er auf. »Ich komm mit.«

Das war süß, aber es war klar, dass er jetzt eigentlich nicht surfen gehen wollte. »Nein, mach es dir gemütlich. Du kannst ruhig hierbleiben.«

Lächelnd schüttelte er den Kopf. »Kenzie, ich weiß, dass dich etwas beschäftigt.« Er zeigte auf meinen Kopf. »Lass uns zusammen fahren. Vielleicht kann ich dir helfen, das Problem zu lösen. Und wenn nicht, kann ich zumindest dein Freund sein und dir beistehen. Du siehst aus, als könntest du das gerade gebrauchen.«

Als mir klar wurde, dass ich nicht allein mit meiner Sorge war, fiel mir ein Stein vom Herzen. »Danke.« Er war einfach wundervoll.

Hayden und ich zogen uns Schwimmsachen an, dann gingen wir zum Truck. Beim Anblick seiner Habseligkeiten in der Garage und im Haus musste ich lächeln. Und ja, er war ein bisschen unordentlich, und ich musste mich beherrschen, nicht ständig hinter ihm herzuräumen … aber das nahm ich gern in Kauf. Das gehörte zum Zusammenleben dazu. Und mit der Zeit würde meine Pingeligkeit sicher nachlassen. Hoffte ich.

Kurz darauf liefen wir über den versteckten Weg zu meinem geheimen Lieblingsstrand. Es war spät am Nachmittag, schon fast Abend, und wir hatten den Strand für uns allein. Das Rauschen der Wellen, die an die Küste schlugen, und der Geruch der salzigen Seeluft bewirkten bereits, dass ich einen klareren Kopf bekam.

Wir ließen unsere Boards ins Wasser gleiten, dann paddelten wir hinter die Brandungswellen. Einen Moment saßen wir schweigend auf dem wogenden Wasser und warteten auf die perfekte Welle. Ich entdeckte eine, und Hayden nickte mir zu und ermunterte mich, sie zu nehmen. Ich paddelte so schnell ich konnte und gewann an Tempo. Als ich den Moment spürte – diese spezielle Sekunde zwischen Ruhe und Tumult –, sprang ich in eine tiefe Hocke. Jeder Muskel in meinem Körper spannte sich, als ich mich ausbalancierte. Die Welle war perfekt – schnell und aufsteigend –, und ich ritt sie den ganzen Weg bis ins seichte Wasser. Die Geschwindigkeit ließ mein Herz höherschlagen. Genau wie die Rennen – und wie Hayden – konnte ich vom Surfen nicht genug bekommen. Ich schnappte mir das Board und paddelte hinaus, um sogleich die nächste Welle zu nehmen.

Hayden und ich ritten abwechselnd auf den Wellen, bis wir schließlich zu erschöpft waren, um noch einmal hinauszupaddeln. Schweigend saßen wir am Strand, ließen unsere Füße von den Wellen kitzeln, die an die Küste schlugen, und genossen die Ruhe. Hayden durchbrach als Erster die Stille. »Und? Willst du mir erzählen, was dich beschäftigt?«

Ich lächelte ihm zu. »Jetzt beschäftigt mich gar nichts. Das hier ist – vollkommen.«

Er grinste und nickte. Schulterzuckend änderte er die Frage. »Willst du mir erzählen, was dich vorhin beschäftigt hat? Nach dem spektakulären Abschneiden in Monterey hättest du überglücklich sein müssen, aber du wirktest abwesend.«

Ich blickte auf das dunkler werdende Wasser. »Ich glaube, es wird dir nicht gefallen.«

»Und genau deshalb musst du es mir erzählen«, sagte er und legte seine Hand im Sand auf meine.

Ich drehte die Hand um und verschränkte meine Finger mit seinen. »Ja, okay.« Ich sah ihn an. »Richard hat mir angeboten, Cox Racing zu kaufen.«

Hayden biss die Zähne zusammen und schloss die Augen. »Ich wusste es. Du hast doch Nein gesagt, oder?«

Er öffnete die Augen wieder, um mich anzusehen, und ich schüttelte den Kopf. »Ich habe noch gar nichts gesagt.«

»Aber du wirst doch ablehnen?«, fragte er mit zusammengezogenen Brauen.

»Ganz ehrlich? Ich weiß es nicht.« Tränen brannten mir in den Augen, ich fühlte mich innerlich zerrissen. »Richard sagte, ich sollte mir während des Rennens in Monterey vorstellen, dass ich mir um nichts Sorgen zu machen brauchte. Mich ganz aufs Fahren konzentrieren könnte. Das habe ich getan. Und es war wunderbar.« Ein Träne fiel auf meine Wange. »Es ist herrlich, Cox Racing wiederzuhaben, wirklich, und ich bin dir und meinem Vater unendlich dankbar für das, was ihr getan habt – aber ich finde es schrecklich, die Besitzerin zu sein. Mit den Handwerkern und dem Reifenlieferanten zu verhandeln, ständig den Lagerbestand im Auge zu behalten und Ersatzteile zu bestellen. Oder dafür zu sorgen, dass immer genug Benzin da ist. Und all der grässliche Papierkram – ich hasse es. Ich möchte fahren, mir keine Sorgen um Geld und Sponsoren und um irgendwelchen Mist, der mich nicht interessiert, machen müssen.«

Hayden sah mich einen Moment schweigend an. »Dann willst du ihm zusagen?«

Weitere Tränen liefen mir über die Wangen, und ich schüttelte den Kopf. »Ich habe das Gefühl, wenn ich das mache … verliere ich Cox Racing noch einmal. Klar, er wird es aufbauen, so wie er es mit den anderen Firmen getan hat, aber es wird nicht mehr dasselbe sein. Und ich bin mir ziemlich sicher, dass er fast alle feuern wird – Kevin, Eli und Reiher ganz bestimmt. Vielleicht sogar John. Vielleicht dich …« Ich stieß einen verzweifelten Seufzer aus. »Aber vielleicht kann ich auch alle schützen, kann das zur Bedingung des Vertrags machen oder so. Ich weiß es nicht. Ich weiß es einfach nicht.« Der Druck entlud sich in heftigen Kopfschmerzen, und ich stützte den Kopf in die Hände.

Hayden ließ meine Hand los, um mir über den Rücken zu streichen. »Hey, das ist okay, Kenzie. Es ist okay, nicht zu wissen, was du tun sollst. Und es ist okay, wenn wir einfach noch ein bisschen hier sitzen und darüber nachdenken, ohne irgendeine Entscheidung zu treffen. Wir haben doch Zeit, oder?«

Ich wischte mir die Wangen trocken und nickte. »Ja, die Sponsoren bleiben bis zum Ende der Saison. Bis dahin haben wir wohl Zeit.«

Lächelnd legte Hayden mir eine Hand auf die Wange. »Bis dahin wissen wir es, aber nicht heute Abend. Heute

Abend genießen wir einfach nur, wie wunderschön es hier draußen ist. Wie wunderschön du hier draußen bist.«

Er beugte sich vor, um mich zu küssen, und als wären seine Lippen verzaubert, verschwanden augenblicklich meine Kopfschmerzen – und meine Sorgen.

Kapitel 18

Fortan ging ich fast jeden Morgen surfen, um einen klaren Kopf zu bekommen. Dennoch kämpften weiterhin verwirrende, widersprüchliche Gefühle in mir, und es zeichnete sich keine Entscheidung ab. Verkaufen oder nicht. Sollte ich die Kontrolle behalten, Haydens Opfer und das Erbe meines Vaters ehren? Oder die Karotte schnappen, die vor meiner Nase baumelte? Mich von der zusätzlichen Last befreien, damit ich mich ganz um das kümmern konnte, was mir wirklich etwas bedeutete – Rennen zu fahren.

Meine Unfähigkeit, eine Entscheidung zu treffen – irgendeine Entscheidung – zermürbte mich allmählich. Ich konnte es nicht ausstehen, so planlos zu sein. Hayden versuchte, mir zu helfen, spendete mir Trost und unterstützte mich, aber am Ende lag die Entscheidung bei mir. Ebenso wie der Druck.

Eines Nachmittags erschien Hayden mit einem unsicheren Lächeln im Büro. »Das ist wahrscheinlich das Letzte, was du jetzt gebrauchen kannst, aber ...«

Er trat zur Seite, und zwei Menschen, mit denen ich

überhaupt nicht gerechnet hatte, stürmten in mein Büro – Izzy und Antonia. Ich strahlte von einem Ohr zum anderen, sprang vom Schreibtischstuhl auf und umarmte Antonia. »Oh, mein Gott, nein – ihr zwei seid eine willkommene Abwechslung. Was macht ihr hier?«, fragte ich und blickte zu Izzy.

Sie stand grinsend neben Hayden. »Antonia hat gerade die Ergebnisse von ihrer letzten Untersuchung erhalten. Es ist immer noch alles in Ordnung. Zur Feier des Tages gehen wir Eis essen. Kommst du mit?«

Ich spürte die Last der Welt auf meinen Schultern, aber diese Bitte konnte ich ihnen unter keinen Umständen abschlagen. »Ja, klar. Unbedingt. Lasst uns feiern.«

Ich schnappte mir meine Tasche, und wir drängten aus dem Büro.

Während Antonia und Izzy vor uns hergingen und Antonia fasziniert alles um sich herum aufnahm, beugte sich Hayden zu mir herüber. »Ich weiß, dass du in Arbeit ertrinkst. Sie sind einfach aufgetaucht, und Antonia wollte so unbedingt, dass du mitkommst, da konnte ich nicht Nein sagen.«

Ich küsste ihn auf die Wange und wischte seine Sorge fort. »Kein Problem. Ich bin froh, dass sie gekommen sind. Antonias Gesundheit sollten wir unbedingt feiern.« Jede Sekunde an jedem Tag.

Hayden lächelte mir zu und dachte offenbar dasselbe. Als wir in die Werkstatt kamen, blieb Antonia stehen, um Maria zu sehen – Nikki war mit ihr vorbeigekommen. Das passierte immer häufiger, als würde es sie reizen, wieder zur Arbeit zurückzukehren. »Och, ist die süß!«, quietschte Antonia.

Mit zufriedenen Gesichtern betrachteten Myles und Nikki ihre Tochter. Kaum waren wir aus Monterey zurück gewesen, war Myles offiziell bei Nikki eingezogen. Und abgesehen von den Stunden, die er hier auf der Trainingsstrecke verbrachte, war er kaum je von ihnen getrennt. Nikki hatte mir ein paarmal gesagt, dass ihr Schlafmangel nun etwas weitaus Interessanterem geschuldet war als nur einem weinenden Baby. Und Myles, tja, er hörte einfach nicht auf zu grinsen. Es war schon fast so, als sei er nicht ganz bei Trost, aber ich freute mich für sie.

Ehe wir gingen, stellte ich Antonia und Izzy noch schnell dem Rest der Crew vor – Eli, Reiher, Kevin und Dex. Izzy strahlte über das ganze Gesicht, als sie Dex die Hand schüttelte, doch er wirkte … geistesabwesend. Als wir uns verabschiedeten, trat er dicht zu mir. »Hey, Kenzie, können wir über die letzte Reifenlieferung sprechen, wenn du aus der Mittagspause zurückkommst?«

Ich legte die Stirn in Falten und überlegte, was er meinte – an der letzten Lieferung war meines Wissens nichts verkehrt gewesen. »Äh, klar, kein Problem. Wir sind nicht lange weg.«

Dex lächelte, dann winkte er zum Abschied und ging zu meinem Bike. Als wir draußen waren, kicherte Izzy und sagte. »Der ist ja süß.«

Hayden stieß einen tiefen Seufzer aus. »Denk nicht mal dran, Iz.«

Verwirrt sah sie zu ihm hoch. »Was denn? Darf ich einen Typen nicht einfach süß finden?«

Mit ernster Miene erklärte er: »Nicht in meiner Gegenwart, nein.«

Antonia und ich lachten. Als wir am Eingang zur Trainingsstrecke vorbeikamen, beendeten Rodney und Felicia gerade ihr Training und kamen auf ihren Maschinen angefahren. Als sie uns entdeckten, schoben sie das Visier hoch, und wir winkten ihnen zu.

Sie kamen in unsere Richtung und hielten vor Izzy und Antonia. »Hey, Felicia, Rodney«, sagte Izzy. »Wir wollen Eis essen gehen, um zu feiern, dass Antonias Untersuchung keinen Befund ergeben hat. Wollt ihr mitkommen?«

Felicia strahlte Antonia an. »Unbedingt. Wir bringen nur eben unser Zeug weg.« Sie blickte zu Rodney, der nickte, und sie brachten ihre Maschinen zu den Benneti-Garagen.

Gleich darauf erblasste Izzy. Sie drehte sich zu mir um. »Mist. War es okay, dass ich sie eingeladen habe, Kenzie? Ich habe gar nicht darüber nachgedacht.«

»Schon gut, Izzy«, sagte ich lachend. »Felicia und ich haben dieses Jahr große Fortschritte gemacht. Und ich wollte sowieso über etwas mit ihr reden.«

Hayden sah mich mit hochgezogener Augenbraue an, doch ich lächelte ihm nur zu.

Eine halbe Stunde später spazierten wir in Oceanside am Pier entlang und aßen Eis. Es war womöglich die beste Mittagspause, die ich je gemacht hatte. Als Hayden sich mit Rodney unterhielt, kam Izzy zu mir. »Und, Kenzie, wie läuft's? Ich habe im Fernsehen gehört, dass du deine beiden Hauptsponsoren verloren hast.«

Ich versuchte, möglichst unbekümmert zu lächeln. »Ach, das bedeutet nichts. So etwas kommt bei Sponsoren andauernd vor. Wir finden schon jemand anderen.«

Sie musterte mich einen Augenblick, dann lächelte sie, und Erleichterung trat in ihre dunklen Augen. »Gut, ich habe mir Sorgen gemacht.«

»Musst du nicht«, erwiderte ich. »Es kommt alles in Ordnung.« Ich hatte keine Ahnung, wie oder was ich tun sollte, aber mehr konnte ich ihr nicht sagen.

Felicia löste sich von Rodneys Seite, um neben Antonia herzugehen. »Ich bin so froh, dass es dir gut geht«, sagte sie und legte einen Arm um Antonias Schultern.

Antonia strahlte zu ihr hoch. »Danke. Onkel Hayden sagt, wenn die nächste Untersuchung auch okay ist, kauft er mir einen Spielkameraden für Sundae.«

Sofort änderte sich Izzys Miene. Sie blieb abrupt stehen und blickte sich nach Hayden und Rodney um. »Hayden, du kaufst meiner Tochter nicht noch einen Hund.«

Hayden hob die Hände. »Jedes Kind braucht einen Hund, Iz.«

»Ja, einen Hund. Einen.«

»Mom.« Antonia seufzte und trat zu ihr. »Sundae braucht einen Freund.«

»Sundae hat dich, Antonia.«

Felicia und ich gingen weiter, während Izzy, Antonia und Hayden über einen weiteren Hund diskutierten.

Nun ja, Antonia und Hayden diskutierten. Izzy sagte nur immer wieder Nein, und Rodney lachte. Kopfschüttelnd drehte sich Felicia nach ihnen um. »Hayden hatte schon immer eine Schwäche für Hunde.«

»Ja.« Ich lachte. »Mich will er auch zu einem überreden, aber ich weiß nicht. Wir sind so viel unterwegs …«

Felicia nickte verständnisvoll.

»Sag mal …«, begann ich vorsichtig. »Man erzählt sich, dass du das neue Gesicht von Ashley Dessous wirst.«

Felicia blieb stehen und drehte sich zu mir um. »Bist du deshalb sauer?«

»Kommt drauf an. Es heißt auch, dass du zugestimmt hast, ein paar Spots zu drehen, die deutlich freizügiger sind als meiner. Stimmt das?«

Felicia verzog das Gesicht. »Ja, das war Teil des Deals. Bist du jetzt sauer?«

Ich starrte sie einen Moment an, dann schüttelte ich den Kopf. »Ich bin nur sauer, wenn Keith dich dazu genötigt hat. Wenn es deine Idee war, wunderbar, dann hoffe ich, dass es für dich gut läuft. Wenn es seine Idee war und er dich dazu zwingt, werde ich wahrscheinlich nachher bei seinem Büro vorbeifahren.«

Felicia lachte. »Wirklich? Du würdest dich meinetwegen mit Keith anlegen?«

Lächelnd schüttelte ich den Kopf. »Das würde ich für jede Frau in diesem Sport tun, die man zu etwas nötigt, das sie nicht will.

Insbesondere wenn es sich um eine der besten Fahrerinnen handelt, der ich je begegnet bin.«

Felicia wirkte ehrlich gerührt. Dann seufzte sie. »Obwohl ich eine Menge dafür geben würde zu sehen, wie du dir Keith vorknöpfst – nein, er hat mich nicht genötigt oder gedrängt. Die sind mit der Idee auf mich zugekommen, und ich fand, es hörte sich toll an. Rodney ist total aufgeregt deshalb«, fügte sie lachend hinzu.

»Gut, das freut mich.«

Sie sah mich mit schief gelegtem Kopf an und wirkte unsicher. »Und du bist wirklich nicht sauer auf mich, weil ich mit denen zusammenarbeite?«

Kopfschüttelnd erklärte ich: »Ich habe abgelehnt, ich wollte das nicht machen. Ich kann dir nicht vorwerfen, dass du Ja sagst, nachdem ich Nein gesagt habe.«

Sie schien erleichtert. »Gut. Ich will nämlich nicht, dass du sauer auf mich bist.«

Das erstaunte mich, und ich zog die Augenbrauen hoch. Wieder lachte sie. »Ja, ich weiß, wie das klingt, aber es stimmt. Ich finde dich toll – als Fahrerin, aber auch sonst. Ich bin froh, dass wir Freundinnen sind. Oder … es werden.« Sie zuckte die Schultern, als wäre ihr klar, dass ich das letzte Jahr nicht ganz vergessen hatte.

Ich lächelte ihr sanft zu, dann nickte ich. »Ich freu mich auch, dass wir fast Freundinnen sind.«

In dem Moment kam Rodney zu ihr gelaufen, schlang die Arme um ihre Taille und hob sie hoch in die Luft. Auf ihrem Gesicht zeichnete sich pure Freude ab, und ein Anflug von Neid überkam mich. Nicht wegen Ashley Dessous, nicht weil sie eine verdammt gute Fahrerin war und auch nicht, weil sie bis über beide Ohren in Rodney verliebt war – darüber freute ich mich. Nein, der kurze Anflug von Neid rührte daher, dass ihr Leben so einfach zu sein schien. Sie brauchte nur Rennen zu fahren. Sich nur darum zu sorgen, wie sie sich die Kalorien von dem Eis wieder abtrainierte, das sie gerade gegessen hatte. Diese Probleme schienen leicht zu bewältigen, während sich meine oft unlösbar anfühlten.

Aber mir war klar, dass das eine Illusion war. Jeder hatte mehr Probleme, als er zugab. Und Felicia hatte es ganz sicher nicht leicht gehabt im Leben. Ihre einsame Kindheit, ihre Angst, jemanden zu sehr zu lieben, wegen der sie vor Hayden davongelaufen war. Und dann das letzte Jahr, als sie Hayden zurückgewinnen wollte, ihn mir aber nicht abspenstig machen konnte. All das war nicht einfach für sie gewesen.

Die letzte Spur von Neid verschwand. Klar, ich hatte zwei heftige Jahre hinter mir, aber das war nichts verglichen mit dem, was Felicia durchgemacht hatte. Und wenn sie derart hoffnungsfroh und optimistisch aus ihrer Krise herausgekommen war, dann war ich voller Zuversicht, dass mir das mit meiner auch gelingen konnte. Ich musste lediglich eine Entscheidung treffen und zu ihr stehen, komme was da wolle.

Nachdem die Diskussion über den Hund beendet war – mit einem entschiedenen Nein von Izzy –, fuhren Izzy und Antonia nach Hause, und der Rest von uns kehrte zur Arbeit zurück. Hayden grinste den ganzen Rückweg über – die Neuigkeiten von Antonia machten ihm gute

Laune. Mir auch. Dennoch fühlte ich auf dem Weg zum Büro die Entscheidung, die Richard von mir erwartete, wie ein Fels auf meinem Rücken lasten und mich erdrücken.

Als hätte er das irgendwie gespürt, rief Richard an, kaum dass ich durch die Tür war. Ich erwog, den Anruf auf die Mailbox gehen zu lassen, doch das führte zu nichts, also wischte ich gereizt über das Display und nahm das Gespräch an. »Hallo, Richard, wie geht's?«

»Sehr gut, Kenzie. Es ist ja schon eine ganze Weile her, und ich habe mich gefragt, ob Sie sich entschieden haben, was mein Angebot angeht.«

Erschöpft strich ich mir durchs Gesicht, mit jedem Atemzug fühlte ich die Last schwerer auf mir. »Also, eigentlich … habe ich mich noch nicht entschieden. Ich hatte gehofft, dass die Entscheidung bis nach dem letzten Rennen warten könnte, damit ich mich den Rest der Saison ganz aufs Fahren konzentrieren kann.«

»Sie könnten sich jede Saison ganz aufs Fahren konzentrieren, Kenzie, Sie müssen nur Ja sagen.«

»Ich weiß«, antwortete ich resigniert. »Aber die Entscheidung fällt mir nicht leicht. Ich hoffe, Sie verstehen, dass ich noch Zeit brauche.«

Er schwieg einen Moment. Dann sagte er schließlich: »In Ordnung. Ich gebe Ihnen noch etwas Zeit, Kenzie, aber beim letzten Rennen des Jahres möchte ich eine Antwort haben. Abgemacht?«

Meine Lider waren derart schwer, dass meine Augen von allein zufielen. »Abgemacht.« Er legte auf, und als ich das Telefon weglegte, spürte ich eine schwere Last auf meiner Brust. Noch ein Monat, dann musste ich ihm sagen, ob wir als Team weitermachen würden oder ich allein. Beide Entscheidungen fühlten sich schrecklich einsam an.

Als ich noch mit geschlossenen Augen dasaß, hörte ich ein leises Klopfen. »Kenzie?« Ich öffnete die Augen und sah Dex in der offenen Tür stehen. »Ist es gerade ungünstig?«, fragte er.

Ich schüttelte den Kopf und winkte ihn herein. »Nein, schon okay. Was wolltest du mit mir besprechen, Dex? Ich weiß, dass es nicht um die Reifenlieferung geht.«

Dex blickte mich zögerlich an. »Kenzie – ich ...« Er verstummte und schloss die Bürotür. Irritiert und besorgt zog ich die Brauen zusammen. Er trat vor meinen Schreibtisch. »Ich glaube, es ist etwas Schlimmes passiert, und das ist meine Schuld.«

Ich legte den Kopf schief und überlegte, was er meinen könnte. »Du hast deinem Vater erzählt, dass ich keinen Spaß daran habe, das Geschäft zu leiten? Das ist in Ordnung, Dex. Das ist kein großes Geheimnis, Das hätte ihm jeder der Jungs auch erzählen können.«

Dex schüttelte den Kopf. »Nein – das ist es nicht.«

Ich bekam ein flaues Gefühl im Magen. Hatte er mich irgendwie betrogen? »Was hast du ...? Wovon redest du, Dex?«

Er schluckte einen offenbar riesigen Kloß herunter. »Ich habe dich meinem Vater vorgestellt und hab dir erzählt, er könnte dir helfen. Ich habe ihm geglaubt, dass er es nicht auf dich abgesehen hat, und das hätte ich nicht tun dürfen.«

Mir gefror das Blut in den Adern. »Warum hättest du ihm nicht glauben dürfen? Was hat er getan?«

Das leuchtende Blau seiner Augen wirkte heute dumpf, von Schuld und Bedauern überschattet. Sein Blick glitt zum Boden. »Die Dinge, die deine Sponsoren von dir verlangt haben, waren nicht typisch. Ich habe gehört, wie Hayden den Jungs von der Forderung von Burger Barn erzählt hat, warum die uns haben fallen lassen. Ich habe keinen Beweis, aber ich bin mir ziemlich sicher, dass die das niemals gefordert haben. Ich bin mir fast sicher, dass mein Dad dich angelogen hat.«

Nun durchströmte heiße Wut meinen Körper. »Wie bitte? Er hat mich angelogen? Burger Barn hat nie gefordert, dass ich meine Leute zum Betrug verführe?«

Dex verzog das Gesicht, dann schüttelte er den Kopf. »Ich glaube es einfach nicht. Das ist nicht deren Stil, und … ich habe mit einem Freund gesprochen, der im Vorstand sitzt. Die waren total zufrieden mit Cox Racing und mit dir, bis mein Vater die Sache in deinem Namen beendet hat.« Ich war so fassungslos, dass ich Dex nur mit offenem Mund anstarrte. Er räusperte sich und fügte hinzu: »Und auch Ashley … Ich bin mir zu neunundneunzig Prozent sicher, dass Dad ihnen erzählt hat, du würdest schärfere Werbespots machen, sie dafür begeistert und ihnen dann erklärt hat, du wärst draußen. Ich verwette meinen Hintern darauf, dass die genauso überrascht waren wie du.«

Mir schwirrte der Kopf, ich konnte nicht mehr klar

denken. »Ich ... Das kann doch nicht ... Warum sollte dein Dad dafür sorgen, dass mir beide Sponsoren kündigen? Und es so aussehen lassen, als hätte ich ihnen gekündigt? Die Brücken abgebrochen?«

Dex schien sich zunehmend unwohl zu fühlen. »Damit du verzweifelt genug bist zu verkaufen. An dem Punkt bist du doch jetzt, stimmt's? Mein Dad ist deine einzige Hoffnung, das Geschäft zu retten.« Ich nickte schwach, und Dex seufzte. »Ja – er hat dir eine Kostprobe von dem guten Leben gegeben und es dir dann wieder weggenommen. Damit er dich in seinen Fängen hat. Damit du darauf angewiesen bist, dass er dir aus der Patsche hilft.«

Vor Wut krampfte sich mein Magen zusammen. »Dann hat er das alles geplant?«

Dex seufzte und nickte. »Ich befürchte es. Er will Cox Racing. Darum hat er versucht, dich so kleinzukriegen, dass du verkaufst. Ich habe schon öfter miterlebt, wie er das mit anderen Unternehmen so ähnlich gemacht hat.« Seine Miene verhärtete sich. »Das ist eins der vielen Dinge, über die Dad und ich nicht einer Meinung sind.«

Etwas von meiner Wut verpuffte. »Indem du mir das erzählst, durchkreuzt du die Pläne deines Vaters. Warum machst du das?«

Dex wich meinem Blick aus. »Ich ... er sollte sich von dir fernhalten. Er sollte dir zu Sponsoren verhelfen, ganz legitim. Das hatte er mir versprochen.« Widerwillig hob er den Blick zu mir. »Er wusste, was ich für dich empfinde«, sagte er leise.

Wieder wurde mir mulmig. »Dex ...«

Lächelnd schüttelte er den Kopf. »Ich weiß, Kenzie. Ich weiß, dass dein Herz einem anderen gehört. Und ich … ich mag Hayden. Es gefällt mir, dass er dich so glücklich macht.« Er hielt inne, um tief durchzuatmen. »Ich respektiere eure Beziehung und werde auf keinen Fall dazwischenfunken. Aber ich würde wirklich gern dein Freund sein. Meinst du, das geht?«

Ich schenkte ihm ein aufrichtiges Lächeln. »Natürlich, Dex. Sehr gern.«

Erleichterung zeichnete sich auf seinem Gesicht ab. »Gut, denn ich möchte unbedingt, dass Cox Racing am Leben bleibt. Ich will nicht miterleben, dass mein Vater irgendjemandem hier schadet. Ihr seid mir alle ans Herz gewachsen. Ihr seid jetzt – meine Familie.«

»Danke, Dex«, sagte ich, beeindruckt von seinem Bekenntnis zum Team. »Nach dem, was du mir eben alles erzählt hast, fällt mir die Entscheidung tausendmal leichter.«

Er lächelte, und seine hellen Augen strahlten vor Glück. Dann wurde er wieder ernst und sah mich durchdringend an. »Lehn das Angebot von meinem Vater ab, Kenzie. Es gibt einen anderen Weg. Mein Vater ist nicht die Lösung.«

Ich holte tief Luft, dann nickte ich. Nein, er war ganz bestimmt nicht die Lösung. Nicht, wenn er mich absichtlich geschwächt hatte. Ich würde mit allen Mitteln verhindern, dass er Cox Racing bekam. Und während dieser Entschluss in mir reifte, wurde mir klar, dass ich es ihm niemals verkauft hätte. Cox Racing gehörte mir, und das würde immer so bleiben. Schwierigkeiten hin oder her.

Kapitel 19

Nachdem meine Entscheidung nun feststand, verging die Zeit wie im Flug. Ehe ich michs versah, waren wir in New Jersey und machten uns für das letzte Rennen bereit. Es war bedeckt, über uns hingen dicke Regenwolken. Sie sahen aus, als würden sie sich jeden Moment auf uns ergießen und den Rennstart verzögern, wenn nicht gar eine Verschiebung des ganzen Rennens erzwingen. Ich hoffte sehr, dass das schlechte Wetter sich noch zurückhielt. Ich war bereit zum Fahren, bereit, die Saison zu beenden.

Nikki war mit und sah meine Maschine durch, während Dex sich um Haydens kümmerte. Es hatte mich nicht allzu sehr überrascht, dass Nikki Maria für das Wochenende zu ihrer Mutter gegeben hatte, damit sie uns zum letzten Rennen begleiten konnte. So sehr sie ihre Tochter liebte, Nikkis Herz sehnte sich nach der Rennstrecke, genau wie meins.

Obwohl niemand wusste, wie es in der nächsten Saison weitergehen würde, waren alle guter Stimmung. Der Schrecken über den Verlust von Burger Barn und Ashley

Dessous hatte nachgelassen, und alle waren zuversichtlich, dass ich bald etwas Neues einfädeln würde. Das hoffte ich auch.

Doch dazu brauchte ich jede Hilfe, die ich bekommen konnte. Das war mir klar. Es wurde Zeit, ernsthaft zu vergeben und zu vergessen. »Dad, kann ich dich einen Moment sprechen?«

Dad hatte die Werkstatt überwacht und nach einer Aufgabe gesucht. Erst jetzt wurde mir klar, dass er das die ganze Saison über getan hatte – er wollte sich nützlich machen, ohne jemandem auf die Füße zu treten. Ich hatte ihn auf Armeslänge von mir ferngehalten, und die meiste Zeit hatte er das akzeptiert. »Natürlich, Mackenzie«, sagte er und kam zu mir. »Was gibt's?«

»Du und ich hatten unsere Differenzen.«

Dad lachte trocken. »Ja, das kann man so sagen.« Seufzend schüttelte er den Kopf. »Ich fürchte, das war größtenteils meine Schuld. Ich habe versucht, dich zu kontrollieren, anstatt dich zu verstehen.«

Da musste ich ihm zustimmen. »Ja, das stimmt. Aber am Ende hast du die Kurve gekriegt. Du hast das Richtige getan. Doch anstatt nach vorn zu schauen, war ich verbittert. Es ist mir so schwergefallen, alles zu stemmen. In dir hätte ich eine Riesenhilfe gehabt, aber ich wollte deine Unterstützung nicht annehmen. Mein Stolz stand mir im Weg, und das tut mir leid.«

»Was sagst du da, Mackenzie?«, fragte er und sah mich voller Hoffnung an.

»Ich sage … ich brauche deine Hilfe. Nein, ich möchte

deine Unterstützung bei den geschäftlichen Dingen. Ich will mich einfach nur aufs Fahren konzentrieren.«

Auf seinen Lippen erschien ein Lächeln. »Es wäre mir eine Ehre, dir zu helfen. Das ist alles, was ich jemals …« Er verstummte und lächelte mich unsicher an. »Ja, das mache ich sehr gern.«

Ich nickte und spürte, wie eine Last von meinen Schultern abfiel. »Gut, es gibt nur ein winziges Detail, das ich dir vermutlich nicht vorenthalten sollte.«

Dad hob fragend eine Braue. »Und das wäre?«

Lächelnd blickte ich zu Dex hinüber. »Ich werde Dex anstellen, damit er sich um das Geschäftliche kümmert. Du unterstützt ihn mit deinem Fachwissen. Er wird dein, nun ja, er wird in gewisser Weise dein Boss. Meinst du, dass du damit leben kannst?«

Nachdenklich blickte Dad zu unserem Interims-Mechaniker. »Bist du dir sicher, dass das klug ist? Dass du ihm vertrauen kannst?«

Ich nickte mit Nachdruck. »Absolut sicher. Er hat mir seine Loyalität bewiesen. Außerdem ist er wirklich gut in diesen Sachen, und er tut es gern. Aber ich wüsste deine Hilfe trotzdem zu schätzen. Der Laden war jahrelang dein Baby, und … ich will, dass du weiterhin dazugehörst.«

Dad lächelte mich voller Wärme an. Einen solchen Ausdruck auf seinem autoritären Gesicht war ich noch immer nicht gewohnt. Es dauerte dann auch nicht lange, und einen Sekundenbruchteil später machte er ein misstrauisches Gesicht. »Was ist mit Richard Covington? In der Werkstatt kursieren Gerüchte, dass er angeboten hat,

Cox Racing zu kaufen. Ich wollte dich schon fragen, ob das stimmt.« Die Missachtung auf seinem Gesicht war nicht zu übersehen. Ihm missfiel die Vorstellung genauso sehr wie mir.

Schuldbewusst nickte ich. Ich hätte mit Dad über das Angebot reden müssen, aber ich wusste, was er sagen würde – lass es, es wird dir leidtun, Richard ist eine Schlange. Nichts, was ich nicht schon wusste, nichts, was Dex mir nicht zweifelsfrei klargemacht hatte. »Ja – er hat mir ein Angebot gemacht.«

Dad kniff die Lippen zusammen, fragte jedoch ruhig: »Und hast du dich schon entschieden, was du ihm sagst?«

Ich schmunzelte und nickte. »Ja, und es wird ihm nicht gefallen.«

Dads zufriedenes Lächeln spiegelte mein eigenes.

Richard tauchte direkt nach der Qualifizierungsrunde auf. Das war nicht überraschend, denn er wollte vor dem Rennen eine Antwort. In einen schwarzen Anzug gekleidet schlenderte er in die Garage, als würde ihm Cox Racing bereits gehören. Mit seinen hellen Augen musterte er alles, was er bereits für seinen Besitz hielt, dann fiel er über mich her. »Kenzie, herzlichen Glückwunsch zu dieser hervorragenden Platzierung. Sie werden ganz bestimmt heute sehr gut fahren.«

Ich zwang mich, höflich zu reagieren. »Danke, Richard.«

Er schenkte mir dieses unheimliche Grinsen, das er so gut beherrschte und von dem ich jedes Mal eine Gänsehaut bekam. »Na? Haben Sie sich entschieden?«

Hayden trat zu mir. Richard würdigte ihn keines Blickes. Er hatte ihn als unwichtig eingestuft, sowohl für sich persönlich als auch fürs Geschäft. Wut schoss mein Rückgrat hinauf. »Ja, und die Antwort lautet Nein.«

Ich spürte Bewegung hinter mir und drehte mich um. Dort standen mein Dad und John, Dex, Nikki, Myles ... alle. Mein gesamtes Team stärkte mir den Rücken. Richards Blick zuckte zu Dex, dann wieder zu mir. »Nein? Sie lehnen mein Angebot ab, Sie vom Boden aufzuheben, Ihnen den Dreck abzuklopfen und Sie wieder auf die Füße zu stellen?«

Ich ballte die Finger zu einer Faust. »Ihretwegen sind wir in Schwierigkeiten. Ihretwegen haben die Sponsoren uns überhaupt verlassen. Sie haben sie manipuliert, genau wie mich.«

Er presste die Lippen zu einem schmalen Strich zusammen, und wieder zuckte sein Blick zu seinem Sohn. »Ich habe keine Ahnung, wovon Sie reden.«

Ich drehte mich um und sah, wie Dex sich unter dem eisernen Blick seines Vaters anspannte, dann richtete er sich gerade auf. »Ich habe ihr alles erzählt, Dad, du musst es also nicht länger leugnen.«

Richard sah seinen Sohn aus gefährlich schmalen Augen an. »Du hast ihr was erzählt? Was genau meinst du zu wissen ... mein Sohn?« Die Betonung des Wortes war voller Verachtung. Dass er sich in dieser Angelegenheit hinter mich stellte, konnte Dex alles kosten.

Ich antwortete Richard, ehe Dex etwas sagen konnte. »Er hat mir erzählt, was ich schon wusste. Dass es ein Fehler war, mit Ihnen Geschäfte zu machen. Dass es ein Fehler wäre, Ihnen – oder irgendjemandem – Cox Racing zu verkaufen. Ich würde es den Rest meines Lebens bereuen. Ich habe schon genug Fehler gemacht. Darum sage ich Nein und beende die Partnerschaft.«

Richard richtete seinen wütenden Blick auf mich. »Gut. Ich warte einfach auf Cox Racings unausweichlichen Untergang. Dann schreite ich ein und sammele die Scherben auf. Am Ende wird Cox Racing so oder so mir gehören.« Er machte auf dem Absatz kehrt, dann blieb er noch einmal stehen und drehte sich zu Dex um. »Dir ist ja wohl hoffentlich klar, was du heute getan hast. Was du … geopfert hast.«

Dex schluckte, dann nickte er. »Ja, und ich würde es wieder tun. Du hast mir dein Wort gegeben, Dad.« Seine Stimme war genauso voller Verachtung wie Richards zuvor.

Richard schüttelte den Kopf und ging zum Ausgang. Nachdem er weg war, wandte ich mich an Dex. »Was hat er damit gemeint? Was hast du geopfert?«

Er lächelte traurig. »Ich bin mir ziemlich sicher, dass ich keinen Treuhandfonds mehr besitze, wenn ich morgen früh aufwache.« Meine Augen – und die aller anderen um mich herum – weiteten sich vor Überraschung. Dex sah in die Runde, dann hob er eine Hand. »Schon okay, ich habe den nicht gebraucht oder gewollt. Ich tue, was ich tun will. Ich bin hier glücklich.« Er sah mich skeptisch an. »Vorausgesetzt, ich habe nächste Saison noch einen Job.«

Ich nickte und sagte: »Solange es Cox Racing gibt, hast du hier einen Job.«

Mein Vater lächelte ihn an. »Du wirst mein Boss. Du leitest mit mir zusammen die Firma.«

Dex machte große Augen. Mit Blick zu mir fragte er: »Stimmt das? Willst du das?«

Ich sah zu Hayden, dann nickte ich. »Wenn du die Leitung übernimmst, ja. Ich wäre glücklich, wenn du den ganzen Kram erledigst, auf den ich keine Lust habe. Und wenn du damit nicht genug zu tun hast, wäre es schön, wenn du Nikki und Kevin unterstützt. Dein Talent als Schrauber ist nicht zu leugnen.«

Mit tränenfeuchten Augen blickte sich Dex in der Garage um. »Es wäre mir eine Ehre, dauerhaft zum Team zu gehören.«

Eli, Reiher und die anderen gratulierten ihm. Doch bei all ihrem Lob sagte ich: »Freut euch nicht zu früh, Jungs. Das könnte auch das letzte Rennen für Cox Racing sein.«

Ein trauriger Seufzer löste sich aus meiner Brust. Myles grinste mich an. Er tauschte einen optimistischen Blick mit Nikki, dann sagte er: »Nein, das ist nicht das Ende, Kenzie. Das ist erst der Anfang. Glaub mir.«

Mit Myles' Worten tief in meinem Herzen stellte ich mich für das Rennen auf. Wieder startete ich vom dritten Platz, Myles war direkt vor, Hayden direkt hinter mir. Während wir warteten, blickte Myles zu mir herüber, dann gab er mir ein Daumen-hoch-Zeichen. Ich grinste unter meinem Helm, dann nickte ich ihm zum Dank zu und drehte mich zu Hayden um. Er blickte in meine Richtung, und ich konnte das zufriedene Lächeln auf seinem Gesicht erahnen. Er war an diesem Ort genauso glücklich wie ich.

Ich schob alle Gedanken an mein Team und meine Teamkameraden beiseite und konzentrierte mich ganz auf die Ampel. Ich wollte, dass sie umsprang. Und als sie es tat, raste ich los. Mein Herz hämmerte vor Aufregung, Adrenalin und Freude. Und die Tatsache, dass ich mich, so oder so, nie mehr mit dem täglichen Geschäftskram herumschlagen musste, verstärkte die Freude noch um das Zehnfache. Ich war wirklich frei.

Mit diesem Gedanken fuhr ich in die Kurven hinein und wieder aus ihnen heraus. Egal, was nach heute passierte, ich würde nie wieder an einen Schreibtisch gefesselt sein. Hoffentlich würde ich noch Rennen fahren. Hoffentlich würde ich noch für Cox fahren. Aber darüber durfte ich mir jetzt keine Gedanken machen – nicht wenn die Ziellinie nach mir rief. Ein Ruf, dem ich unbedingt folgen wollte.

Myles, Hayden und ich kämpften mit allen Mitteln um den ersten Platz. Es war mir derart vertraut, gegen sie zu fahren, dass es mir vorkam, als wären wir zu Hause auf der Trainingsstrecke, nicht bei einem Rennen vor Tausenden kreischender Fans. Runde für Runde hielten wir drei zusammen, während wir die wenigen anderen Fahrer vor uns überholten. Und dann befanden wir uns in der letzten Runde, rasten um die letzte Kurve, und die Ziellinie tauchte vor uns auf. Myles war zu weit vor mir, als dass ich ihn noch hätte einholen können, aber das war okay. Mit einem zweiten Platz wäre ich mehr als zufrieden. Doch Hayden schien sich mit dem dritten Platz nicht zufriedengeben zu wollen. Ich sah aus dem Augenwinkel, wie er versuchte, an mir vorbeizukommen. Oh, nein, Hayes.

Mein Wettbewerbsgen übernahm die Führung, und ich holte das Letzte aus meiner Maschine heraus. Haydens Reifen befand sich auf Höhe meines Sitzes. Wären wir kein Rennen gefahren – und hätte ich keine Angst um seine Sicherheit gehabt –, hätte ich den Fuß ausstrecken und ihn treten können. Ich grinste übers ganze Gesicht, beugte mich tief über mein Bike und konzentrierte mich auf meine Haltung. Manchmal war es von Vorteil, kleiner und leichter zu sein. Ich schaffte es ganz knapp vor ihm.

Als wir die Ziellinie überquerten, die Geschwindigkeit drosselten und uns entspannten, zeigte Hayden mit dem Finger auf mich. Das nächste Mal, sollte das heißen. Gott, hoffentlich gab es ein nächstes Mal. Bitte lass das nicht das Ende sein.

Als ich auf die Anzeige blickte, sah ich, dass Myles mit großem Abstand gewonnen hatte. Hayden und mich trennten nur Tausendstelsekunden. Rodney und Felicia waren gut gefahren und landeten unter den ersten zehn, und Eli und Ralph irgendwo in der Mitte. Die Wolken hatten dicht gehalten, und die Strecke war den ganzen Tag über trocken geblieben. Und jetzt, nachdem wir fertig waren, brachen sogar einige Sonnenstrahlen durch die Wolkendecke und tauchten die Fahrer wie in Scheinwerferlicht. Alles in allem waren es ein toller Tag und ein tolles Rennen gewesen.

Kaum dass Hayden, Myles und ich unsere Maschinen und unser Equipment abgestellt hatten, stürzte sich die Presse auf uns – dass die drei ersten Fahrer zum selben Team gehörten, war ein Fest für sie. Sie interviewten uns gemeinsam und unterstrichen die Tatsache, dass wir für dasselbe Team fuhren – für mein Team. »Und, Kenzie, wie ist es dieses Jahr gelaufen, in der neuen Rolle als Eigentümerin und Fahrerin?«

Ich stieß einen erschöpften Seufzer aus, der mir jedes Mal entfuhr, wenn ich an all die Verantwortung dachte. Die Reporterin lachte. »So gut also?«

Ich lachte mit ihr. »Um ehrlich zu sein, war es ziemlich anstrengend, beides zu stemmen. Ich glaube aber, dadurch weiß ich das Fahren jetzt noch mehr zu schätzen. Das ist meine Leidenschaft. Meine Motivation, morgens aufzustehen, und ich bin unglaublich dankbar, dass ich das machen darf.« Meine Gefühle schnürten mir die Kehle zu.

»Ist alles in Ordnung?«, fragte die Journalistin aufrichtig besorgt.

Ich nickte und verstärkte den Griff um Haydens Hand. »Ja, es war ein anstrengendes Jahr. Mein Team ist großartig gefahren, aber trotzdem haben wir, ohne dass wir etwas dafür konnten, zwei unserer größten Sponsoren verloren. Wenn wir nicht … wenn wir nicht bald neue Unterstützer finden, weiß ich nicht, ob es Cox Racing nächstes Jahr noch gibt, und das macht mich fertig.«

Die Reporterin wirkte ehrlich betroffen. »Na, dann lassen Sie mich das doch mal in der Welt verbreiten.« Sie wandte sich von mir ab, um direkt in die Kamera zu blicken. »Wenn irgendein Sponsor dort draußen sofort in aller Munde sein möchte, dann sollte er noch heute Cox Racing kontaktieren, denn diese drei hier werden die Welt erobern.«

Ich hätte sie küssen mögen.

Nachdem wir mit den Interviews fertig waren, versammelten sich alle Teams, um das Endergebnis der Meisterschaft zu erfahren. Da dies das letzte Rennen des Jahres war, feierten wir nicht nur einen Sieg – sondern zwei. Das Endergebnis war bereits ermittelt worden, der Sieger sollte gleich verkündet werden.

Eine Riesenmenge wartete gespannt. Ich fasste Haydens Hand und drückte sie. Er lächelte mich frech an. Ich gab ihm einen flüchtigen Kuss, dann blickte ich zu Myles hinüber. Er hatte ein paar schwere Rennen gehabt, aber ich zweifelte nicht daran, dass er die Saison wieder als Gesamtsieger abschließen würde. Leider war ich so sehr mit Richard und dem Verwaltungskram beschäftigt gewesen, dass ich nicht auf die Punkte geachtet hatte. Ich hatte keine Ahnung, wo alle standen.

Einer der Funktionäre betrat mit einem Mikrofon in der Hand die Bühne. Die Fahrer, die Crew, die Eigentümer und Sponsoren in der Menge schrien und johlten derart laut, dass er eine Hand hob, um sie zu beruhigen. »Meine Damen und Herren, es ist mir eine Ehre, Ihnen den diesjährigen Gewinner der ARRC mitzuteilen.« Er machte eine dramatische Pause, dann sagte er leise ins Mikrofon: »Herzlichen Glückwunsch, Mackenzie Cox.«

Ich blinzelte verwirrt, während mein Gehirn zu begreifen versuchte, was er da gerade gesagt hatte. Hatte er da eben etwa meinen Namen genannt? Aber das war doch unmöglich. Völlig unmöglich.

Als ich mich nicht rührte, schob Hayden mich zur Bühne. Aber warum? Ich konnte doch nicht ernsthaft gewonnen haben …

Schließlich gab ich seinem Drängen nach und stapfte zur Bühne. Mir liefen Tränen über die Wangen, aber ich merkte nicht, dass ich weinte. Warum stand ich hier oben? Der Funktionär überreichte mir eine Riesentrophäe. Überall flammten Blitze auf, und die Leute machten Fotos. Als ich es begriff, begann ich, laut zu schluchzen. Ich hatte … gewonnen. Irgendwie hatte ich gewonnen.

Jemand schob mir ein Mikrofon in die Hand, aber ich war zu bewegt, um zu sprechen. Ich schüttelte den Kopf, und der Funktionär nahm es mir wieder ab und klopfte mir stattdessen auf den Rücken. Nachdem ich noch einige Minuten im Scheinwerferlicht gestanden und den Jubel genossen hatte, ging ich schließlich zurück zu meinen Freunden. Alle fielen mir um den Hals und gratulierten mir, auch Felicia und Rodney. Als alle fertig waren und ich endlich wieder Luft bekam, schüttelte ich den Kopf und konnte es noch immer nicht fassen. »Das kann nicht stimmen. Ich habe doch nur ein Rennen gewonnen.«

Hayden strahlte. »Aber du warst beständig weit oben, Kenzie, und Beständigkeit ist es, was bei einem Punkterennen zählt. Du bist bei jedem Rennen unter den ersten drei gewesen. Der Rest von uns war irgendwo.« Er lachte.

»Nun ja, außer mir. Ich war immer hinter dir. Nicht dass mir das etwas ausgemacht hat, es ist ein toller Ausblick. Und falls du dich das fragst, ich wusste, dass du auch mit dem dritten Platz noch den Gesamtsieg holen konntest. Darum habe ich versucht, dich noch zu überholen. Erfolglos, aber ich habe es versucht.« Er zwinkerte mir entschuldigend zu.

Ich starrte die anderen nur fassungslos an, während ich verdaute, was er eben gesagt hatte. Es ergab Sinn, dennoch war ich sprachlos, es war wirklich schwer zu glauben. Hayden reichte meine Trophäe an Nikki weiter, dann legte er die Arme um mich. »Du hattest tatsächlich keine Ahnung, stimmt's?«

»Keine Ahnung?«, fragte ich benebelt.

Er grinste noch breiter. »Du hattest keine Ahnung, dass du in der Gesamtwertung führst. Du warst vollkommen ahnungslos.«

Verwundert schüttelte ich den Kopf, dann blickte ich mich nach meinen Freunden und Kollegen um. »Warum habt ihr mir nichts gesagt?«

Myles zuckte die Schultern. »Wir wollten nichts beschreien, dich nicht nervös machen. Wir waren uns alle einig, dass wir erst was sagen, wenn du es ansprichst. Das hast du nicht, also ...«

»Unglaublich«, staunte ich. Eine Welle der Freude rollte über mich hinweg. »Unfassbar. Ich kann nicht glauben, dass ich gewonnen habe ...« Da kam Dad zu mir, sein Lächeln war voller Stolz. »Wusstest du es?«, fragte ich ihn. »Du wusstest, dass ich in Führung lag?«

Er hob eine Augenbraue und machte ein drolliges Gesicht. »Natürlich wusste ich es, Mackenzie. Aber Myles bestand darauf, dass ich nichts sage, also habe ich geschwiegen. Herzlichen Glückwunsch – ich bin so stolz auf dich.« Seine grauen Augen glänzten, und ich merkte, wie mir erneut die Tränen kamen.

Dad hob einen Finger. »Ehe du wieder zu schluchzen anfängst, hier sind ein paar Leute, die dich sehr gern kennenlernen würden.« Er trat zur Seite und ließ einen Mann und eine Frau in unseren Kreis. »Mackenzie, das sind Pat Davis, Leiter von Riser Athletics, und Samantha Dupont, Leiterin von Generation Tires. Beide haben Interesse an einer Partnerschaft mit der ersten Frau, die die ARRC gewonnen hat.« Seine Stimme triefte vor Stolz.

Vollkommen baff schüttelte ich den beiden die Hände. Riser Athletics und Generation Tires – größer ging es kaum. »Es ist mir eine Ehre«, sagte ich und hoffte, dass man mir nicht anhörte, wie überwältigt ich war.

Samantha lächelte. »Die Ehre ist ganz auf unserer Seite. Wir beobachten Sie jetzt schon eine ganze Weile, und nachdem das Jahr für Sie etwas ... schwierig begonnen hat, haben sie es überragend beendet. Wir würden uns sehr gern mit Ihnen zusammensetzen, wenn Sie wieder in Oceanside sind.«

»Ja, sehr gern. Vielen Dank.« Und zum ersten Mal seit einer langen Zeit empfand ich nichts als Freude und Hoffnung.

Kapitel 20

Drei Monate später war mein Leben genau, wie ich es mir immer gewünscht hatte. Ich war rundum zufrieden. Ob Zuhause, Freunde, Familie oder Arbeit – alle Sorgen waren geringer geworden, der Druck von mir abgefallen. Nachdem ich die Meisterschaft gewonnen hatte – was ich noch immer nicht ganz fassen konnte –, war der Bann gebrochen und die Sponsoren bestürmten uns. Die Medien – die nationalen Medien, nicht nur die Sportkanäle – machten eine große Sache aus dem ersten weiblichen Gewinner, und alle rissen sich um eine Partnerschaft mit mir. Mein Vater und Dex gingen die Angebote durch und sondierten, wer am besten zu Cox Racing passte, wofür ich ihnen unendlich dankbar war. Ob ihnen bewusst war, dass sie mich davor bewahrten, wahnsinnig zu werden?

Es war belebend und merkwürdig, dass alles ausnahmsweise nach meinem Willen lief, insbesondere nach all den verrückten Drehungen und Wendungen, die mein Leben in den letzten beiden Jahren genommen hatte. Ich war sorgsam darauf bedacht, jede Sekunde meines neuen Glücks zu genießen.

Ich streckte mich und schlang meine Beine um Haydens. Er gab einen tiefen, genussvollen Laut von sich und lächelte. Es war wundervoll, dass er jetzt immer da war. »Bin ich gerade neben der schärfsten Frau der Welt aufgewacht?«, murmelte er mit tiefer Stimme.

Mein Lächeln wuchs, als er Arme und Beine um mich schlang und mich fest an sich zog. »Ich weiß nicht, ob ich neben der schärfsten sagen würde. Aber eindeutig neben der glücklichsten.«

Hayden lachte, dann küsste er mich auf den Hals. »Glaub mir, auch neben der schärfsten.«

Seine Hand malte Kreise auf meinem Bauch. Wir waren nackt eingeschlafen, und jetzt wollte er mir offenbar zeigen, wie scharf er mich fand. Mein Körper reagierte und gab sich seiner Berührung hin.

Als ich ein leises Stöhnen ertönen ließ, reagierte Hayden seinerseits mit einem erotischen Laut. Seine Lippen suchten meine, und seine Leidenschaft trieb einen Kraftschub durch meinen Körper. Die Hand glitt von meinem Bauch zu meiner Brust, streichelte und umkreiste sie. Dann ließ er die Lippen an meinem Hals hinunter zu seinen Fingern gleiten.

Als er den Mund um meinen Nippel schloss und daran saugte, schnappte ich nach Luft. Nun glitt seine Hand nach unten, und mein Atem beschleunigte sich. Er schob sie zwischen meine Beine, und ein lautes Stöhnen kam über meine Lippen. Gott, ja.

Hayden legte sich auf mich. Sein Atem ging ebenso schnell wie meiner. Als er auf mir war, zog ich ihn an den Hüften dichter an mich, ich wollte ihn in mir spüren. Ohne zu zögern drang er in mich ein, und ein tiefer, erotischer Laut drang aus seiner Kehle.

Lustvolles Stöhnen erfüllte den Raum, als sich unsere Hüften trafen. Dann zog er sich zurück, und mein Körper wurde von Verlangen überwältigt, das sich noch verstärkte, als er erneut in mich hineinstieß. Eine irrwitzige Lust ergriff mich, und mit jedem Stoß trieb er mich weiter dem Höhepunkt entgegen. Ich packte seinen Körper und zog ihn an mich. Fester, schneller. Mehr.

Die Lust strebte dem Höhepunkt entgegen, und mein Körper spannte sich erwartungsvoll. Als die Erlösung kam, schrie ich laut auf. Hayden keuchte, von der Anstrengung hatte sich ein feuchter Film auf seiner Haut gebildet. Er stieß noch ein paarmal in mich hinein, dann stöhnte er ebenfalls erlöst auf.

Hayden ließ sich auf mich sinken und legte den Kopf in meine Halsbeuge. »Ich liebe es, mit dir aufzuwachen«, murmelte er an meiner Haut.

Ich schmunzelte zufrieden. »Ich auch. Aber wahrscheinlich sollten wir allmählich aufstehen. Wir kommen zu spät zur Arbeit.«

Sofort glitt Haydens Blick zum Wecker auf unserem Nachttisch. Obwohl ich recht hatte und wir zu spät waren, lächelte er glücklich. »Ja, wahrscheinlich hast du recht.« Er schoss aus dem Bett hoch und stand in all seiner nackten Schönheit vor mir. »Ich springe unter die Dusche. Kommst du mit?«

Obwohl mir die Vorstellung gefiel, schüttelte ich den

Kopf. Wir mussten aufbrechen, und wenn ich mit ihm unter die Dusche ging, würden wir uns erst einmal gegenseitig verwöhnen. Das Glück konnte einen ganz schön aufhalten.

Als Hayden unter der Dusche stand, klingelte mein Telefon. Der Name auf dem Display überraschte mich nicht. Es war Richard. Ich ignorierte seine Anrufe seit Monaten und erwog, auch diesen nicht anzunehmen. Doch ich hatte das Gefühl, dass er nicht aufhören würde, mich anzurufen, ehe ich ihn ein letztes Mal entschieden abwies. Also holte ich tief Luft und nahm das Gespräch an. »Hallo, Richard.«

Seine Stimme klang zuckersüß. »Kenzie, ich versuche seit New Jersey, Sie zu erreichen. Ich hatte noch gar keine Gelegenheit, Ihnen zu gratulieren. Ich wusste ja, dass Sie gut fahren, aber dass Sie alles gewonnen haben – das war wirklich beeindruckend.«

Ich hörte den intriganten Unterton in seiner Stimme. Er rief keineswegs einfach nur an, um mir zu gratulieren. »Danke, aber ich habe den Eindruck, das ist nicht der wahre Grund Ihres Anrufs. Ich weiß nicht, was Sie mir verkaufen wollen, Richard, aber meine Antwort ist Nein. Ein entschiedenes Nein.«

»Ach, Kenzie. Ich versuche nicht, Ihnen etwas zu verkaufen. Ich wollte Ihnen nur eine gute Nachricht übermitteln. Burger Barn und Ashley Dessous haben sich entschieden, Cox Racing im nächsten Jahr weiter zu unterstützen.«

Ein erschöpfter Seufzer entfuhr mir. »Unternehmen, die natürlich von Ihnen geleitet werden.«

»Natürlich. Und nur damit Sie es wissen, mein Angebot steht noch. Wenn Sie sich noch immer von der Last des Besitzes befreien wollen – kann ich Ihnen helfen.«

In dem Moment kam Hayden aus dem Bad. Er rieb sich mit dem Handtuch die Haare trocken und sah mich forschend an. Ich hatte die Hand zur Faust geballt und sah vermutlich wütend aus. »Noch einmal, meine Antwort lautet Nein. Ich habe fähige Leute um mich, die sich um die Dinge kümmern, mit denen ich mich nicht befassen möchte. Und was Burger Barn und Ashley Dessous angeht, nun – wir haben bereits eine Menge neuer Sponsoren, fast mehr, als wir einbinden können. Sie können denen also sagen, dass es uns sehr leidtut, aber dass wir einen anderen Weg gehen.«

Augenblicklich verschwand das Süßliche aus seiner Stimme. »Seien Sie nicht albern, Mackenzie. Ein Sieg garantiert für nichts. Sie brauchen mich.«

»Nein, ich brauche Sie nicht. Ich habe Ihren Sohn, und er ist ein weitaus besserer Mensch als Sie.«

Richard schwieg einen Augenblick, dann sagte er: »Dex fehlt, was man braucht, um in diesem Geschäft zu bestehen. Er hört zu sehr auf sein Herz.«

Sein Ton war derart herablassend, dass ich mich unwillkürlich vor Dex stellte. »Ich persönlich glaube nicht, dass es schlecht ist, auf sein Herz zu hören.« Mein Blick traf den von Hayden, und ich lächelte ihm zärtlich zu.

Richard schnaubte. »Sagt die Frau, die fast alles verloren hat.«

»Fast zählt nicht, und ich habe nicht alles verloren – nur die Lust, je wieder mit Ihnen zu sprechen.«

»Das ist mein letztes Angebot, Mackenzie. Wenn Sie jetzt ablehnen, werde ich nicht für Sie da sein, wenn Sie unweigerlich scheitern.«

»Leben Sie wohl, Richard.« Ich legte auf, ehe er antworten konnte, dann schleuderte ich das Telefon in meine Tasche.

»Ist alles in Ordnung?«, fragte Hayden.

Grinsend antwortete ich. »Fantastisch.« Und das stimmte. Ich hatte mich nie besser gefühlt.

Kurz darauf fuhren Hayden und ich zur Trainingsstrecke. Ich freute mich, dorthin zu kommen – der Laden vibrierte jetzt ständig vor Energie –, und die Begeisterung, die spürbare Kraft übertrug sich auf mich und elektrisierte mich. Als ich durch das Tor fuhr, dachte ich an die bevorstehende Saison. In drei Monaten ging der Rennzirkus wieder los. Hayden und ich waren gut gefahren, Myles ebenso. Mit uns dreien konnte Cox Racing den Meistertitel verteidigen. Unser Name war jetzt allgemein bekannt, unser Ruhm reichte auf beispiellose Weise über die Grenzen des Sports hinaus. Selbst die Funktionäre mochten uns, da wir dem Sport neue Fans bescherten. Es war alles, was ich mir jemals für das Team gewünscht hatte, und ich war stolz dazuzugehören. Und dankbar, dass Hayden und mein Dad einen Weg gefunden hatten, diesen Traum am Leben zu erhalten.

Da Hayden und ich heute Morgen etwas zu spät aus dem Bett gekommen waren, war das gesamte Team schon in der Werkstatt, als wir eintrafen. Außerdem meine Schwestern samt Ehemännern – und Izzy, Antonia und Aufreißer.

Mit klopfendem Herzen blickte ich mich um. Warum waren sie alle hier? »Daphne, Theresa ... Izzy, Tony ... was macht ihr denn alle hier?«

Daphne klatschte in die Hände, als könnte sie ihre Aufregung kaum noch beherrschen. Sie war endlich schwanger, und ihr wundervoller Babybauch kündigte unübersehbar die Ankunft des jüngsten Familienmitglieds an. Jeff stand neben ihr. Er zwinkerte mir zu, dann nickte er Hayden aufmunternd zu. Die zwei waren sich in den letzten Monaten durch die Fahrstunden nähergekommen, die Hayden Jeff gab. Daphne erlaubte ihnen zwar nur, auf einem Parkplatz zu üben, aber Jeff schien mit der kleinen Portion Abenteuer zufrieden zu sein.

Daphne antwortete nicht auf meine Frage, darum wandte ich mich an Theresa, die mit ihrem Mann Nick Händchen hielt, mir jedoch nur ein Daumen-hoch-Zeichen gab. Ich ging zu Izzy, die mich nur angrinste. Antonia hielt sich den Mund zu und kicherte. Aufreißer schürzte die Lippen und nickte mir zu, aber genau wie alle anderen schwieg er und gab mir keine Erklärung.

Als ich alle verwirrt anstarrte, traten zwei weitere Personen in die Garage – Rodney und Felicia. Ihr Erschienen überraschte mich am meisten – Benneti-Fahrer kamen niemals tagsüber zu uns herüber. Keith würde ihnen den Kopf abreißen, wenn er herausfand, dass sie sich auf »feindlichem« Gelände befanden.

»Was ist ...?« Ich verstummte und blickte zu Hayden hoch. Er strahlte mich an. »Was ist hier los?«, fragte ich ihn.

Zur Antwort ließ er sich auf ein Knie sinken. Ich hielt die Luft an, als er in die Hosentasche griff und einen funkelnden Diamantring hervorholte. Er streckte mir den Ring hin und sagte leise: »Mackenzie Cox, mit dir zusammen zu sein macht mich unglaublich glücklich. Ich kann mir nur eine Sache vorstellen, die mich noch glücklicher machen würde. Wenn du meine Frau wirst. Willst du mich heiraten?«

Mit Tränen in den Augen starrte ich ihn an – alles und alle um uns herum lösten sich auf. Ich sah nur noch ihn. »Ja«, flüsterte ich. Ich räusperte mich und nickte. »Ja, unbedingt. Ja!«

Als Hayden aufstand und mir den Ring auf den Finger steckte, ertönte lauter Jubel um uns herum. Tränen liefen mir über die Wangen, als Hayden sich vorbeugte und mich zärtlich küsste. Über das Jubeln, Johlen und Klatschen hinweg hörte ich Champagnerkorken knallen. Und schon spürte ich die kühle Dusche auf mir, als sie uns damit bespritzten. Lachend löste ich mich von Hayden und sah, wie Eli und Reiher schäumende Flaschen hochhielten. »Schon okay«, sagte Eli, »wir haben noch mehr.«

Daphne zog eine unauffällige Abdeckung von einer Arbeitsbank und brachte Kuchen, Snacks und diverse Champagnerflaschen zum Vorschein. Ich staunte, wie schnell ein ganz normaler Arbeitstag zu einem Fest geworden war. »Ihr wusstet alle Bescheid?«, fragte ich fassungslos in die Runde.

Alle nickten und grinsten verschlagen. Mein Blick glitt

zurück zu meinem Freund. Nein – zu meinem Verlobten. »Du hast das alles organisiert?«

Hayden grinste, dann deutete er mit dem Kopf ausgerechnet auf meinen Vater. »Ich hatte Hilfe.«

Mit offenem Mund blickte ich zu meinem Vater hinüber. Er zuckte die Schultern. »Ich habe nur Daphne angerufen. Sie hat sich um alles gekümmert.« Trotzdem war ich überrascht, dass Hayden Dad überhaupt um Hilfe gebeten hatte. Und um seinen Segen, denn das hatte er ganz offensichtlich getan. Das Lächeln auf dem Gesicht meines Vaters war warm und unbeschwert.

Anschließend wurde ich von allen mit guten Wünschen überhäuft. Rodney legte einen Arm um uns und zog uns an sich. »Kenzie, Hayden, herzlichen Glückwunsch, ihr zwei.«

Ich lachte und erwiderte seine Umarmung. »Danke, Rodney.«

Als ich ihn losließ, übernahm Felicia seinen Platz. Sie reichte mir die Hand, und ich nahm sie und suchte in ihrem Gesicht nach einem Anzeichen von Traurigkeit oder Anspannung. Doch ich sah nur Freude. »Herzlichen Glückwunsch, Kenzie. Ich freu mich für dich. Ehrlich«, betonte sie.

»Danke«, antwortete ich und dankte dem Schicksal, dass sie es ehrlich zu meinen schien.

Sie ließ meine Hand los und wandte sich an Hayden. »Herzlichen Glückwunsch, Hayden. Ich freu mich, dich so glücklich zu sehen.«

»Danke, Felicia«, sagte er. Dann glitt sein Blick zu Rodney, der sich mit Myles unterhielt. Grinsend beugte Hayden sich vor und sagte: »Raste nicht gleich aus, aber man munkelt, dass dieser Typ dich heiraten will.«

Grinsend blickte sie zu Rodney hinüber. »Ich weiß. Und ich raste nicht aus. Ich laufe niemals wieder fort. Ich habe meine Lektion gelernt.«

Hayden lächelte herzlich, brüderlich. »Gut. Das freut mich zu hören. Er ist ein guter Kerl.«

Sie zwinkerte mir zu. »Ja, er ist ganz in Ordnung.« Als ich über ihre Bemerkung lachte, sagte sie: »Rodney und ich müssen zurück, ehe Keith uns noch umbringt, aber wir wollen dieses Wochenende mit euch feiern.«

»Klingt gut«, sagte ich. »Ruf mich an.«

Als sie nickte, wunderte ich mich, dass wir tatsächlich irgendwie alle Freunde geworden waren. Genau wie Rodney es vorhergesagt hatte.

Sobald eine Lücke frei war, schlang Nikki die Arme um mich. »Oh, mein Gott, Kenzie, ich freu mich ja so für euch!« Als sie von mir abrückte, hatte sie Tränen in den Augen. Woraufhin ich selbst gleich wieder weinen musste.

»Danke, ich freu mich auch für euch.« Ich zeigte auf den Ring, den Myles ihr letzte Woche auf den Finger gesteckt hatte. Sie würden nächstes Jahr in Monterey heiraten – an dem Ort, wo ihre Beziehung begonnen hatte.

»Danke.« Sie kicherte. »Vielleicht können wir eine Doppelhochzeit feiern?«

»Oh, nein, nachdem es so lange gedauert hat, bis ihr zwei zusammengekommen seid, dürft ihr euren Tag nicht mit jemandem teilen.«

Sie seufzte glücklich und blickte wieder zu Myles, dann wandte sie sich ernster an mich. »Euer Weg war aber auch nicht leicht, Kenzie.«

Hayden küsste mich auf den Scheitel. »Es war das Leiden wert«, murmelte er, und ich seufzte zustimmend.

Als Nächster gratulierte uns Myles, dann meine Schwestern, ihre Ehemänner, John und mein Vater. Aufreißer kam mit Antonia zu uns. Sie drückte mich fest, während Aufreißer zu Hayden sagte: »Ich wusste immer, dass du mit Felicia zwei enden würdest.«

Hayden schlug ihm auf die Schulter. »Hör auf, sie so zu nennen.«

Aufreißer lachte, dann nickte er. »In Ordnung.« Antonia ließ mich los, um Hayden zu umarmen, und Aufreißer wandte sich an mich. »Herzlichen Glückwunsch, Kenzinator. Ich wusste, dass du einen ehrenhaften Mann aus diesem Trottel machst.«

Ich grinste ihn an, dann schüttelte ich den Kopf und schlang die Arme um ihn. Das schien ihn zu überraschen, aber er drückte mich ebenfalls. Als ich ihn losließ, sagte ich: »Jetzt müssen wir nur noch eine finden, die aus dir einen ehrenhaften Mann macht.«

Er schnaubte verächtlich und legte Antonia eine Hand auf die Schulter. »Schon passiert. Stimmt's, Zwerg?«

Antonia blickte zu ihm hoch und nickte. »Yep.«

Ich lächelte die beiden an, dann sah ich mich suchend nach Izzy um. »Antonia, wo hast du deine Mom gelassen?«

Antonia kräuselte die Lippen, dann deutete sie mit dem

Daumen über ihre Schulter. »Sie isst Kuchen mit diesem süßen Typen.« Dann kicherte sie.

Hayden und Aufreißer sahen sich beide wachsam nach Izzy um. Ich entdeckte sie zuerst. Sie stand in der anderen Ecke des Raums und, genau wie Antonia gesagt hatte, aß sie ein Stück Kuchen mit Dex. Er lachte, als sie ihm etwas erzählte, und sie grinste über das ganze Gesicht. Die beiden waren ... hinreißend.

Hayden entdeckte das Paar gleich nach mir. »Was zum Teufel ...«

Bevor er den Gedanken zu Ende gebracht hatte, machte er einen Schritt in ihre Richtung. Ich packte ihn am Arm und hielt ihn zurück, und seine jadegrünen Augen funkelten mich an. Ich hielt seinen Blick fest und sagte: »Denk nicht mal dran, Hayes. Izzy ist erwachsen und kann flirten, mit wem sie will.« Ich schaute von Hayden zu Aufreißer, der ebenfalls Anstalten machte, sich einzumischen.

Hayden verzog den Mund, als wäre er nicht einverstanden. Ich hob die Augenbrauen. »Dex ist ein guter Kerl, das kannst du nicht leugnen. Und hat Izzy nicht jemand Anständiges verdient, nach allem, was sie durchgemacht hat?«

Aufreißer wartete auf Haydens Reaktion, denn schließlich kannte er Dex nicht. Hayden seufzte und sagte widerwillig: »Ich glaube schon. Er ist in Ordnung. Aber es ist merkwürdig.«

Ich schlug ihm mit dem Handrücken auf den Bauch. »Das ist nicht merkwürdig. Das ist süß.«

Dex und Izzy unterhielten sich den Rest des Nachmittags, und ich sorgte dafür, dass Hayden und Aufreißer und sogar Antonia sie in Ruhe ließen. Man hörte ziemlich viel Gelächter aus ihrer Ecke – und das stimmte mich glücklich.

Als ich ein Stück von der Torte genoss, die meine Schwester gebacken hatte, kam mein Vater zu mir. Ich zeigte mit der Gabel auf ihn. »Wenn du mir sagen willst, dass ich das nicht essen sollte, weil es schon mein drittes Stück ist, tja, dann bohre ich dir möglicherweise diese Gabel in den Arm.«

Er wirkte ganz und gar entspannt. »Du bist die amtierende Meisterin, Mackenzie. Und du feierst einen ziemlich bedeutsamen Moment. Du kannst so viel Kuchen essen, wie du willst.«

Ich machte große Augen. »Was haben Sie mit Jordan Cox gemacht?«, fragte ich.

Lächelnd sah er auf den Boden. »Ich war hart zu dir. Das haben mir die letzten beiden Jahre ziemlich deutlich vor Augen geführt.« Er hob den Blick und sah traurig aus. »Ich wollte dich niemals fortstoßen. Nur ... anstoßen. Aber dafür hast du mich nie gebraucht. Du warst immer ein Champion, Mackenzie. Und du hast mich nie gebraucht.«

Seufzend stellte ich meinen Kuchenteller ab. »Das stimmt nicht. Ich habe dich gebraucht. Ich brauche dich immer noch. Aber nicht als Trainer oder als Geschäftspartner und auch nicht als Freund. Ich brauche dich – als Vater. Das ist alles, was ich jemals von dir gewollt habe.«

Dad spannte den Kiefer an, und seine Augen wurden

glasig. Mit steifem Nicken streckte er die Arme aus und zog mich an sich. Er umarmte mich fest und flüsterte: »Dann werde ich das sein und nichts anderes. Ich bin so stolz auf dich, Kenzie.«

Seine Worte und dass er mich mit meinem Kosenamen ansprach, trieb einen Freudenschauder durch meinen Körper, und ich spürte, wie die Wunde von seiner Zurückweisung sich für immer schloss und heilte. Kurz darauf ging Dad und lud John ein, mit ihm ein Bier zu trinken. »Auf die guten alten Tage«, wie er sagte. Dad wirkte lockerer, glücklicher. Vielleicht hatte er endlich die bösen Geister hinter sich gelassen.

Meine Schwestern brachen als Nächstes auf und zerrten ihre Ehemänner mit, die gern noch geblieben wären. Dann verabschiedeten sich Nikki und Myles, um Maria nach Hause zu bringen. Als der Nachmittag in den Abend überging, sammelten Eli, Kevin und Reiher die übrigen Champagnerflaschen ein und fuhren in ihr Haus an der Küste. Schließlich gingen auch Aufreißer und Antonia. Ich fragte mich gerade, warum Antonia bei Aufreißer war, als Izzy und Dex zu mir kamen.

Dex trat etwas unsicher auf mich zu. »Hey, Izzy und ich wollen etwas zusammen essen gehen. Es sei denn, du hast noch etwas für mich zu erledigen?«

Ich lächelte ihn an und schüttelte den Kopf. »Nein, hier gibt es heute nichts mehr zu tun. Amüsiert euch gut!«

Dex lächelte Izzy schüchtern an, seine strahlend blauen Augen leuchteten. Als er sich wieder zu mir umdrehte, wirkte er vollkommen entspannt, und das freute mich sehr. Seit New Jersey war die Lage zwischen Dex und seinem Vater angespannt. Richard erwies sich einmal mehr als Mistkerl und hatte tatsächlich versucht, Dex den Treuhandfonds wegzunehmen. Zu Dex' Glück vergötterte seine Großmutter ihn, und da sie über ziemlich viel Einfluss in der Familie verfügte, hatte sie Richards Vergeltungsschlag unterbunden. Richard konnte keinen Cent von Dex' Geld anrühren.

»Herzlichen Glückwunsch zu deiner Verlobung, Kenzie«, sagte Dex und reichte mir die Hand.

»Danke, Dex«, erwiderte ich und schüttelte sie kurz. »Ich wünsche euch einen tollen Abend.« Ich zeigte mit dem Finger auf ihn. »Aber bleibt nicht zu lange weg, wir haben morgen viel zu tun.«

Er strahlte noch mehr und nickte. »Ich weiß, und ich kann es kaum erwarten.«

Er wandte sich an Izzy, dann deutete er mit dem Kopf zur Tür. »Wollen wir?«, fragte er und bot ihr seinen Ellbogen an.

Izzy biss sich auf die Lippe, bevor sie sich bei ihm einhakte. »Unbedingt.«

Als sie gingen, drehte sich Izzy noch einmal um und machte ein Gesicht, als wollte sie sagen: Oh, mein Gott! Ich lachte. Als ich mich wieder umdrehte, sah Hayden den beiden mit leicht skeptischer Miene hinterher. Dann seufzte er, schüttelte den Kopf und lächelte mich an. »Also, zukünftige Mrs Hayes – was würdest du jetzt gern tun?«

Beim Klang der Worte Mrs Hayes flatterten Schmetterlinge in meinem Bauch. Gott, wie wundervoll sich das anhörte. Grinsend blickte ich mich in der leeren Garage um, dann blieb mein Blick an meinem Bike hängen. »Also, Mr Hayes – wie wäre es mit einem kleinen Rennen auf der Trainingsstrecke?«

Er musterte mich nachdenklich. »Der Verlierer hat Sex mit dem Gewinner?«

Ich lachte und nickte, und ein wunderbares Lächeln erschien auf seinem Gesicht. »Dann sage ich nur noch eins.« Schnell wie der Blitz umfasste er meine Taille und zog mich an sich. »Krieg mich doch, Zweiundzwanzig.«

Ich legte die Arme um seinen Hals und sah zu, wie das Licht über meinen Ring tanzte. »Zu spät – ich hab dich schon.«

»Stimmt«, murmelte er. »Wie wahr. Aber ehrlich gesagt hab ich mich von dir fangen lassen. Weil ich nirgendwo anders sein möchte als in deinen Armen.«

Mein Herz floss über vor Liebe und Bewunderung, ich fühlte mich vollkommen sicher. »Ich weiß.« Und daran würde ich nie wieder zweifeln. Haydens Herz gehörte mir genauso sicher wie ihm meins. Und gemeinsam konnten wir alles schaffen.

DANK

Ein Riesendankeschön geht an alle, die diese Reihe unterstützt und mich gebeten haben, sie fortzusetzen! Ich bin traurig, die Charaktere nun loszulassen, aber ich freue mich über die Reise, die sie hinter sich haben.

Tausend Dank meiner Agentin Kristyn Keene von ICM Partners, die mir bei der Entwicklung der Reihe eine so große Hilfe war. Alles Liebe allen bei Forever/Grand Central Publishing, die das Originalbuch derart großartig beworben haben. Ein besonderer Dank geht an den Goldmann Verlag, der alle drei Bücher für seine deutschen Leser gekauft hat. Ich freue mich riesig, diese Reihe mit meinen internationalen Fans zu teilen!

Ich danke meinen zwei Lektorinnen, Chelsea Kuhel und Madison Seidler, meiner Herstellerin Julie Titus von JT Formatting, meiner Titeldesignerin Hang Le und meiner Webdesignerin Lysa Lessieur von Pegasus Designs. Ohne eure Hilfe wäre ich verloren! Mein ganz besonderer Dank gilt Lori und Becky – ohne euch gäbe es diese Bücher nicht! Habt tausend Dank, dass ihr mich in euren vollen Terminkalendern untergebracht habt. Ihr habt einiges gut bei mir!

Und ich danke aus tiefstem Herzen den zahlreichen Bloggern, Lesern und Autoren, die mich über die Jahre unterstützt haben! Ohne eure Unterstützung könnte ich in diesem Geschäft nicht bestehen.

Autorin

S.C. Stephens lebt mit ihren zwei Kindern im wunderschönen Pazifischen Nordwesten in Amerika. Mit ihrer Debut-Serie »Thoughtless« feierte sie einen sensationellen Bestsellererfolg und erobert auch mit der »Rush-Reihe« die Leserherzen im Sturm.

S.C. Stephens im Goldmann Verlag:

Die Rush-Trilogie
Furious Rush. Verbotene Liebe. Roman. (Band 1)
Dangerous Rush. Gefährliche Liebe. Roman (Band 2)
Perfect Rush. Wahre Liebe. Roman (Band 3)

Die Thoughtless-Reihe:
Thoughtless. Erstmals verführt. Roman (Band 1)
Effortless. Einfach verliebt. Roman (Band 2)
Careless. Ewig verbunden. Roman (Band 3)

Thoughtful. Du gehörst zu mir. Roman
Untamed. Anna & Griffin. Roman

(📖 alle auch als E-Book erhältlich)